haniya yutaka

埴谷雄高

系譜なき難解さ

小説家と批評家の対話

JN178202

Kodansha Bungei bunko

目次

系譜なき難解さ

小説家と批評家の対話

文学者埴谷雄高から系譜なき難解さは消すことができない。

――吉本隆明

意識　革命　宇宙

埴谷雄高
吉本隆明

『死霊《しれい》』四章について

吉本　今度「群像」に『死霊』の五章「夢魔の世界」[註1]が出ましたね、四章は何年ぐらいでしたか。

埴谷　昭和二十四年のたしか「近代文学」十一月号じゃないかと思います。しかし、その四章も終っていないんです。四章の終り近くまではいっていますけれどもね。病気が悪くなりはじめて、それで中断したのですけれども、今読み返してみると、やはり四章は力がないですね。

吉本　読者に対する親切心もあるでしょうから、僕が第四章の要約をやってみましょうか。

主要なところだけ語っていきますと、あれはたしか、三輪與志《みわよし》が、保母さんをやっている、尾木恆子《おぎつねこ》をたずねていって、そこで交わされる問答が主になっていた、というのでよろしいですか。

埴谷　ええ。

吉本　それで、僕が一番印象深くおぼえているのは、二人の問答の中で、赤ん坊の泣き声が聞える。赤ん坊というのは何なんだというところでした。尾木恆子は、保母さんをやってるからたいへんいい洞察なんだけれども、赤ん坊というのは泣くときには、ねむたいとき、さみしいとき、それから、おむつが汚れているときだ、そういうときには抱き上げて、おむつを取り替えてやるというのが一番いいんだ、というのが恆子のほうの考え方の基盤になっていて、それに対して三輪與志の考え方は、そういうときには黙ってほうっとけばいいんだ、なぜならば、泣くというところの段階で、もう抱きかかえたり、おむつを替えてやったり、ということをしてしまったときに人間は何かになっちゃっているんだ、ということ。なんでもいいでしょう、依頼心でもいいし、依存心でもいいし、よくないものになっちゃっているんだ。だからそういうときには黙ってほうっとくのがいいんだ。つまり、ほうっとくというのがほんとうなんだというのでした。

この問答の根底には、どういうことがありましょうかね。

埴谷　存在のうめきというようなものが赤ん坊の泣き声に象徴されていますね。存在自体は本来うめいているものだというのが三輪與志の考え方の基本です。

吉本　それでそういう主張をする。その問答の中で、今度の第五章の伏線になっていると思われるのは、尾木恆子が、姉の恋人なんでしょうかね、三輪高志《たかし》が、ある一人の男を連れてくるところを回想しているくだりですね。

埴谷　今度の章の「一角犀《いっかくさい》」ということになってますね。

吉本　そうですね。それが伏線になってて、その男を連れてきて、恆子の姉が、この男と死んでしまうことによって、自分が恋人である三輪高志の中に全部、カゲの形のように入り込んでしまおうと決心する。つまり、記憶としてといいましょうか、入り込んでしまうにはそれ以外にないんだ、というふうにすでに洞察して高志の連れてきた男と心中してしまうということが、第五章への伏線になっている。それでよろしいですか。

埴谷　だいたいその通りです。ただ、四章はムード的にできていて、わが国に実際にはあり得ないような、また、ロンドンにもおそらくない深い霧の中を、三輪與志があちこち歩き回ったあげく、尾木恆子のところに行くということになっています。

しかも、帰りにもやはり深い霧の中を歩いて、よく見通せぬ、ぼんやりした、不透明な境界を通ってから、やや明確な主題へ入る、というふうにこの章では暗示したかったのです。

『死霊』は難解というふうにいわれていますけれど、一応工夫はしてあって、ある章とある章は、音楽で言えば対位法ふうになっていて、まず陰うつな章があれば、つぎには明朗な明るい章があり、そしてまた、今言ったようなもうろうとした不透明な章もある、というふうになっています。

そのために、現実にないような深い霧の中から帰ってきて、三輪家へ辿《たど》り着いたのが第五章で、そこで兄三輪高志の精神の内奥が吐露されます。この三輪家の諸兄弟の精神の内奥の吐露が、それぞれこの小説の山場になりますが、その最初の山場が五章ということになります。

吉本　要約の中で落してしまいましたけれど、霧みたいなのが立ちこめるところでの人間のカゲの動きみたいなので埴谷さんが暗示しようとしている、あるいは象徴させようとしているものが古色を帯びているところが、埴谷さんのどこからくるのか、教養からか、体験からか、を考えさせられました。

埴谷　僕が使っている素材は、みな現実にあるものですけれども、その素材は、ロンドンにもないような深い霧といったもので、これは二十世紀、十九世紀より十八世紀ふうな濃い霧ですね。

ですから、そこへ新しい思想を盛ろうとしているものの、素材も、組立てられる枠も古典的で、古風という印象になるとおもいます。

尤《もつと》も僕には、新しい文体は長くもたないという印象があります。私達の思想は、ギリシャ以来ほんとうに僅かしか進んでいないんですけれども、文体も同じで考えの表現の仕方はあまり変わっていないとおもってるんです。ただ感覚的な表現の仕方は梶井基次郎などを見ると精密で、また、巧くなっていて、僕の文体など古風すぎるとおもってますけど。

現実と想像力

吉本　それで、埴谷さんの、想像力の質の問題になるわけですが。想像力というのは、どこかに現実との接触点と言ったらいいのか、通路と言ったらいいんでしょうか、そういうものがあって想像力というものは生まれるというふうに考えると、その現実を、たとえば十八世紀のロンドンの霧、そういうものに依拠しているのか、それとも、そうじゃなくて、体験的なものというよりも、教養的なものというのでしょうか、つまり書物、たとえば若い時代に打込んだ書物の中ではじめて現実と接触点を持ったそういう想像力なのかということが、いつの場合でもたいへん気にかかるところなんです。

埴谷　もちろんあらゆる想像力は、現実的な基盤を持っていますね。そこからどこまで飛翔するかということになると、その想像力の質によって違っていて、ある人は十尺しか飛び上がらないけれども、ある人は一万尺も飛び上がる、という差がありますけれども、いかなる想像力も現実的な基盤からしか飛び上がれませんね。

そこで僕の場合の現実的な基盤ですけれども、僕自身の体験というものがまずある。そして、あなたは教養と言われましたけれども、その出発点から先に、僕流の体験の整理の仕方があるんです。

それを僕流に説明すると、大ざっぱに言って、僕の中には三つの部屋があるんです。左の端から言っていくと、その第一の部屋は自意識の部屋で、その隣りに、革命の部屋がある。そして、その右隣りに、宇宙論の部屋があるわけなんです。だから読者が、それぞれの部屋の入口からそのまま真直ぐ入っていけば、僕がそこで極めて単純なことしか語っていないということがわかる筈です。

ところが、にもかかわらず難解だとおもわれるのは、その部屋の奥にまで入って行くと、たとえば自意識の部屋の一番奥に、革命の部屋に向ってまた横にドアがついているんです。そして、革命の部屋から宇宙論の部屋に向ってもまたドアがついているので、隣りあわせの部屋が互いにつながっているばかりでなく、自意識の部屋と宇宙論の部屋もまた僅かひととびでつながっているんです。それが全部一緒にいわばアマルガメイト[註2]されると、単純なこともいささかむずかしく感ぜられるわけですけれども、これもそれぞれの単純な出発点へときほぐせるんです。これらの三つの部屋の隣りあわせということには、もちろん僕自身の刑務所体験ということがあります。そこで自意識と革命と宇宙がつながってしまったのですね。

自意識と宇宙論をつなぐのはいわゆるカント体験が大きな接着剤になっていますけれども、その芽はもちろんカント体験以前にあるのですね。荒正人《あらまさひと》君も天文学好きの少年として成長したようですが、僕の場合もそうです。だいたいこの宇宙論好きという型は日本人には少ないのですね。これほど台風が毎年来ても、その発生の原因とか、風の性質といったことを考えずに、春の夜の風とか、夏の朝の風とか、非常に繊細な感受性で風をつねに把えている。わが国の美的感受性は世界でも深いものだとおもいますけれども、風や星や日月を宇宙論的に考えることは稀ですね。現在の小説家では稲垣足穂《いながきたるほ》さんと僕くらいが宇宙論好きということになる。

けれども、稲垣さんと僕とではかなりちがっている。稲垣さんの宇宙論をひと口に言えば、パロマ天文台の二百吋《インチ》望遠鏡が眺めている宇宙ですね、つまり、膨張宇宙論として把えられている宇宙ですけれども、僕の場合は、現宇宙は、一つの参考にしかならぬ無限宇宙の中の一つなのですね。そして、僕自身が勝手に自分流のインドの三千世界ふうな多元的妄想宇宙論をつくっているというふうなんです。今度の五章は、意識と存在を革命でつなげていて、僕の三つの部屋のドアがみな開き放しになって、その内部の全体がかなりわかったのじゃないかとおもいますけれど。

魂の渇望型の文学

吉本　もう少し、今度の第五章の世界に入る前に、四章のところでお聞きしておいたほうがいいんじゃないかとおもいます。今の宇宙論ということでいってもいいんですけれども、稲垣足穂の宇宙論と、埴谷さんの宇宙論と、どこがちがうのかといったら、僕は、稲垣さんの宇宙感覚は、童話であるとおもいます。

もっとべつな言い方をしますと、正統なき異端みたいなところがありましてね。別に科学的でもなんでもない。もしそういっていいなら、空疎な面白さだとおもいます。いってみれば童話の中の、あるいはお伽噺《とぎばなし》の中の、つまり星の話だとか、月の話だとか、太陽の話だとか、そういうものにある面白さというものであって、これに意味をつけることはできないよ、というのが、僕の悪口なんです。

埴谷さんの場合には、たいへん思弁的になっていて、あるいは思想化されていて、そこのところはまったく質がちがうというふうに、理解されるんですけれどもね。

ただ四章のところでもお聞きしたいことは、三輪與志と尾木恆子との対話の根底になっている思想が相互にあるとすれば、僕はむしろ、保母さんのほうの思想に即してきましたし、そしてそういうものをとりますね。

そういうところからみると、三輪與志に象徴される思想の現実感覚は、人間のなかの生々しいもの、動物的なものに対する埴谷さんの嫌悪みたいなものが若いときからあって、そういうものが体験的な基盤になっているんでしょうか。

埴谷　あなたのいわれるのは、それを庶民性と言ってもいいんですけれども、生々しい生活感覚を持った生活者を基調にするということですね。僕の場合は、いまあなたが言われたように思弁的で、それは生々しい生活感覚からかなりはなれたところで構築された世界を相手にしている。これがあなたの気に入らないところだとおもいますけれども。

吉本　いやいや、そんなことはないですよ。

埴谷　まあ、僕が自己解説しますと、われわれが白紙に書くということは、あったことの記録からはじまる。つまり、歴史ですね。それが個人の内面の記録へ移り、自己反省をしたり、懐疑したり、目に見えぬところのあったこと、あり得ることを書くことになると、歴史は次第に小説へ移ってゆくわけですね。

白紙の大半は、この大きな意味の記録で埋められると僕はおもう。ところで、記録型のほかに、魂の渇望型という白紙の埋め方があって、これは、自分が欲している人間の在り方、存在の在り方をたとえ架空のかたちでもつくってみようとするのですね。但し、勝手な空想ではだめで現実にいまある事物を素材にしてつくらねばならない。

これを比喩的に言えば、神が現在の素材を与えられて、お前の好きな宇宙をつくってみろ、と言われたときと魂の渇望型の作者が白紙に向きあったときは同じだと僕は考えているのです。

あなたはさっき稲垣さんの作品を童話と言われたけれども、僕の作品だって人類史のなかの童話、人類の夢想、夢物語といっていいものですね。ただそれが単なる夢物語ではだめで、やはりある種の緊密なリアリティを持っていなければならない。たとえばバベルの塔を僕が建てるとすると、ひとの手がさわれるあいだは現実の素材を積み重ねてゆき、手が届かなくなったときに、いわばほんものそっくりの、架空の「見せかけの石」を積み重ねるのですね。僕の表現論のひとつに、「仮象の光学」という方法が置かれていますけれど、人間のおこなう人間自身の超剋は、僅かに残った部分の白紙のなかで、つまり、一冊の書物のなかでだけおこなわれる筈だというのが、僕のいう魂の渇望型の文学論なんです。

それはもちろんあなたの言う、泣いている子供を抱きしめる尾木恆子の、保母型の現実感を排除するものではないんですよ。ただ僕の場合、赤ん坊の泣き声から存在のうめきへまで、つまり、こちらの部屋から向うの部屋へまでどうしても走りこんでみようとするのです。

吉本 僕が保母さんのほうをとるんだという場合、僕なりの論理がありましてね。埴谷さんのいわれる、革命の部屋みたいなものがあり得るとすれば、人はいろいろいるわけですけれども、大多数の人、少数特異ではない、大多数の人のやることは、全部やってみろということです。

一日が二十四時間といたしまして、全部やってみると、一日二十四時間全部それにとられてしまうかもしれない。そうしましたら、二十五時間目をつくれなければ、革命なんていうのはやるな、というふうになるわけですよ。つまり、革命者というものがあるとすれば、それは、人がやることは全部やって、二十四時間全部使われちゃったのなら、もうそれで仕方がない。そうなっちゃえということです。

もし革命の部屋でも、文学の部屋でもよろしいんですけれども、そういうもの、あるいは想像力の部屋でもよろしいんですけれども、そういうものが必要だったら、二十五時間目をどこかでデッチあげるよりほかない。デッチあげてそこでやられるより仕方がない。その二十五時間目をつくれるかつくれないかということが、革命の部屋は存在するかしないかということの、根本的な課題になる、という考え方が僕にはあります。

いつでもそうおもいますけれども、埴谷さんの書かれる作品は、ものすごく面白いわけです。つまり、徹底的に、観念すらも肉体であって、あるいは生活であって、いわゆる生活というのは、これは、極端に言えば、亡霊であっても、幽霊であっても、そんなことは一向かまわない。どうでもいいんだという、極端に言えば、そういうふうに世界がさかさまにされている。そういう世界の追求みたいにおもえるから、逆な意味でいうと、たいへん興味深いわけです。ただ埴谷さんの文学を理解していこうとする場合には、思弁的な部分をどうしても強要するというか、強制するところがありまして、僕はどうしてもそれを、無理やりにでも行使しないと、とても理解できないというふうになっていく。

そうすると、行使しないと理解できないというのは、文学にとってはたいへんいい強制力であって、文学の持っている強制力というか、権力というか、そういうものの本質というのは、まさに思弁をあくまでも相手に強いるといいましょうか、強いざればもうそれはぜんぜん理解の外にあるというような、そういうふうなものを強要するところにあるようにおもいますけれどもね。

とにかく僕がそこのところで、ある程度、思弁と実感と、それをつきまぜながらついていこうとして、ところが最後のところで、実感のほうが剝離してしまって、あと、思弁だけでならこれはわかる、この世界はわかると、こういうふうになっていくわけなんです。そこのところはいつでも強制力を持っている。つまり、一度これを読むと、ほかの、いわゆる普通書かれている小説というのは、あんまり思弁を強要しませんから、なんか楽な感じで読める。人に楽な感じを与えるというのは、文学にとってあんまりいいことじゃないんじゃないか、という考え方があるものですから、思弁だけになってもその世界についていくというふうな、そういうふうな読み方をいつでもしてるようにおもうんです。

今度第五章の世界に入っていくと、これまた、たいへん思弁を強要するわけです。ただ、僕の今言いました基礎的な考え方からする一種の思想がありますからね、そこから裏打ちすることはできるような気がするんです。だから僕なりの読み方をしているかもしれないんですけれども、第五章の世界に入っていってよろしいでしょうか。

埴谷　どうぞ。

生死の思想とデモノロギイ

吉本　しょっぱなからものすごく面白かったのは、作品の中で、〈死者の電話箱〉というのが出てきて、それが生と死の境い目のところを、段階的に探知していくわけですね。それは僕なりに要約して復習してみたいとおもいます。

埴谷さんはあまりご関心はないかもしれないですけれども、日本の中世思想が、生と死、生の世界、死の世界については、とことんまで考えつめたようにおもえるんです。僕自身の考え方を述べるよりも、他人の思想を持ってきたほうがいいとおもうので、それで申しますと、生と死の問題について、中世の日本の思想家というのは、とことんまでやってるように僕にはおもえます。

その場合特徴的なのは、生と死との境い目という考え方、移り行きの考え方というのはないんですよ。とんでいるんですね、飛躍なんですね。飛躍で、それじゃどういうふうな関連があるか、ということについてなら、よく考えられ、追求されているとおもうんです。だから僕が持っている教養と実感とでは、生と死の移り行きの段階を描いているところは、たいへん面白かった。日本でははじめて、生と死の移り行く過程を、段階化して考えていっているもの、というふうにおもったんです。

それからもう一つは、日本の中世の思想家の中で、大ざっぱに分けますと二つのタイプがあるんです。一つは、人に象徴してしまえば、親鸞《しんらん》に象徴される考え方ですね。

これは僕の実感と合致するところがあるんです。現世の世界、『死霊』の保母さんの世界でよろしいわけですけれども、あまり、現世の世界の相対性に対して否定的でないんですね。むしろそれを肯定的に受け容れることによって、死の世界に跳躍できる、というような考え方です。

そうしますと、現世の世界の不条理さとか、汚らしさとか、惨苦に満ちている、そういうところの描写には、親鸞なんかはあまり関心をもたないんです。それからもう一つは逆に、別な意味で、死後の世界における荘厳な風景、美麗な風景とか、そういうものの描写にもあんまり関心をもたないわけです。

ただ、現世の痛苦に満ちている世界は、積極的に受け容れねばならん、つまり人がやったことはみんなやらなければならんということで、妻帯もいい、何もいいということになってきます。妻帯して子供産んで、それに伴う愛欲の苦痛とかなんかは、全部受け容れたほうがいい。否定しないほうがいい。それを受け容れることによって逆に、死後の世界の、中世の言葉では浄土という言葉になるんでしょうけれども、その世界への跳躍の契機というのは得られるんだ、ということになります。それはけっして竪《たて》に飛ぶことではない、横に飛ぶことだ、というふうにいっているわけです。「横超《おうちょう》」というふうにいってますけれども、そういう考え方が一つあるんです。

もう一つの考え方とは、死後の世界と生の世界というのを画然と分けているという意味では埴谷さんとはちがうんだけれども、たいへん埴谷さんとよく似ているんじゃないかとおもえるんです。一遍《いっぺん》なんかの、浄土宗から時宗系統へ行く考え方は、現世の苦痛、つまらなさ、やりきれなさ、相互不信の世界みたいな、そういうものの描写にたいへん重きをおいているわけです。

一遍なんかの言葉で言えば、人間というのは、孤独であり、独一という言葉を使っているんですけれども、一人で生れてきて、一人で死んでしまう。だから、孤独、独一の世界、それが生なんだという、そういう考え方にたいへん固執するわけなんです。その描写にも固執しますね。だから、死は急がねばならない、という考え方、つまり、人間は生きながら死んでいなければならないということです。死は急がなければどうしてもいい世界には行けないんだ、つまり浄土には行けない、死は絶対に急ぐべきだ、ということになります。時宗系統の小さな思想家は、その種のことだったら、極端につきつめているんです。死というのは一瞬おくれたら、それだけ死後の世界への跳躍ができなくなるから、第一に急ぐべきだ、ということになります。もっと極端に言えば、人間は生きながら死んであるべきだ。それでなければどうしようもない、という考え方だとおもいます。そこでは、現世に対する否定的な契機が非常に大きく問題に出てきて、それで死後の世界はよく描写されているわけです。

これはある意味では、埴谷さんの「夢魔の世界」とたいへんよく似ているとおもうんです。ただ、生と死の移り変りを、段階的にこういうふうに描写していったというのは、僕なりのそういう関心からいって、たいへん面白かったんです。

段階的に追っていきますと、まず死にかけた時に、光も消えてしまう、感覚も苦痛もなくなってしまう、そういう段階がまずはじめにやってきて、その次に、こんどは逆に、それは生のほうからの探知ではなくて、逆に死者のほうから、作品の中では、〈やってくる〉という言葉で象徴されている、死者のほうから〈やってくる〉という、そういう信号みたいなものがくる段階がある。それは何がやってくるのか、何かしらんけれども、どこかの扉が開けられて、とにかく何かがやってくる。そういう段階というのが、向うのほうから、あちら側から、死のほうから、あるいは死者のほうからやってくるという、そういう段階がきて、それから、いわゆる、いうところの死がやってくると、その次には、作品の中では、〈死につぐところの隣りの世界〉ということがいわれているわけでしょう。〈分解の王国〉ということですね。そこでは死者のほうから自分をなお把えようとする。つまり、〈われはもはやわれならざるわれなり〉と書かれた世界で、もうそうなってるよ、ということになって、それから〈死者の電話箱〉というのは、〈存在の電話箱〉というふうに転化される。

そこではただ〈存在のざわめき〉というふうに書かれていますけれども、そういう世界がある。ざわめきというのは、存在するということ、あるいは存在し続けるということを肯定するがために起る肯定音だ、それがざわめきの世界だ。そこではもう全部の世界が、埴谷さんの言葉でいえば、宇宙全体がそういう〈私語する無数のざわめき〉に満ちている。そういう世界になっている。

そうすると宇宙というのは、〈私語する無数のざわめき〉が、潮の満干のように、干いたり、また満ちたりという、そういう繰り返しをやっている。それが少なくとも、人間の歴史がずっといままで、宗教の形態としてとか、その他の形態として考えてきたそのことの根本的な、あるいは単一の原理にほかならない。それで一番最後に、〈存在からの最後の挨拶〉というふうに書かれていますけれども、そこではもう、すべてはモナドになってしまって、〈還元物質〉という言葉が使われていますね。モナドというのは、自己持続であるといっしょに自己否定である、そういう原判断というふうに書かれていたとおもいますが、原判断力を持ったモナドだけの世界になる。

そこではもはや、生者と死者とをつなぐつなぎ方というのが、いわゆる普通のつなぎ方ではだめだ。そこではもうつなぎ方を変えるしかほかにない。なぜなら、こことういうのはもはや、そこじゃないのだから、というふうに書かれているとおもいます。そこのところで、もはや問いかけの仕方、あるいは生と死をつなぐつなげ方の仕方というものに対する考え方を根本的に変える以外にない。根本的に変えるには言葉を変えなければいけない。だけどそういう言葉というのは存在しない。しかし、言葉をまったく変える変え方をしなければ、そこはもはやつなげることはできない世界だ。その〈還元物質〉というようなところまでいったときが、生と死をつなげるつなげ方として考えられる最後の段階みたいなものではないか、というのが、埴谷さんが、『死霊』の五章の最初の部分で展開している、生と死のつなげ方の要約ではないか。

生と死をつなぐ考え方で、移り行く過程として把える把え方は、日本ではあまりないんです。生と死にたいへんこだわり続けた思想でも、そこは飛躍の世界なんであって、連続の世界、移り行きの世界じゃないというような把え方ならばあるようにおもいますけれども、こういう把え方というのは、日本では僕にはたいへん物珍しくみえたんです。

それからもう一つ僕が感想を持ったのは、中世の生と死の世界のつなぎ方は、宗教的な考え方ですから、共通の観念として、現世があり、死後の世界があり、そこの観念がどうなんだという把え方で、個体が死にいく時にどうであるかという関心は、中世の生死の思想ではそれほど問題になっていないようにおもいます。埴谷さんが五章のはじめに展開された生と死の移り行きのつなげ方は、個体に即して把えられている、というのが、やはり違うといえば違うところであるし、また特異だといえば特異なところだ、という感想を、まずしょっぱなのところでもちました。

埴谷　こんどは僕がお答えすると、ああいう七面倒臭い話はあまり身をいれて読まない人が多いのですけれども、よく読んでいただいてありがたいとおもいます。

僕はある単純な観念をもっているだけであって、それを絶えずヴァリエーションのかたちで組みかえているのですが、さっきあなたは、赤ん坊が泣くことを言いましたね。僕は四章で赤ん坊が泣くことを非常に重要視して、あそこでは宇宙をつくる不器用な神がすっかり困惑してしまう。ところで、〈死者の電話箱〉のなかの、〈存在のざわめき〉の中で、小さな破れた音が一つだけ聞えてくる、ということになっていますけれども、その小さな破れた響きは赤ん坊の泣き声と同じなんです。

そしてまた、一つの汽笛とエンジンを備えた〈還元物質〉は不思議な解読しがたい汽笛を鳴らす。これもまた同じですね。〈自同律の不快〉と僕が呼んでるものは、さまざまなヴァリエーションのかたちをとって現われるのですね。そして、僕は、いってみれば殆どそこだけに全力を傾倒している。

さきほどあなたは非常にいいことを言われた。観念が肉体であって、生活や肉体は亡霊であるということですね。これはあなたは別の場所でも言っておられて、僕はたいへん感心しましたが、その考えと僕の考え方とたしかに同じなんですね。これは革命を考えればすぐ明らかになりますね。

といっても僕は、現実感覚をもたないわけじゃありませんよ。僕は三つの部屋と言いましたけれども、その裡《うち》二つの部屋はまったくカントから教えられた大きな部屋なのですね。そこの入口は僕の出発点で、いわば僕の現実感覚をかたちづくっている。ところが、カントはその部屋の奥へはいっていってもその向う側へ通りぬけられないと僕にいったのです。すると、その通りぬけられないことが僕達の限界なら、そこで僕自身の課題はきまったと僕はおもったのです。その通りぬけられないところを、たとえインチキでも手品でも、見せかけでも、通りぬけることにしよう。但し、一応手品らしくない文学でそれをやってみようというのが、僕の方法になったのです。この「通りぬけられないところを通りぬけたように見せる」境い目が、つまり、仮象へ向う想像力の場で、先程からの「現実感覚」があやしくなってくる場所ですね。しかし、いくらあやしくても、その仮象のバベルの塔の構築を支えてくれるものは新しく見つかった。それは、魂の渇望の最も露骨な原型であるデモノロギイだったんです。

刑務所から出てから、僕の生活が夜昼さかさまになったのですが、それはなおそうと図書館によく通った。ところが、九段の下にある大橋図書館に豪華な大判の美術本、例えばハウゼンシュタインの『古代における裸体人』『中世における裸体人』『近代における裸体人』やヴェラスケスの大判の画集といったほかに、奇妙なことに、デモノロギイに関する本がまことに沢山あることが解ったんです。それらはすべて安田蔵書という印があるので、恐らく安田財閥一族の結核にかかった青年でも金などかまわず取り寄せたものでしょうね。その特別図書は館員のすぐ前の机の上で読まなければならないんですけど、そのとき、僕は悪魔学こそ人間の渇望の源泉をもっとも鮮やかに示している、ということがわかったんです。

僕はドストエフスキイにこの現実を素材にして何かを考察するという方法を教わったけれども、いったい何を渇望し、どういう極限の渇望について考察するかという渇望のかたちはデモノロギイに教わったのです。敢えていえば、人類の歴史の中で、人類の渇望がどこに根ざして、何を目指しているかを端的に示しているのは、デモノロギイなんですね。

そこには二つのかたちがあって、一つは、現秩序に対する反逆、つまり大きな意味での革命的思想ですね。そして、つぎは人間の現存在形式に対する反逆です。いや、その変容願望は徹底していますね。僕の『不合理ゆえに吾信ず』[註3]のなかのアフォリズムの内容は刑務所の独房で考えたものですけれども、それをはっきりしたかたちで支えてくれたのはデモノロギイといってもいいでしょうね。あすこにある「他に異なった思惟形式がある筈だ」という考えはカントの宇宙論の二律背反を読みながらもぼんやり考えていたのですけれど、それが、確かに、異なった感覚形式、異なった思惟形式、異なった存在形式がどこかにある筈だという確信にかたまったのはデモノロギイの渇望の示す驚くべき無限性に接したときですね。

さっき稲垣さんの作品の場合、童話という話が出ましたね。ところで、童話は僕達の生活秩序の中に組込まれているけれども、悪魔学で扱われている無数の悪魔の考え方は、童話ほど生活に組込まれてないわけです。僕は、かつて渇望はしたけれども、実現しなかったことを僕の一冊の本の中で是非復活しようとおもったのです。

あなたにはじめて話すのですが、僕の胸の底には、カントばかりでなしに、今言ったデモノロギイがかなり層厚く横たわっているのです。

自殺と子供を産まぬこと

吉本 わかりました。作品の展開を追いながらいきますと、今の、悪魔学から影響を受けたということと関連があるかもしれないんですけれども、次に、僕なりの関心を持ったところで、かつ埴谷さんが現実的に自ら実践しておられるような気もするんですけれども、作品の中で、人間というやつが、純粋に自由意志でできることが二つあって、一つは自殺であり、もう一つは子供を産まないことである、というところがあります。

はじめの、人間が自由意志でできることは自殺だというところからいきますと、それではなぜ、人間は自由意志を行使して自殺しないで生きるのか、あるいは生きつつあるのか、といえば、それは考え続けているからだ、という答が作品では出てきますね。

それがまた面白い。さっきの僕なりの関心で言えば、中世の生と死ということについて考えつめた思想家というのも、まったく、死に急ぐこと、専一死に急ぐこと、死は急ぐこと、あるいは生きながら死の中にあること、というのを大きな考え方の要素にしていて、それじゃなぜ、死に急がなければ跳躍できないにもかかわらず、人間というのは死に急がないのか、という問に対して、中世の思想家の答は、大ざっぱに、二つあるようにおもえるんです。

一つは、真宗系統の、親鸞の思想です。死というのは、たしかに死に急がなければならないんだけれども、人間は煩悩《ぼんのう》の故郷《ふるさと》をなかなか捨てがたいものなんだ、だから仕方がないから力尽きてといいましょうか、時満ちて終る時に死の世界に行けばいいんだよ、というのが一つの答え方だとおもうんです。

もう一つは、強いて考えてみると、すでに生の中にもう死があるんだから、あるいは、生ということはつまり死ということ自体なんだから、もうすでに死以外に生きるという方法はないんだ。だからことさらにそこでなぜ死なないで生きているのかという、そういう問を出すこと自体すでに無意味なんだ、というふうに考えているとおもうんです。その考え方の根底にあるのは、あらゆる風情というもの、あるいは、あらゆる体《たい》というのは否定しなければいけないんだということだとおもいます。たとえば、行為ということというのも否定しなければいけない。それから、考えること、それも否定しなければならない。あらゆる体《たい》をなすこと全部否定すべきである。心というのも、観念というのも否定しなければならない。つまり、体《たい》をなしたとき、体《たい》をなしてあらわれるもの、それはすべて否定しなければならない。その否定しなければいけないということの根底には、もう生きていること自体が死なんだから、あるいは、生き続けることというのは死に続けるというのと同じであって、ただ、続けている限りは跳躍はそこでは可能ではないだけで、ただ死に続けていることということとちっとも変わっていない。それであらゆる、人間が体《たい》をなした時にはもうそれは全部否定されるべきなんだ。体《たい》をなした時にはなぜ否定されるべきか、強いてふえんすれば、それはもう習慣になってしまうから、つまり習慣的に何かしているということになっちゃうから、だから否定しなければならないということになります。こういう考え方はやっぱり、もう一つのタイプだとおもうのです。

僕は埴谷さんの考え方は、後者の考え方に似てるんじゃないかな、という関心で読んだわけですけれどもね。

まだ三島由紀夫さんが生きている時に、村松剛《むらまつたけし》と二人で座談会をされた。そういう問題が出てきて、三島さんがもう生きてたってしようがないんだ、死んでみせなければお話にならない、というのに対して、埴谷さんの言葉を要約すれば、どうでもいいんだ。つまり芸術家というのは、死を啓示しさえすればいいんだ——生を啓示するでもいいんですけれども、あるいは暗示さえすればいいんだ、それでいいんだ、という考え方が展開されていて、それはあんまりうまくは通じていなかったようにおもいました。

埴谷　いや、ぜんぜん通じませんでしたね。いまの考え続けることと同じことですけれども。

吉本　僕なりに思弁力を働かせると、理解できるようにおもうんですけれどもね。
それから、子供を産まないことは、人間の純粋な自由意志で先験的にできることだ、という問題です。これは埴谷さんが実践しておられるのかもしれないとおもうんです。作品では子供というのは、他者の思想を受継ぐことはあっても、親の思想を受継ぐことがないことが先験的に明らかになっている、そういう存在なんだから、そうだとしたら、子供を産まないことというのは、おそらくは自由意志でもってでき得ることのもう一つの、大きな柱じゃないか、というようになっているとおもいます。僕は自分の考えでいわないで、中世の思想家に仮託していえば、親鸞なんかの考え方が好きで、人のやることはみんなやってみろ、というそういう考え方ですからね。たいへんそこのところが、興味深く感じられたんです。そこいらへんのところをもう少し補足説明的に、あるいは実践的にいってくれるといいんですが。

埴谷　僕は先程、白紙に向って書く作業は新しい宇宙をつくることを強いられた神の苦慮と同じだ、と言いましたけれども、こんどはその読者はどうなるかという問題がありますね。勿論、読者の第一は僕達が普通いう読者ですけれども、そのほかにまだ読んでもらいたいものがある。例えば、ウラニウムをさぐるのにガイガー・カウンターを用いるごとく、別の世界の何ものかが死滅した地球を探りに来て、そこにいた人間はいったい何を考えていたかを調べたとき、おや、こいつは「俺」のことも考えていたらしいなとせめて思わせたいんですね。その「俺」は無限の時空のなかの無数の何ものかでも、存在自体でもいいんですけれどね。そして、その仕事は、一冊の書物のなかでやられねばならない。

僕達が自由意志でやれることとして、五章に自殺することと子供を産まぬことの二つがあげられていますが、あなたのいうように、子供を産まぬことというのはあまりいままでは言い出されていませんね。僕も確かにそれを実践していますけれども、それは、いま述べた存在への訴えにしても、僕流にしかやれないからですね。あそこには革命は子供にうけつがれないなどといわれていますけれど、ほんとうは、革命など大したことではないのですね。存在をぎょっとさせるにしても、ほほうとおもわせるにしても、一冊の書物のなかの或る考えしかないんです。そして、その書物はその書物だけで完結している。ドストエフスキイの作品に僕は影響されていますけれども、しかし、ドストエフスキイの作品はドストエフスキイだけで完結している。他の何ものをもっても換えられない。同じように僕は僕自身だけで僕の存在への訴えを完結させねばならないのですね。

少し話が横へそれますけれども、わが国の私小説、これは独特なもので今後も支配的なものでしょうね。僕はこの私小説には二重性があるとおもっている。明治維新後、追い着き、追い越せで、急速に資本主義国として発達したわが国では、官僚と産業家が社会の支配層になった。いわゆる「偉い人」に彼等がなったのですね。そして、そこへはいれないインテリゲンチャは自分達だけの「偉い人」の王国をつくった。それはどんなにつまらぬことをしてるふうに見えても、人格の深い底から動いているので、ほんとうは社会の支配層以上に「偉い人」だという自負をもった世界ですね。これを悪くいえば、立身出世主義の裏返しだし、たいへんよくいえば、深い底まではいってゆく自己救済ですね。この自己救済の優れた部分は外国の自伝小説より深いものですね。けれども、それは忽《たちま》ちマンネリズムになる運命をもっている。それは、そこにおける「自分」が「自己自身」というより、環境に動かされている「自分」だから、自己自身のなかの深さへ無限に辿りゆこうとしても、横へ動く「自分」にひきずられて或る深さ以上にははいれないのですね。つまり、横へ動く環境の果てもないつながりはあっても、自己自身の深さの無限感は生じがたいのですね。そこでは、結局、何々という名前をもった個人の一人格として完結する。ところで、僕はそういう自己救済や自己完結とはまったく無縁ですね。僕の本名は般若豊《はんにゃゆたか》というんですけれど、それがどうなったっていい。僕にとっての問題は、ひとびとのなかでの自分といったものでなく、私達の長い精神史のなかで何を考え得るだろうかということですね。

こういうことがよくあるでしょう。たとえば、ザトペックかアベベが、マラソン競走で目の前を走ってゆくと、道路脇の観客のなかにいた中学生が思わず飛び出しまして、十メートルくらいその後について伴走する。僕もそういうふうなのです。僕がひょっと前を眺めると、ブレイクや、ポオや、ドストエフスキイが、いってみれば、ゴールなきマラソン競走のなかを走っている。僕もいま述べた中学生のように道路脇の観客席からおもわず飛び出して、せめて十メートルくらいでも伴走してみたいのですね。インド以来、ギリシャ以来、僕達の思想は極めて僅かしか進んでいませんね。そのマラソン競走に横から飛びいりして僅かでも走りたい。それが僕の「魂の渇望」のかたちですね。

さて、さっきの自殺ということについてですが、僕は台湾で生まれたんです。僕の本籍は福島県で、面白いことに、島尾敏雄君と同じところです。明治四年、廃藩置県、家禄奉還ということになったとき、相馬藩で、山、田、畑をもらって、小高《おだか》というところに移ったのが四軒あったんです。ところが、僕から言えばおじいさんになりますけれども、この祖父が、よほど百姓がいやだったんですね。鍬をいっぺんも持たなかったので、僕の家だけ没落して、山を取られ、田を取られ、畑を取られてしまった。その四軒は村の人から別格扱いを受けていたのにその裡の一軒が没落したので村中に評判になったのですね。島尾君が子供の時に、あれがだめになった般若はあの家だ、とおばあさんに教えられたそうです。

ところで、僕の父は、家貧しくして孝子出《い》ず、の方でしょうね。没落した家を取り戻すために台湾へ行ったんです。その頃台湾は、熱帯地手当とでも言いましょうか、加俸があって月給が倍になった。そこで僕の父は抵当にはいっていた土地を少しずつ少しずつ買戻した。まあ、感心なおやじですね。

　そのため、姉も僕も台湾で生まれたんです。当時の台湾人の数はおそらく日本人の何十倍だったとおもいますが、日本人が威張っていて、例えば人力車に乗ったとき、台湾人の車夫の後頭部を蹴って、そっちへ行けといったことをするんです。子供ながらに、そんなことを見ると耐えられませんね。僕はだんだん日本人全体がいとわしくなって、自分が日本人であることもいとわしくなってきた。まだ子供の頃に、自殺といった考えがぼんやりとでも起るのは珍しいことですが、ぼくは日本人ぎらいになって物静かな黙った子供になってしまった。島尾君と同じように相馬地方で生まれ、そこで育ったのなら、もっと日本の自然の美しさや季節の移り変りの微妙さを感じとって、日本という国土への自然な愛着も日本人への自然な愛情も育くまれたに違いないのですけれど、僕はどうやら異端として育てられてしまった。ニヒリズムはどうやら生得ふうなかたちで育てあげられてしまった。

　それから子供を産まないことですが、これは女房に気の毒しましたね。子供を産みたいという普通の願いをもっている女房を徹底的に弾圧して、とうとうスターリン風プロレタリア独裁を実現してしまった。まあ、極度の暴君ですね。戦前は、今とちがって、妊娠中絶が困難な時代だったんです。そういう医者を探しだすことはたいへんだったんです。今から告白すると、女房にまことに気の毒だけれど、四度おろさせた。そのあげくやはり害があってとうとう子宮そのものを除去しなければならなくなったんです。それで自然に子供ができないという状態になってしまって、なぜあなたは私をもらったんだ、子供を産んでいけないなら妻をもらわなければいいじゃないか、と女房は時折まさに正当に反撃するのですけれど、その度に僕は容赦もなく弾圧してしまった。どうやら僕のスターリン批判は、自己批判の気味がありますね。そして、革命家の内情は、何パーセントかはこういうふうで、つまり、言行不一致である場合が多いのではないか（笑）というのが僕の感慨ですがね。将来、子供製造省とでもいうような省ができて、精子と卵子を組みあわせ、誰の子だかわからない社会の子供を生産する時代でもくるようになれば、男と女によっては子供をつくらないという、ある意味の先駆者にでもなるかもしれませんけれども（笑）。

スパイと内ゲバについて

吉本　それからいよいよ、存在イクォール意識、意識＝存在、というところにいくわけですね。

埴谷　その前に、革命の問題をどう考えますか。あすこにスパイを殺す話がありますが、僕の時代のちょっとあとに宮本顕治達がスパイを査問しているうちにその被査問者が死んでしまった、という事件がありました。

これは僕にとって印象的な事件です。というのも、宮本顕治達が査問していたのは全協関係で、この人は平野謙君がよく知っているんですよ。平野謙君は、いずれこの問題について書こうとおもい、資料を一番よく集めています。ところで、女の人がピストルを持って監視していたとき、二階だったらしいのですが、窓の下を警官が通るのを見て、助けてくれと逃げだした大泉という農民関係の容疑者は、僕がよく知っていました。昭和六年の暮近く、この大泉は新潟の細胞がやられた、と報告しに上京して来たのです。ところがその当時、党は中央部の労働者化という方針を六年春頃からだしていて、殆どインテリで占められている中央部へ現場の労働者、農民を引き上げようとしていたんです。

それで、その頃から実際に地方の農民組合からつぎつぎと引上げたのですけれども、やはり地方からでてきて都会に馴染まず、会合に踏み込まれたとき逃げ方が下手だったりして、相次いで数人捕まってしまった。伊東三郎がその当時僕達のキャップでしたけれども、その責任を問われて伊東三郎は農民部長から降等されたんです。ところで大泉という人物ですが、まったく農民ふうなこのひとは理論的に無能で、「農民闘争」に文章を書かしてもぜんぜん使いものにならない。だけど、僕は大泉係になって、これまでみんな捕まったので、二重まわしや着物を都合してきて、大泉を都会ふうに仕立てたんです。ところで、翌年三月、伊東三郎と僕達ほかに三人がやられたあと、この大泉自身がやがて農民部長になってしまったのです。

この大泉が僕達のところにきたとき、すでにスパイ行為があったらしいとあとで調べられてますけれど、僕達はそれに気付かなかった。不覚の至りですね。

嘗《かつ》ての時代のスパイの大半は、警視庁からスパイを潜入させる事例は少なく、運動家が捕まったとき、お前を釈放してやるから、定期的に連絡をとってくれ、という条件で釈放され、スパイになるというケースが非常に多かったのです。大泉もそうだったようです。そのことはいま代々木に残っている松本三益《まつもとさんえき》と経済学者の守屋典郎《もりやふみお》がその後調べたのです。

従って、僕個人がスパイを調べたり査問するとか、或る処断をするとかいうことはなかったのですけれども、僕の時代の運動全体からすると、スパイ問題は大きな問題で、そして、さらにそれから、疑心暗鬼になった党自身が、スパイでないものをスパイにしてしまうという「党によるスパイ製造」というより重要問題がでてくるのですね。

さて、こんどは実際にスパイであったものの処刑ですが、ほんとにすぐれたスパイはついに歴史そのものの表面にはでてこないでしょうね。たまたまスパイと明らかになったものは、だいたい「消されて」いるのが実状でしょう。「夢魔の世界」のなかに落下傘の服を着せて傷をつけず、普通の水死体というふうに見せるという事態が描かれていますけれども、それがやりやすいのでしょうか。昔から水死体にするという事例はよくあって、セーヌ川あたりにも身元不明の水死体がよく浮くといいますね。僕の作品は対位法になっているいると言いましたが、意識＝存在についての七面倒臭い、観念的な、思弁的な部分の前には、スパイを殺すといった生々しい、一種現実的な場面を置いておいて、その前の〈死者の電話箱〉とその後の〈意識＝存在〉の話のあいだにはさんでおくという具合にやっているのです。

吉本　なるほどね。もう十何年前ですかね、平野謙さんと磯田光一さんと、たしか三人で座談会をやったことがあるんです。そのときに平野さんに、やっぱり今の話のその人だろうとおもうのですけれども、あなたはその人がスパイであるということを信じているか、というふうに質問したわけですよ。そうしたらね、そうだと思う、信じている、というふうにいっておられました。

それでは、すぐにその問題に突入してしまいますけれども、内ゲバ事件で、埴谷さんたちが、これはやめたほうがいい、という提言[註4]を出された。それは、各所に配布されたんでしょうけれども、僕のところにも来ました。

それで僕は、これはほうっとくのがいい、ということでほうっといたわけです。ところがほうっといただけですまされないで、勧誘がきたわけですよ。つまり、お前もあの署名に参加してくれんか、という勧誘が。それで、ほぼ十時間くらいねばっていきました。

埴谷　それはずいぶんねばりましたね。あなたもねばったけれども、向うもまたねばったですね。

吉本　その観点というのが、いまおっしゃったこととおなじなのです。当事者は、いずれも相手方の組織、乃至《ないし》組織のある部分がスパイである、つまり権力と結託している、というふうに言っています。それぞれの場合もそういう主張がなされて、内ゲバ殺人事件の個々の場面において、この場合にこうこうであった、実証的に追認していくと、どうしてもそういうふうにしかおもえない。だからして相手方の組織というものはこれは権力と結びついている、これは今度はこちら側から言うと、また相手方は権力と結びついている、と言う。なぜならば、こうこうこういう証拠がある、というふうなのが、いわば現在の内ゲバ事件の中で、当事者が共に持ち出してくる最大の論理、最大の根拠なんです。

埴谷さんたちの署名に参加してくれないか、といってきてねばっている人たちも、そういうことを、具体例について僕に説明していました。それで僕は、ぜんぜんそれはだめだ、それは説得力はない、なぜならば、僕の論理からいえば、そんなことが前面に出てくる時には、両方の組織における潰滅状態を象徴している、その象徴としてしか受け取らない。権力に抗する組織でそこに権力が何らかの意味の介入をしてくることがしばしばあり得ることだというのが前提になっているとすれば、当然に、それに対する防禦装置は前提としてなされていなければならないはずだ、それが当然です。

だからもし、対立抗争している組織が、いずれも高揚期にあれば、そんなことはネグリジブル、スモールなはずだ。当然防禦の装置がほどこしてあるはずだ。だからそれは存在自体が認知されていたって、それはちゃんと防禦してある、そういうふうになっているはずだ。しかし当事者の、双方の論理は、いずれも相手方は反革命であり、あるいは権力と結びついている、それには実証的な証拠がある、これだから、相手方を絶滅することが革命につながる途である、ということになっている。それが前面に出てきている。そのこと自体がもうすでに当事者である両組織が、まさにこれはだめだということ、政治運動の組織としてだめだということ、末期的な症状にあるということの象徴としてしかおれは受け取れない。おれはそういうことは信じない。そんなものが前面に出てくる論理自体を信じない。革命運動において、そういうものが前面に出てくる論理自体をおれは信じない。それだから、戦後においても、伊藤律なら伊藤律がスパイだということで行方不明になったことがありますけれども、その種のことが前面に出てきたときは全部だめだ。もし革命思想というものがあり得るとすれば、そんなものが前面に出てきたら、まったくこれはおしまいというのが僕の論理だ。だからそれは僕に対しては説得力はまったくない。なぜならば相手方もそう言うだろうから。それで証拠をあげることも充分にできるでしょうから。つまり僕は実証主義というのを信じてないのはそこなんで、そういう証拠というのはいくらでもあげられるだろうから。埴谷さんのいう、巨大な無関係の反対で、巨大な関係づけというものがあり得るとすれば、巨大な関係づけさえ出来得るならば、すべては結びつけることができる。だからおれは信じない。そういうことをいいました。

党派の論理

吉本　僕は、資本主義というものには、資本主義を貫く特有の論理があるとおもいます。僕はその論理の一貫性というものを体験したことがあるんです。

僕がある企業に勤めておりまして、ある時期から労働組合の仕事をしていたことがあるんです。単なる賃金闘争なんですけれども、それがぶっつぶれた時に、僕はお定まりのとおり、配置転換になったわけです。配置転換はまさに二段飛びであって、僕は技術者でしたから、現場をはなれたらおしまいなわけです、技術者として。それが本社に勤務せよ、ということになった。そのときに、僕はちゃんと手続きは怠ってないので、その配置転換は不当労働行為に該当するから、ということで、組合の幹部に上申書を提出して、これは不当労働行為だとおもうから、これを会社と団交して取下げるよう交渉してくれ、という書類を出しました。けれども、それは認めないということになった。それで本社に配置転換された。そして本社に数週間いたら、またお前は、僕の出身学校ですけれども、東京工業大学に長期出張を命ずる、ということで、そこへ行ったわけです。これまたおかしいということで文句つけたけれども、それも認められないで、僕はそこで隔離されて、何年間か辛抱してました。もちろん、時々レポートだけ出せばそれですむわけですから、まあ遊んでましたけれどもね。それでちっとも不自由ではなくて、僕は勝手気儘なことをしてましたけれどもね。そして、僕はそこに一年半か二年いましたけれども、また本社勤務を命ずる、というのがきましてね。僕はその配置転換を拒否するということ、拒否するということは、もうやめるということですけれども、拒否しましてやめてしまいました。

だけど問題が一つ生じたんです。それは、失業保険の給付というのがあるんですよ。失業保険の給付というものは、企業の都合によってやめた場合と、本人の自発的な意思によってやめた場合とでは、今はどうだか知りませんけれども、給付の時期がおくれるんですよ。それで僕は、本人の自発意思になったからそれが面白くないということで、これは企業から追いつめられた結果なんで、自発的意思でやめたというのではないから、ということを労働関係の裁判に訴訟したんですよ。

そうしたら、資本が行使する論理というものがよくわかったんです。けっきょく権力が行使する論理というものはどういうものかということがわかったんです。そのときに、あらゆる手段を使って、当初から不当労働行為だということで、こちらがいろんな証人を出して実証しようとするわけです。ところが、その実証というものは、少なくとも認められないわけですよ。一般的に僕は認められることはないとおもいますけれどもね。

その認められない根拠というのはどういうことかというと、企業のほうの言い分は非常に簡単なことなんです。つまり、この男は非常に優秀な男である、企業にとってもたいへん必要な男である、だからして、さまざまなことを体験してもらおうという意図のもとに、いろんな経験をしなければならんというところで、配置転換したんだ。最後にこの男を工業大学に出張せしめた。この男は、技術者としてきわめて有能だからして、大学の研究室に出張させたんだ、ということで、不当労働行為ではない、ということなんです。

そうしたらその論理のほうが通るわけなんです。その場合に裁判官のほうは、もちろんそんなケースはたくさん扱っているはずでしょうから、ほんとうはどうだったかということは、おそらくはよく知っているとおもうんです。しかしながら、普遍論理としてはそれは認められないで、権力、あるいはそのときどきにおける支配の論理というものが受け容れられる。その場合に、一つの行為、事実というものは、必ず二様に、まったく裏からも、まったく表からも、二様に必ず解釈できる。もしまた実証しようとすれば必ずそれを実証できると、僕はそうおもいました。

どちらの実証が正しいかということを判定するものは、ほんとうに判定し得る者は誰もいない。支配者、国家、権力がただ判定するだけだ。そのときどきの権力が判定するだけだ。この体験は僕にはたいへん参考になりました。つまり一つの実証的事実というのは、巨大な関係づけの中に置かれた場合には、恣意《しい》的にとはいわないですけれども、少なくとも二通りには、つまり排中律的には実証できる、というふうに僕にはおもえるんです。

これは一般にどんな限定された権力であれ、たとえば共産党なら共産党の内部であれ、革命運動なら革命運動の内部であれ、そこにおける閉鎖された権力の中では、権力はそれを、少なくとも排中律的に、どちらの論理でも実証できるだろうというのが、僕の身についた考え方でしてね。それですから、平野謙さんに、ほんとうにそうおもいますか、と聞いたとき、そうだったとおもうよ、と言われたときも、僕はあまり肯定的でなかったんです。ほんとうはわかりません、僕にはそういう、追いつめられた革命運動の内部でどういうことが起こるかという体験はありませんから。対立抗争で、相手を殺してしまえ、なぜならば相手は権力と結びついているということは明らかに実証できるんだから、というふうに相互に考えて、相互に絶滅し合っているそういう組織があって、相手は権力と結びついている、しかるが故にこれは絶滅してもかまわんのだ、相手は反革命である、だからしてこれは絶滅してもかまわんのだという根拠は、僕にはまったく認められない。

僕が十時間ねばられても、絶対にそれは認めない。その論理が出てくるということは、僕は末期的症状、その象徴だとしか受け取れない、それ以上の意味はつけられない。十時間の説得でも、僕は肯定しなかった二つの柱があるんですけれども、その一つの柱はそういうことだったんです。

だから、僕はそこのところは、埴谷さんにもっと突っ込んでお聞きしなければならんようにおもうのです。つまり、その場合の、スパイという限定を、意識的に権力とつながっていることが明瞭であるもの、それから、間接的に、いわば結果的に、それはスパイだ、あるいは反革命だ、というふうに言い得るもの。その場合に、どういうふうにそれを処理し、どういうふうにそれを考えるかということと、しかし一般的に、真に革命的なるもの、それは何を、どこを指すのであるか。そういう場合に、どこに基準を求むるべきなのかということ。そのことは僕は、相当考えられなければ、すべてのそういう論理は党派の論理にしか過ぎない。党派の論理というものならば、党派相互間にも絶対性を確保し得るわけでしょうし、権力もまた、けっして自分が悪をなしつつあると自覚しつつ権力を行使しているという、そういう自覚は僕にはあんまり認められないんで、悪をなしつつあるとはあんまりおもってなくて、これこそは自分たちのためでもあろうし、強いてはそれは言えば人民大衆のためであるという、ただ順序が逆になっているだけであってね、党派の論理であったならば、権力もまた行使するであろうとおもわれるのです。

それは中国も行使するであろう、ソビエトも行使するであろう。中国とソビエトの対立において、両者はそれを行使するであろう。何に基準を求めるか。何が反革命であり、スパイであり、何がそうでないのか、そういうことの基準というのはどこに求めたらいいのか、を考えていった場合、党派の論理というのは、究極的には、やっぱりだめなんじゃないかな、と考えていった根拠だとおもうのです。そこのところを、もう少し突っ込んで話していってほしいというふうにおもうんですけれどね。

埴谷　まず二つに分けて、一つはスパイ問題ですけれども、十九世紀ロシアのナロードニキ時代以来、国家権力が実際にスパイを潜入させたり、あるいは革命家のあるものをあらゆる利害で誘ってスパイに仕立てるということはあったのですね。けれども、二十世紀になってからの重要事は、党が幻影的にスパイをつくりだしたことなんです。それはどういうことかというと、現実にスパイでもなんでもないものがある行動をしたり、ある言辞を吐いたりすると、それは客観的にみて裏切り行為である、とまず言うのですね。主観的に善意であっても、それは客観的には裏切り行為であり、スパイ的行為であると、まず言う。ところが、そう言ってしまうと、そのスパイ的行為がつぎには飛躍して、それは「スパイ行為」で、やつはスパイである、ということになってしまう。はじめにそう言いだしたものがいると、あとの無数は、その最初の「飛躍したたった一人の人物」の意見をそのままただ鸚鵡《おうむ》がえしに伝えてしまう。そして、それは「事実」になってしまうんです。この「幻影」の「事実化」はロシア共産党から全世界の共産党に拡がり日本でもそういうことが数多くありました。お前はそう言うけれども、それは客観的に階級的裏切りだぞ、それはスパイ的行為に通ずるぞ、と、まずそう言うと、その裡に、やつはスパイだということにまで飛躍してしまう。文学は自分が見、聞きした真実を自ら書くんですけれども、政治は他人が信じた事実に雷同する一種の波状運動ですね。つまり、ほんとうにスパイだと確認したわけではない。機関紙が、上部が、誰かが言ってたからスパイだ、というわけですね。これが党派の論理で、党の堕落と退廃の大きな原因は、この他人の「意見」と、客観的と主観的ということの自分勝手な濫用にありますね。

それからあなたが頑張られたことですが、それはいいということです。あなたは、「最後の人」ですよ。最後になっても、「まだ駄目だ！」と喝破するのがあなたなんです。大ざっぱにいえば、僕は「お前はよい子だからよいことをしなければいけない」と言うのです。まずそういうひとは必要ですけれども、みんながそう言わなくてもいい。というのは、いくらよい子だからよいことをしなければいけない、となだめても、すぐはきかないんです。すぐどころか、長く、長く、きかないでしょう。よい子の自己発見は、ひょっとすると、壮年以後、僕達がみんな死んでしまったあとの老年へはいってからかもしれないですよ。それほど自覚——深い自覚には時間がかかる。だから、あなたが、どんづまりの最後まで、まだ駄目だと睨《にら》んでいなければならないんです。

ぼくはもう一度、こんどは情況論にふれずに、殺人についての一種の原則論だけ貫いて、僕自身が再提言を書こうとおもっていますがね。これはほんとうの原則論で、まだなかなか受け容れられませんね。或るひとが僕に忠告して、あなたは切札だからそう無駄につかってはならないと言うのですが、ぼくが切札なんてことはない。僕は瀬ぶみをするだけであって、最後の切札は、最後までまだ駄目だと言いつづけるひとですよ。あなたが十時間も説得されたけれども、承諾しなかったのはいいことですね。まだまだ、「よし」なんていえぬ情況が続きます。

それから、いささか悲観的なことを言いますけれども、日本の革命運動は、結局、内発的なものではないだろうと僕はおもってるんです。仏教の伝来以後、中国文化の移入にせよ、西欧技術の取りいれにせよ、まわりが全部そうなってから、熟柿がおちるように最後にとりこむ。恐らく、新しい革命も、それと同じように外部から、そして、上から、というこれまでの千年来の方式でおこなわれるのではないだろうかと僕は懐疑的なんです。このただの直観が当っては困るのですけれども、どうも内発的に周囲より先、ということはないような気がする。

吉本　僕おもうのですけれどもね、埴谷さんの作品に即して言えば、スパイの論理、反革命の論理、あるいは党派の論理でもいいんですけれども、そういうものを、たとえば今の内ゲバというようなものを見ていると、そういうものを極度にまで徹底化してしまえばですね、けっきょくそれは、相手方の党派自体がもう全体的に権力とつながっているんだ、だからこれをせん滅してしまうといいましょうかね、それはもう政治運動、革命運動の前提であるという、そこまでだいたい行っちゃっているというふうにおもうんです。当事者は行っちゃっているとおもうんです。

その行っちゃう行っちゃい方には、一つの必然といってはおかしいんだけれども、不可避的な契機があって、その契機自体は、はじめにもし党派の論理を認めるならば、やっぱりどうしても認めなければならない。そうするとそこまでどうしても行っちゃうということがあるでしょう。

その場合に、さきほど、資本主義の論理と言いましたけれども、現在、社会主義の論理というのも僕はやっぱりあるとおもうんです。現在の社会主義の論理というのは何か。それはソビエトの場合でも、中国の文化革命の場合にでも必然的にあらわれてくるわけですけれども、社会主義の論理というのは何かというと、一つの対立する党派、あるいは対立するイデオロギー、理念というもの、思想というものを排除したい場合には、必ず同じパターンがあって、それは、その人物、あるいはその党派の、過去から現在に至るまでの、それが実在していようと、作りあげられたものであろうと、なんでもいいんですけれども、全部洗いざらいそこに押しつけて、作りまして、そして一般的にそれを公表する。たとえば機関紙に公表する。何々という人物は過去において、こういうことがあって、こういうことがあって、こういうことがあって、そこの中にはウソもマコトも全部入っているかもしれないですけれども、そしてこれを公表することで失脚させる。ある党派が、好ましからざる党派があった場合に、その党派をどうやって失脚させるか。その場合に、これはスターリン派と、トロツキー派の抗争の時に典型的にあらわれたわけでしょうけれども、この党派は過去において、これこれこういうふうな情況の下で、こういう反革命的な行為をやってきた、それで現在に至っている、という公表をしますね。その中にはウソもマコトも全部入っているとおもいますけれども、そうして失脚させる。これは、資本主義の論理とはちょっとちがうんですけれども、つまり、あくまでもそれを公的な場面に持っていって問題にするか、そして失脚させるか、あるいはそうじゃなくて、これは重用すべき人物だとおもうから、だからこうしたんだ、というような私的な形で、実際の問題としたら自由に、失脚もさせられれば、将棋の駒のように自由に動かすこともできる、これは資本主義の論理だとおもいますけれどもね。

社会主義権力の論理というのも、やっぱりそれなりに特徴があるというふうにおもうんですよ。その場合に、どうしてもはじめに、党派の論理の中に、党派自体が相対化することはできないという、そういう形で党派の論理が存在する限り、どうしても、いくところまでいっちゃえば、今の内ゲバみたいな問題になる。これはどうしてもそこにはある不可避性があるというふうに僕にはおもえるんです。

不可避性がある限り、ここにもっと過敏に、ある意味で現在の情況の問題というのは、ここに象徴されていると見てもよい。それは日本の特殊性であるかもしれない。全体が息苦しくなっちゃっている、ということもありますし、十年おきくらいに戦争をやってきたものが、戦争なしに何十年かきた。戦争になれば真っ先に、自分を殺すこともちろんですけれども、相手を殺すこともあんまりそうこたえはしないという、青年が最初につかんだそういう観念というものは、これははたからは止めることができない。どうすることもできない。それは戦争中も特別攻撃隊みたいな形でありましたし、戦争それ自体を、僕らもそうだったけれども、ちっとも悪だとおもってないという、そういうことがありましたしね。

それは、もし現在平和だというなら、平和が何十年か続いた。これはかつて日本の近代史の中になかったことですよね。それまではたいてい十年おきくらいには戦争しているわけですけれども、何十年か、いわゆる実際の戦いはしてない。そうするとこの中で、自分を殺すことも、相手を殺すことも、そんなに別にこたえはしないよという、そういうふうに青年というものが、そういう観念をはじめにつかんでしまったら、これはやっぱり、今の情況だったら、いくところまで必ずいくだろう。

それは、内ゲバみたいな形でもあらわれるでしょうし、爆弾事件みたいな形でもあらわれる。僕は、自分を殺すということはなんでもないという、そういう理念というものにあんまり驚かないんですよ。わりあいにそれは実感的に戦争中体験してますからね。だからそういうのはあんまり問題じゃないんですよ。だけども、この論理は、どうしても極まるところはそこまでいっちゃう。もしそこに、現在の情況の社会的ないろんな要因がかぶさってくるとすると、これはもう最初にその観念にとらえられたら、はたからは止めることはできない。それでそこまでいってしまう。

それがほんとうに、もう生きているのもいやだというショックになり得るのは、いわば、思想がショックを与えるというよりも、なんか知らないけれども、現実的な要因がショックを与えるというような、それ以外にどうすることもできないみたいな、そういう要因というのは僕にはあるようにおもわれるんですよ。

だからそこのところで、僕なんかどういうふうに考えるかというと、政治運動、革命運動、あるいはその党派というもの、それが一つの必然的なものとして存在するのと同じように、知識というものが知識で立っている、そのほかはなんにも要りはしないよという、そういう存在というものは、埴谷さんのこの『死霊』が、典型的にそうだとおもうのですけれど、そういうものの重さは、革命運動、あるいはそういう党派とか、そういうものと、どう少なく見積っても同等の重さがあるんだということね、そのことははっきりさせないといけないような気がするんです。そこのところで、うかつに、政治運動、党派運動、それが、たとえどういう理念であれ、そういうものにうかつに同調するとか、うかつにちょっかいかけるとか、あるいは逆に、政治党派というものが知識でもって立っているという、そういう人間をうかつに使おうとしたり、というのは、百年くらい前からあるわけでしょうけれども、それはなすべきじゃない。

僕は十時間説得された間に主張したことの一つはそういうことです。お前たちはそれ相当に自分の専門を持ち、自分の考えを、それ相当にそれぞれ展開している、そういう人たちとみだりに、つまり短絡するようにこれを関係づけたり、また評価したり、そういうことするというのはだめなんだ。そのパターンというのはもう百年間の経験でだめなんだということはわかっていると僕にはおもえる。だから、内ゲバをやってる党派でもいいですけれども、ある党派が、一人の文学者、一人の経済学者、一人の研究者、そういう者に対して、絶えず生活とかそういうことについて、私らがいくらでもお金は出しましょう、だからあなたはあなた自身の、それはどんな内容でもかまわない、自由に自分の勉強をしてくれとか、創造してくれとか、そういうふうにお前たちが言うんだったらそれはニュースになる。だけど、百年来変わってないようなそういうことを、そういうパターンで、知識をもって少なくとも立っているそういう人間と短絡しようとするならば、そんなものはぜんぜんニュースにもなににもならん、ということ。問題にもならん、というのが僕の主張なんですね。

それで埴谷さんは、切札だというふうにおっしゃるけれど、僕はもうだめなんですよ、僕は地球上どこにも和解の場所がないという感じで。

埴谷　だからこそ最後の切札なんですよ。僕もそういうことをあなたが言われることを承知しているのですよ。根本は、中ソ対立が、聖バルテルミイの殺戮時代のカトリックとプロテスタントの対立以上の愚劣な対立ということですが、その対立の小型の対立は全世界のどの国を取りあげてもない国はないというほど広まっているんです。ほんとうに地獄だけへ向いて、そのくせ自分は天使のつもりになっている時代ですね。ですから、最後の最後まで、まだだめだと言いきれる人物が必要で、あたりをよく見廻してみると、どうもそこまで頑張れる人物はあなたしかいないというわけなんです。

僕は過去の歴史はすべて過誤の歴史で、宇宙史もまた過誤の宇宙史である、というふうに規定していますが、また奇妙な確信があって、それを是正できるのは一冊の書物だともおもっているんです。僕達の精神は、その過誤の宇宙史をいわば真っ二つにわった一本道のなかで果てのないゴールへ向ってマラソン競走をつづけているという話は、先程しましたね。そこで孤独にマラソン競走してるのは確かにわれわれの精神で、だいたいは似たペースだけれど、ときどき飛躍的なスピードがでることがあるんですね。

宗教性について

吉本　『死霊』の五章の最後の、存在＝意識である、あるいは、意識＝存在である、ということの前提として、現実的に出現するすべてのことは、埴谷さんの言葉で言うと三つあって、〈終りからは始められぬ〉、それから、〈巨大な無関係〉という言葉。それから、〈最高存在こそ存在にほかならぬ〉。その意味は、僕の受取り方で、埴谷さんの言葉で言えば、たとえば、自分がたとえば光だとおもったら、それはもう光なんだ、というような言い方で言っておられるとおもいますけれどもね。

とですね。そこのところを最後のところで、存在＝意識であるということにつながって、〈終りからは始められぬ〉、〈巨大な無関係〉、〈最高存在こそ存在にほかならぬ〉というこそこがまた埴谷さんの存在論の部屋と、革命論の部屋と、意識論、あるいは自意識論の部屋とが、みんないっしょになってしまう、そこのポイントだとおもうんですけれどもね。

僕の印象なんですけれども、たいへん宗教的な感じを、そこのところで受けたわけです。それで、宗教的な感じというのは、まったく宗教的に言われてなくて、たいへん論理的に、つまり思弁的に持っていかれているわけですけれども、まあ全体の作品の文脈の中で展開される、存在＝意識だというところに行くプロセスというのは、作品の文脈で追いますと、ものすごく宗教的な感じというのを受けたわけですけれどもね。

さてその、宗教的な感じというやつは、つまりこういうことでしょうかね、つまり、宗教的な感じでそれが受け取られようと、非常に論理的な、あるいは存在論的な、そういう感じで受け取られようと、そのことはまあ、どっちでもいいんだ、ということでしょうかね。それとも、こちらが宗教的に受け止めているということでしょうか。

埴谷　僕は、かつて椎名麟三《しいなりんぞう》君が洗礼をうけるとき論争しました。君が宗教性を持つことはいい、だが、教団に入ってはいけない、と言ったのですがね。そのとき、君自身、イエスと同じ立場がいいのではないかと言ったんです。

われわれは、生と死、存在と非在、無限と瞬間のあいだにあるのですから、その双方を考えるのは当り前ですね。そして、全体と部分の部分の上に自分が立っていることは明らかですから、全人的という一種の形容矛盾についても考えねばならない。そのとき、さらなる形容矛盾はその瞬間であり、部分である自分が絶対へ向うということですね。実際、絶対なんて言葉は僕達は実際には使えない言葉なんですが、それを敢えて使おうとする。

これはかつて、島尾敏雄君の甥で神学校に行っていて、現在はスペイン語の翻訳、殊にウナムノの翻訳をしている佐々木孝君が雑誌に書いていますが、埴谷は絶対を求めているから、これは神を求めているのと同じだ、というふうに言っているのです。これは、そう言われれば、ほほう、そうかなと答えざるを得ませんね。それからもう一つ、椎名君がやっていた「たね」のグループのなかに小沢恵子さんというひとがいますが、そのひとが「夢魔の世界」を読んで、僕のところに手紙を寄越したのです。

小沢さんは、〈意識＝存在〉にふれて、ああ、困った、埴谷さんは神をつくってしまった。当然、一クリスチャンとして、これに対して反論しなければならないのだが、その方法も手段もわからない。そう書いてきたのです。小沢さんは優れた女性ですから、うまく反論して、椎名君のひそかな望みを果たしてくれるでしょう。この佐々木孝君の絶対にせよ、小沢恵子さんの言葉にしても、僕が最高存在としての絶対を文学的方法で求めていれば、それがたとえインチキ的方法でも、二人ともどもも認めるより仕方ありませんね。

吉本　そこいらへんのところでまた、中世の思想家を借りて裏付けしますと、埴谷さんのいわれた三千世界、その中で、西のほうに十万億土というものがある。そこは絶対観だけが支配している世界である。

そうすると、それに対して二つの考え方の系統がありましてね、生死についてとことんまでつきつめた人たちで、一方の考え方は、十万億土というのは何か、つまり、絶対観の支配する世界というのは何か。それは、妄執《もうしゅう》というものを十万億回も繰り返して、それを超えていったそういう世界だ。カント的に言えば、時間的に了解される、つまり、妄執を十万億回も繰り返し超えていったところの世界だというふうに、時間的なものとして描いているという考え方です。それは埴谷さんの考え方に似てるんじゃないですかね。意識=存在に似ているとおもいますね。

埴谷 似てますね。僕のいう「魂の渇望の文学」というのはそういうことです。魂の渇望は妄執と言い換えてもいいのですよ。そして、自分の現在を否定して、ほかの何ものかになりたい、とおもうのですね。

吉本 それでもう一つの型の考え方というのは、真宗系統の考え方なんです。十万億土というのを、空間的に考えているわけです。空間的というのは、空間的などこかというのは明瞭には指定しないんですけれども、しかし西の方にある空間的なある世界、そこでは絶対的な風景と、絶対的な理念と、絶対的な存在の仕方というのが支配している、そういう場所がある。

この場合、空間的に描いて、しかも実在的に描けないという矛盾はどういうふうに考えればいいかという問題が生じます。生を超越するでも、死を超越するでも、現世、あるいは現実を超越するでもいいんですけれども、普通の「超越」という概念を、竪超《じゅちょう》、たての超越の仕方と名付けるわけです。それに対して、空間的に絶対観の支配したそういう世界を想定するならば、「横超」といっているんだけれども、横に超越することで到達できるといっています。横にというのは微妙な言葉で、うまく論理的に説明できないようになっているけれども、直感的にはたいへんよくわかるようにおもうんです。横に超越する超越の仕方という、そういうところで考えていけば、空間的に十万億土というのは考えられるという、そういう考え方が一つあります。この考え方は現世という、現実世界の相対性を受け容れるし、いってみれば、とっぷり身をひたしちゃえ、逆にいいますと、身をひたしちまわなければ、とても横には超越できないよ、という考え方だとおもいます。身をひたしちゃえ、それをやらないで生死をつきつめてはいけない。それをやっちゃうことで必ず考えられるんだ、というふうなのが一つの系統だとおもいます。

埴谷さんの、意識＝存在、存在革命というものの究極の原理だ、というふうに描かれているものは、妄執を何度でも越えていくという、そういう考え方とたいへん似ているという、感想を持ったんです。

埴谷　それはあなたの言う通り似ているでしょう。〈意識＝存在〉とか、〈還元物質〉とか、〈虚体〉とか、いろんな言葉を僕は使ってますけれど、目指すのは一つです。僕はマラルメ的というか、或る巨大な内容を一つの言葉のなかに密封してしまいたいという一種の言葉の凝縮願望がある。藤枝静男君が僕を詩人的だと批評しましたけれども、いわば散文的な千行なり十万行なりを詩的な一語に凝縮してしまいたいという願望がどうも僕からぬけきれません。〈意識＝存在〉にしても、あんなふうにイクォールで無理につないで、新しい内容を意味しようとおもってるのですけれども、その一語でイメージとしてぱっと解るものとうまくイメージ化しないものがあって、難かしいですね。

僕は意識的に、詩やフラグメントを『死霊』のなかの一章に必ず並べているのです。たとえば今度の五章に、〈幽霊とは粗大な肉体の眼に映る一事物にして、精神の眼に映るものはヴィジョンなり〉という言葉がでてきますが、これはブレイクの言葉で、ブレイクが死んで三十年以上経ってからギルクリストというひとが出した最初のブレイク伝にでてくるのです。ぼくはそれをウィリアム・バトラー・イェーツのブレイク論から孫引きしたのですけれども、こういうフラグメントを僕は普通以上に重要視しますね。一挙に対象にせまれないか、これまでに優れた凝集語がないかとやたらに見廻しているんです。

一章にも、〈悪魔はなにものをも創りなす能わず。ただ神の造りませしものの上にひたすらその外観《おもて》を変じて異形なるものの象《かたち》を投ぐるのみ〉という言葉がでてきますが、これはアウグスチヌスの言葉です。先程の悪魔学の耽読時代、英語で読んだ本からのこれもまた孫引きですが、どうもそういうところばかりに目がとまる。勿論、アウグスチヌスはラテン語で書いているのですから、それが英訳され、また僕が日本語にすると、もとの意味からも調子からもだいぶ違っているとおもいますね。ですけれど、これが先人に対する僕の恩返しなんです。

僕はほかでも言ってるけれども、この地球には文化的モンスーンというものがある。地中海から風が吹き出して、まずダンテへ行き、それからイギリスのシェークスピアへ行き、そこで曲ってドイツのゲーテへ行き、さらに一廻りしてロシアのトルストイ、ドストエフスキイにいった。それが十九世紀までの文化的モンスーンで、地球を半分廻った。二十世紀には、それが、さて、中国にくるか、アメリカに一飛びするか、日本にくるか、というのが僕の考えなんです。今、中国と日本とアメリカは、文化的モンスーンの前に立って一種のマラソン競走をやってるわけですが、僕の感じでは、どうも中国と日本を飛び越えてアメリカに行きそうだ。ここで日本で誰かが頑張れば、ひょっとしたら二十世紀の文化的モンスーンは日本にくる。そしてアメリカは二十一世紀、ということになるかもしれない。

『死霊』の歴史的位置づけ

吉本　僕は、卑小な観点からなんですけれど、埴谷さんの文学が、明治以降の近代文学の中で、もっと前からでもいいんですけれども、なかなか位置づけられないというか、なんかポツンとある、という感じを持ちますから、それをなんとか、どこかで接触点をつけてみられないかということで、少なくとも、生と死とか、存在とか、そういうことについては、まず体験的にはとことんまでつきつめちゃっているとおもえる中世の思想家のパターンを持ってきて、なんとかそれを関連づけようということでお聞きしてきたわけなんです。

埴谷　いや、中世のことはいろいろ教わりました。

吉本　長い歴史の中でどうなのかわかりませんけれども、ポツンと、作家の資質、思想、才能、そういうものが、たまたま偶然にそこにあって、それでポツンとそこでそういうのが出来ちゃったって、これどうしようもないじゃないか、という考え方もあり得るわけでしょうけれども、ある一人の、単独の作家、思想家によってなされる証言というものは、やっぱり、その使われている言葉の歴史の中のどこかに入れ込めることができないことはないだろうな、という考え方が僕の中にありますから。まあいろいろ考えてみて、一番そういうことで『死霊』の世界に対して近似性があるのは、日本の中世思想で、大ざっぱに言って、聖道門というのと、浄土門というように、大乗教を分けたとして、浄土門系統の思想が近いんじゃないかな、という感じ方がありましてね。それでなんとかそこで、接触点をつけようつけようということでやってみました。

埴谷　刑務所のことで想いだしましたけれども、僕は豊多摩《とよたま》刑務所で停まっているといえますね。僕の思想らしきものの大半は、豊多摩刑務所のなかで考えたことを原型として、それをふくらませているだけですね、ほとんどそれ以外のモチーフを僕は持ってないんですね。ですから、僕は刑務所体験のまま停まっていて、あるとすれば膨張宇宙のようにその原型を膨らませるだけですね。

その豊多摩体験として知られているのは、カント体験ということになってますけれども、勿論、そのほかになお原型的な体験がある。カント体験とその後のデモノロギイ体験は大きな柱ですけれども、カントの二律背反の宇宙論のほかに僕を絶えず刺激した考え方があるんです。

スアンテ・アウレニウスという確かスウェーデンの科学者が『史的に見たる科学的宇宙観の変遷』という本を書いていて、寺田寅彦訳で当時岩波文庫に出ていました。現在は絶版になってますけれども、これは、神話時代から、十九世紀に至るまでの、宇宙観の変遷を述べているんです。大ざっぱにいえば、それより以前は太陽系天文学、現在の二十世紀は星雲天文学といえますね。ついこのあいだも八十億光年の向うにある星雲が、カリフォルニア大学天文台の写真に写った、ということが新聞に出ていましたけれども、いまの時代は確かに星雲宇宙論の時代ですね。ところが、アウレニウスがその本を書いた十九世紀は、恒星宇宙論とでもいうべき時代で、だいたい私達の銀河系のなかにある恒星について論議しているんですね。二十世紀になると、アンドロメダと銀河系は双子星雲だとか、パロマ天文台は五十億光年の彼方を望遠写真に撮ったがいまはカリフォルニア大学で八十億光年彼方の星雲を撮ったとかいっているけれども、アウレニウス時代は恒星中心に論じていて、そのなかに僕を衝撃した一つのことがあるんです。

それは、固有運動と呼ばれる見せかけの運動のことですが、これまでの星座表を数百年にわたって調べ比較してみると、動いていないとおもわれていた恒星が互いに動いていることが解ったのですね。この固有運動が僕を衝撃したのは、最も動いているとおもっていたからその調査に役立った。特にティコ・ブラーへは精密な天体図をつくっていたからその調査に役立った。が、ほんとうは最も少なく動いているのかも知れないということですね。つまり、観察者に向って真横に動いているものは何度とか移動しているが、観察者に向って真っすぐ進行したり後退しているものはまったく動いていないように見える。また、観察者に向って斜め前方へ、或いは斜め後方へ動いているものは極めて僅か動いたとしか見えない。ということは、こちらへ向って真っすぐ進行したり後退したりする場合は、真横に動いた星の百倍くらい運動していてもぜんぜんそう見えなくて一点に停まっているように見える。それから斜めにうんと運動しても、ほんの僅かな角度しか動いていないように見えるのですね。この見せかけの運動はカントの仮象の論理学と重なりあって、僕の想像力論の出発点になったのです。つまり、見えないところに最も大きな問題と謎があって、よく見えるところにはただそれだけの問題しかないというかたちの想像力論ですね。その後、『不合理ゆえに吾信ず』というアフォリズムを書いたとき、前文と後文のあいだに空白な虚無の空間をつくって、僕のいわんとするところは、その白い無の空間をこそ覗いてみてくれというふうに一種の組立て風アフォリズムを書いたのは、その恒星の固有運動から影響をうけていますね。

僕は自分の作品の方法を自ら名付けて、極端化、曖昧化、神秘化とか、潜水夫的方法とか仮象の光学的方法とか、いろんな言い方をしていますが、いまの固有運動、見せかけの運動からの影響を頭にいれて、もう一つ新しいかたちを僕が自ら名付けてみれば、条件法の文学とか仮定法の文学とかいうふうにいってもいいでしょうね。わが国では、条件法とか、仮定法という用文は構文として示すのであって、動詞の変化はないのですけれども、ヨーロッパの言葉では、条件法、仮定法がはっきりしていますね。英語の場合は極めて簡単で、もし私が鳥であったならば——イフ・アイ・ウワー・ア・バードというふうに一人称でも二人称でも三人称でもウォズがウワーとなるだけだけれど、ドイツ語の場合は極めて厄介で、ヴェン・イッヒ・フォーゲル・ヴェーレというヴェーレが一人称、二人称、三人称で全部変化して、僕達がその変化のかたちをみんな覚えていなければならない。ところで、実際上自分が鳥であるということはなく、もし鳥であったならという仮定法は僕の文学的方法としてかなり濫用されているのですね。『死霊』のなかの二章の墓地の場面で津田《つだ》老人と話す知的幽霊が出てきたり、意識＝存在が夢魔のかたちをとって向うからやってきたりするのは、現在の日本のリアリズム小説から言えばやはり異端ですね。ですけれども、星が実際に動いていても動いていないと見えることを追求しようとすれば、こういう条件法を設定しなければとうてい見えない部分に踏みこめませんね。従って、そういうコンディショナルな文学を僕は僕流に設定しているのですが、こういう方法はわが国ではあまり採られませんね。だいたい、体験の文学、記録の文学が殆どその全体を占めていて、思考の文学、魂の渇望の文学という型はたまに突然変異ふうに僅かでてくるだけですからね。

といっても、わが国の文学に思考の文学の基底ふうな流れがないとは僕はおもってないんですよ。というのも、芭蕉がいますからね。あの象徴性というものは深いもので、体験と思考の緊密な融合から抽出されているのですね。象徴と直感があそこまでゆけば見事ですね。

それに、もう一つ、『ファウスト』は大きな支えですね。実際、あの第二部はよくやったとおもいますね。ちょっと考えられないほど、深く深く事物のなかへはいっている。それに二十代から書きはじめて八十二でなくなる前年に完成したということもなかなか『死霊』のできない支えですね。あの第二部は、デモノロギイに支えられていますね。人間の渇望がどこへ向うかという道筋をメフィストフェレスを道案内として辿っている。

僕は『ファウスト』の第二部には、だんだん深く感心しましたね。入りやすく究め難い文学とか、入り難く究め易い文学とかにわけると、『ファウスト』第二部は、入り難く究め難い文学の典型ですね。青年時代読んでもよくわからないのですね。二十代で読むより、三十代、四十代、五十代になりゆくにつれて、よりわかるといった作品ですね。いろいろ経験を積んでくれれば、人間の渇望、あなたのいう妄執も次第に見えてくる。僕は残念ながらゲーテほど長生きできないだろうから、死の前年に完成といった仕上げなどとうていできないだろうけれども、最後まで頑張らなければならないと激励されているのですね。

ぼくはいまの「近代文学」の多くの仲間と戦時中「構想」という同人雑誌で一緒でしたけれど、そこに『不合理ゆえに吾信ず』を書いて、埴谷の書くものはてんで解らないという定評をもらってしまった。「近代文学」に『死霊』を書いてその定評を延長することになったけれど、あなたの「自立」と違って、『不合理……』も『死霊』も孤影悄然たる離れ猿の文学といえますね。

吉本　そうでもないんじゃないですか。

埴谷　ゲーテはギリシャが支えてくれましたね。だが、『死霊』はうまくゆきませんね。意図はいいけれども、結果が悪いという言い方がありますけれど、僕の作品もそのなかにはいるでしょう。

『死霊』五章以後

吉本　今はどうなんでしょう、五章というのは全体のどの辺にあたりましょうか。

埴谷　自序に書いてますけれども、これは五日間の事件ですね。はじめ刑務所で考えたことがいろいろ補足されて膨らんでいますけれど、原型はそれほど変わりません。先程、ブレイクに対する恩返しということを言いましたけれども、実はドストエフスキイに対する恩返しもあって、三輪家の兄弟というのは四人兄弟なんですよ。ある意味でいうと『カラマーゾフの兄弟』と同じ枠組になっているんです。『カラマーゾフ……』の場合は、三人兄弟とほかの一人、スメルジャコフは私生児として構成されていますけれども、『死霊』の場合は、三輪高志と三輪與志の二人が正妻の子で、首猛夫《くびたけお》と矢場徹吾《やばてつご》の二人は悪徳政治家の三輪広志《ひろし》がそれぞれほかの女性につくった子なんですね。この四人兄弟ということは、一章の終りで暗示されています。一章の最後に首猛夫が、風癲《ふうてん》病院を出て行くとき、詩の一節を口ずさむんです。フランソワ・ヴィヨンを唄った詩ですが、Villon, our sad bad glad mad brother's name!という章句です。これはスウィンバーンの詩ですが、この場合、ヴィヨンの四つの性質を言っているのを、僕はブラザーズネームのSを、所有格でなしに、複数格というふうに無理やりに置き換えて、そこに四人の兄弟がいるというふうに暗示したんです。その四人兄弟は上から言ってゆくと、サッドは三輪與志、バッドは三輪高志、グラッドは首猛夫、マッドが矢場徹吾に当ります。こういう伏線をやたらに置いているので、自序で「探偵小説的構成」といっているのですが、この四人の兄弟がそれぞれの内面を吐露するときが、すべて、山場になるわけです。第一の山場は、三輪高志が自分の内面を吐露したこんどの五章で、三輪與志は一番最後にその内面を吐露する予定です。いわゆる釈迦《しゃか》と大雄《だいおう》の対話の章ですね。首猛夫も、そして、黙狂の無言の矢場徹吾もまた自己の内心を吐露する。しかし黙狂が話すわけはないので、言うわけではないんですけれどもね。何日も不眠不休で徹夜して飛び廻っている首猛夫がとろとろとして眠りかけてふと矢場徹吾の顔を見ると、矢場徹吾が急に話し出す、というふうな夢うつつなかたちで矢場徹吾の言葉を聞くことになります。

そういうふうに、四人の兄弟が存在とか意識とか社会とかの転覆作業をやるその内面を全部吐露するのですが、どうも僕の能力不足で、それぞれの山場がみな難かしい。第一の山場がこんどやっと書かれたわけですけれども、山場から山場へとつなぐ話の展開もうまく書けないのだから、何番目の山場まで辿りつけるかとうてい解りませんね。

それから『死霊』の五章のことを言いますと、実際はあそこで終っていないんです。時間がなくて書けなかったのですが、僕の予定では、三輪與志が自分の部屋に帰って寝ようとします。その寝る前に兄や岸《きし》博士が言及した自分のエッセイをぱらぱらとちょっと見る。そして、とろとろとしたとき與志もまた夢魔をみる。三輪高志の前に現われた夢魔はやたらにしゃべりまくりますが、與志のところではさっぱり喋らない。お前はうまい具合にごまかしたなという三輪與志に、夢魔は、そうかな與志、とだけ答えている。というのも、実際を言えば、三輪夫人、つまり母親が與志の部屋の外から扉を叩いて、與志、與志と、呼び起こしてるわけなんですね。そう呼ばれて瞬間に夢魔の短い夢を見るのが與志の場合なんです。そして、呼び起こされて廊下に出て行くと、いま岸博士が見えられたと告げられる。三輪與志が玄関に急ぐと、実は昨日あなたからお預りした矢場徹吾を今朝がた盗まれた、と岸博士はいう。患者を盗むのは変なことですけれども、そのとき言わず語らずに、両方ともが、それは首猛夫がやったのだと気がついてるわけです。そして、二人でK橋へでかけてゆくところで、五章は終る予定だったのです。しかし、時間がなくて、そこまで書けなかったので、その話は六章の冒頭に置く予定です。

この六章は川と橋と太陽のでてくる極めて明るい場面の連続で、黒川建吉《くろかわけんきち》とか、「神様」という綽名《あだな》のある白痴の少女とか、津田夫人とかが出てきて、ユーモラスにもなる予定ですけれど。

そういうふうに首猛夫が矢場徹吾を盗みだすことによって、はじめて事件がはじまるのですけれども、事件の展開も内面の吐露もうまく書けないとなると、六章もいつになるか解らない。平野謙君はそれを書かぬ裡に君が死んでしまう恐れもあるから五章までで本にしとけというのです。僕は六章まで書き、四、五、六の三章をあわせて第二巻にするつもりで、かなり頑固に六章ができるまで本にしないと言い張っていたのですけれど、平野君のいうのも当りそうなので、いま妥協案を考えてるんです。その妥協案で五章までを本にすることになるでしょう。

戦後派文学と同時代の作家たち

埴谷　戦後、あなたは日本の思想の領域を拡げたばかりでなく、次元を深めた。これはほんとうに勉強も力もないことにはできないことですね。ここでちょっと雑談に入りますけれども、島尾敏雄君はすぐれた素質をもっている人で、内面の不安とかおそれというわれわれの原存在的な根拠をものすごく鋭く感じて感覚的に緻密《ちみつ》に表現してますね。僕はそれを思想として外側からあらわそうとしているわけですが、その点対照的ですね。この島尾敏雄君を論じている島尾君の特攻隊時代の友人に松岡俊吉という人がいるんです。恐らく島尾君と同年輩だろうとおもいますが、この人が書いた『島尾敏雄の原質』はいい。ところで、この人は「高知作家」という雑誌を出していて、そこで吉本隆明論をやっている。疎外の問題が中心ですが、これもいいとおもいますね。あなた自身がみればどういうふうに考えるかわからないけれども、僕が読んだ限りでは、いいとおもいました。文壇の表にいろいろな批評家がいますけれども、表にあらわれない裏にもこういう人がいて、本質的な問題を考えているのですね。これは喜ばしいことですね。機会があればあなたも読んで下さい。

吉本　島尾さんは、ちがうようでも似てるんじゃないですかね、埴谷さんと。

埴谷　そうですね。不安とか、恐怖という根源を基底に置いてるところは似ていますね。ただ出てゆき方が違うので、僕は意識＝存在とかいって存在のほうに向おうとしてますけれども、島尾君はそれを内面的に追求していますね。

吉本　どうして似ているかと言いますとね。どういったらいいのかな。現実というのが、島尾さんの中では、あるときには内にあったり、あるときは外にあったり、つまり見えていたり、あるいは引っ込んでいたりですね。そうしといて、境目の移り変りというのが、たいへんよく測られているというのが、島尾さんの特徴のような気がするんです。

それからもう一つは、まったく外側にあることが現われてきた場合に、島尾さんは特異な考え方をする人だな、というふうにおもえるんです。やっぱり奥さんのことを書いたこ

との中の一篇で、題をど忘れしちゃったんだけれども。寺田透《てらだとおる》なんかが、ただもてて

るといっているだけじゃないか、という批判をやったところに該当するのですが、近親者

の作品に現われない女性がたまたま訪ねてくるところで、普通の考え方からすれば、近親者

をたしなめる、という距離感覚があるはずですが、訪ねてきた女の人を、夫人と一緒に遠

ざけてしまう解決の仕方をする、そういう場面があります。島尾さんの小説では、奥さん

といっしょに訪れてきた女性を引きずりまわしちゃうみたいな、特異な描写があります。

つまり、近親とか、夫婦とかいう距離と、そこにある契機ではいってきた、当然三角関

係となるべき、そういう女性との距離のとり方が不思議です。もし葛藤が起こったとすれ

ば、近親者のほうを抑制しといて、というふうな感じになるとおもうんですけれどもね、

そうならないのね、島尾さん。特異なところがあるんですよ。

そういうことはたくさんあるとおもうんです。島尾さんという人は、いま埴谷さんのい

われた、おそれとか、不安というものが人に対してたくさんあるとおもうんですけれど

も。だから不安とか、おそれとか、そういうものが前面に出てきたときには、関係の仕方

がなかなかできないというふうにでてくるとおもいますけれども、ちょうど裏側に出てき

たときには、島尾さんという人は、普通の人が自己と他者との境界だというふうに考えて

いるもの、あるいは自分と世界との境界だ、と考えているものを、あんまり境界と感じな

いんじゃないかな、とおもえるところがあります。だから、すっと入り込んでしまう。自

己と他者との距離の自覚は、普通にでてきたときにはもう、ちゃんと他者の領域に入り込んじまっているという、そういうところは特異だとおもいますね。

なんか島尾さんの作品の中で、戦争中、南の島で隊長みたいなことしていた。そこで老練な下士官上りに絶えず不安とおそれをもちながら、関係づけが行われていくわけなんだけれども、実際に島尾さんの隊にいたとか、同僚だったという人が、逆な面からみたら、たいへん有能な、放胆な隊長だったんじゃないかなとおもえるのです。いつでも裏目がみえるというふうにおもわせるところがあります。そういうところは面白いんじゃないかな。

僕は埴谷さんにもいえるとおもうので、埴谷さんという人は、病気がちでおられるし、いつでもたいへんそうですから、なかなか長生きはできんのじゃないかみたいな、そういう思いがありました。対照的に同じ世代で、花田清輝《はなだきよてる》というのは、いつまで経っても悪たれていて、あの分だったら九十ぐらいまで生きて、悪たれているだろう、とおもっていると、そうじゃないでしょう。そういうところが面白いですね。だからいつでも、わからないな、心細いなとおもうと、裏目か表目かがちゃんとあって、そういう面からみると常人だったらそういうことはお断りだよ、ということの中に入っていって、結構それを消化していっちゃうという不思議なことをしています。島尾さんも、有能な軍務の精練者だったんじゃないかなというふうにおもえて仕方がないところがあります。そこはちょっと面白いとおもいます。

埴谷　島尾君と僕は、偶然、同じ村の人間です。僕はそこでは生まれず、ただ本籍地が同じということですが。

あなたは島尾君を非常に称揚している。これはその通りで、島尾君のかかわっている世界は現実そのものだとおもいますね。あなたの言葉で言えば、〈対《つい》幻想〉ということになりますが、夫婦というものは現実の基礎ですね。僕の場合、あなたの言葉で言えば〈自己幻想〉のほうで、これはしばしば、現実から出発しながら、現実から遊離する。それに対して、そこに男と女がいれば、これはどうしても現実から遊離することなどできませんね。現実そのものが男であり、女であって、それが出発点ですね。あなたの言う〈共同幻想〉の国家やその他の大きな幻想も〈対幻想〉からしか辿りつけない。その点、島尾君は実によくやりました。

先程、僕と島尾君に似たところがあるといわれるのは、〈対幻想〉と〈自己幻想〉の差はあっても、僕の場合、自己存在そのものが、恐怖であり、不安であって、また夫婦それ自体が恐怖と不安に隣りあっているのでしょうね。

僕は、〈虚体〉とか〈意識＝存在〉とか〈還元物質〉というように一つの言葉に何かを結晶させようとしていますが、僕の場合、ブレイクのいう天国と地獄の婚姻が最も底にある根拠でしょうね。相反し、拮抗するものをなんとか一つの結晶体にまでもってゆきたいのが、白紙に向きあうという作業になるのですね。そして、いわばその一つの結晶体の現実化は、偶然同時代に生まれあわせた友人達ですね。これはすでに一つの文学的結晶だろうと僕はおもっている。島尾君と僕が偶然本籍地が同じ、福島県の小高という小さい村ですけれども、幼年の島尾君が僕の家のことを没落した般若はあということで知っていたということは一種奇蹟的なことだとおもいますね。そして、偶然同じ戦後文学に属したということはありがたいことですね。この島尾君と僕との偶然にせよ、武田泰淳《たけだたいじゅん》を僕が知った偶然にせよ、なにか天国と地獄の婚姻の恩寵《おんちょう》があるような気がする。

二十五時間目の問題

吉本　『死霊』の第五章にしてもそうおもいますが、埴谷さんの関心の大部分を占めているのは、存在革命といおうと、なんといおうと、「革命」ということ、世界をあらためるということのようにおもいます。

現在みたいな情況にきたときに、こういうことを感ずるんです。埴谷さんが、戦後文学を、同時代的にありがたいもんだ、といわれたとおなじことなんですが、世界をあらためることが、主要な文学のモチーフになってくるというのは、埴谷さんにしろ、平野さんにしろ、大なり小なりおなじような気がするんです。それが政治と文学というような形ででてくるわけでしょう。現在みたいな情況になってくると、とにかく、だめだとおもうことはしない、ということは革命的なことなんだ、ということがあるとおもうんですよ。

それから戦後文学一般とかんがえてもいいですが、そういう考え方でいくと、具体的に、日本共産党でもいいですよ。あるいはそういうふうに言わなくても、革命をテーマにしているというか、モチーフにしているといいますか、そういう運動があると、どうしてもそれを超えることができないといいましょうかね——超えることができないという意味は、超えることはできるわけですけれども、現にしておられるわけですけれども、そうじゃなくて、つまり、とにかく否定することはできない、ということがあるとおもうのです。僕は一つ、戦後派文学をひとかたまりに、党派性みたいにかんがえれば、どうしてもそれを超えることはこの人たちはできないよということが、あるような気がします。そこがある意味では限界に見える、ということがあるとおもいます。くだらないことはしないことこそが、現在こうなってくると革命的なことなんだという逆説があるとすれば、文学にとって革命ということは、主要な関心事、主要なモチーフにならないので、どう考えたって、二十五時間を作れたらそれは革命の問題である。二十五時間を作れなかったら、その人間が、もうだめなんだ、それはだめになっちゃう。つまり、少なくとも革命という部屋はもう存在しなくなる。存在しなくなれば、何が残るか。やっぱり、二十四時間の、ごく普通の生活、それだけが残って、それで何もなくなっちゃう。

しかし、二十五時間目の部屋みたいなものがもし作れるならば、やっぱり革命の問題であろう。僕ならばそういうふうな考え方をもとに置いてしまうとおもうのです。『死霊』で深められている世界は、一つの暗箱の中の問題なんで、ほんとうの問題は、暗箱の問題ではなくて、二十四時間の上にといったらいいのか、外にといったらいいんでしょうか、そこに何か二十五時間目の部屋を作れるかどうかという問題になるんじゃないか。

それで、そこで考えていけば、ふつう、レーニンがいう意味の、職業革命家という概念は、あまり成り立たんのじゃないか。ほんとうは僕はレーニンの政治思想に対する根本的な異議があって、どうしても、政治的な前衛があって、労働者の間に、あるいはレーニンでいえば、かなりなウエイトで農民の間に核を作っていく、そのことがこの世をあらためる原動力になるんだ、という考え方は、ちがうんじゃないかなとおもっています。政治とか、革命とかいうものは、二十五時間目の箱だから、二十四時間の中に接収しなくてもいいわけだし、そこに拠点がなくてもいいし、二十五時間目の場面の問題としてその問題は存在するので、それが二十四時間の中に何か拠点を持つ持たないということは、さほどの意味はなかろうな、と僕にはおもえるところがあります。そこのところで根本的な異議が、レーニンなんかにありまして、それはつまり、レーニンが結果的に整理したものに過ぎないのではないか、という疑念があります。むしろはじまるのはどうせ二十四時間目のところからはじまるんだろう。それに対して、二十五時間目のところに存在し続ける組織なり理念というものは、それに対してまず起動力というふうになることはできないだろうということ。

だからおそらく、ある志向性といいましょうか、その方向性というものを絶えず示し続けられるということと、二十五時間を作ってその箱の中にいるという自覚というか、あきらめと言うか知りませんけれども、そういうものを起動力として、二十四時間の中に存在する世界というのを、絶えず観念でつかまえられていればいいのであって、別に現実的な接点みたいなのは要らないんじゃないか、という考え方が僕にはあります。

だから僕は革命運動をやってる前衛、あるいは組織があるから、革命が起こるんだなんていうことは、ぜんぜん信用していないんで、それはぜんぜん別次元に存在すると考えるべきだし、またそういうふうに振舞うべきである。おそらくそうじゃないかという考え方がありますね。

そこのところで、埴谷さんの作品の世界とは、いつでも二十五時間目に作られた世界、その世界がどういうふうな構成と、どういうふうな奥行きと、どういうふうな世界のあらため方の構想といいましょうかね、そういうものをどういうふうに描けるかという世界だから、どうしても、それは二十四時間の中に根拠を持たなくてもいい。埴谷さんの場合に、それじゃ二十四時間のところに根拠を持とうとする場合には、しばしば、何といったらいいんでしょう、ハラハラしちゃうなというか、そういう感じがあるんです。ハラハラしちゃうなという感じがあるんだけれども、なんかうまくそれを——うまくというのはおかしないい方ですけれども、とてつもなく違っちゃったというようなことがないんです。それがまた不思議なところでもあるし、特徴のような気がする。

花田清輝のような、埴谷さんの同世代を比べるとすぐわかるんです。花田清輝の場合には、ほんとうの意味で現実政治的な意図をあきらめた六〇年以降に書かれた作品は一定の評価をしますけれども、花田清輝が現実に対して、ある指南力を示そうとした場合には、ほとんど全部間違ってばかりいたとおもいます。もっと、戦後派文学を限定していえば、野間宏という人をとってくると、この人は、二十四時間の範囲内で現実的な志向性を示したときには、全部間違ってきたとおもいます。一度も合ったことはなくて、あとで、なんということになっちゃったんだ、ということで、また文学の世界に入っていくという繰返しです。

二十四時間の範囲内の世界、つまり現実の世界に対する戦後文学の志向性を、いったい何が間違えさせたのかをかんがえますと、もともと二十五時間目の世界に作られたいわば一種の架空の世界の問題を、リアルな世界というふうに読みちがえたそういう経験が、いつでも作用して、そしてそれが二十四時間の範囲内における指南力とか、志向力をいつでもだめにしちゃっている、というふうに僕にはおもえるんです。

埴谷さんはきっとだめになるよ、とおもってても、究極にはそんなに誤差を生じてない、というのが、不可思議でもあるし、また特徴でもあるとおもいますね。

埴谷　なかなかだめにならないですか。あなたがそう見てるだけでしょう。

吉本　戦後派文学は、党派としてみたらほんとうはだめになってるとおもうんです。だめになっているけれども、自分でだめになっていることをわからないんだとおもいます。

埴谷　いや、自覚は難かしい。

吉本　そうだとおもいます。だけどほんとうはだめになっている。それははっきりしているわけですね。

埴谷　それで、どうして埴谷はだめにならないんだろうか、ということなのですね。

吉本　そこは不思議なところでもあるし、特異なところのような気がするんです。それで、そこのところは少なくとも、なんか僕なんかだったら、相当きっぱりとすっきりしちゃってて、二十五時間目の世界なんだ、これは現実に根拠をなんとかしてという、こんなことはもう考えるのも愚なことだ、というふうに生き、またそういうふうに死ぬべき存在だと定めてしまいます。二十四時間の範囲内にある現実の世界がそれがなければあらたまらないんだというふうに関係づける問題ではなくて、二十五時間目の暗箱として終始すべきである、そこだけで生き、そして死ぬべきものであって、けっしてそれは、二十四時間目までの世界と、ストレートな関係づけみたいなものをすべき次元の問題ではないんだ、

す。そこのところは、レーニンは、とてつもなく違ったんじゃないかな、と僕は考えていま

そこのところが第一次戦後派の文学の党派は、ブロックとしてうまく処理できていない、と僕にはみえます。

埴谷 われわれはレーニン的段階で育ったわけですけれど、そのレーニン的段階は、この二十世紀の今のところだけで、数千年の人類の歴史を見れば、レーニン的段階だけで解決できないものが無数にあるのですね。あなたの「マチウ書試論」でも、現在のレーニン的段階ではなく、現在の僕たちよりも遠くを見、広くを見ているのですね。思想とか文学は、現代の中に生きていても、人類の古く長い精神の声にかかわっていなければならない。執念も不安も含んだ全体を見ている人が必要ですね。

あなたは最後まで同調しないで頑張っているので心強いが、僕と同時代では、竹内好《たけうちよしみ》君がいますね。彼はあなたに似たところがある。全体を見ていて、小事に動じませんね。竹内君と僕とは、同じ吉祥寺だからよく会うのですけれども、彼のどっしりした態度に接するとやはり安心感を覚えますよ。彼がいるということは、われわれはいま大きな欠陥のなかにいるけれども、何処かで復元するのだという気を起こさせますね。こういう復元感はあなたにもあるので、最後まで、だめだといって頑張ってもらわねばならない。

吉本 その場合に、戦後派文学ということを、ブロックということじゃなくてね、やっぱ

り、お前はだめじゃないかということは、埴谷さんがいわなければならない、というふうに僕にはおもえるわけですよ。

埴谷　いや、いろいろ役割があって、僕は、お前はいい子だからいいことをしなければならない、という役ですよ。武田式ほめ殺しではなく、僕のは、はじめもおわりも甘いのですけれど、秋霜烈日が最後に必要なように春風駘蕩《しゅんぷうたいとう》もはじめには必要だと僕はおもってるんです。

吉本　でも埴谷さん。ほめ殺し、と言われましたけれどね、なんとなく罪みたいになるような気がするんです。埴谷さんに、戦後派のブロックも含めて、ほめられたためにだめになった、というのはたくさんいるんじゃないでしょうか。ほめなければだめにならなかったんだ、だけれどもほめられたために、ということはあるんじゃないですか。だめになった、だめにならないというのは、それはどうでもいいようなものなんだけれども、それでもって、形而上学的に、殺人しちゃった、ということはあるんじゃないでしょうか（笑）。

埴谷　それはあるでしょうけれども、僕はまたこうも思っていますよ。ほめられようと、けなされようと、だめになる奴はだめになる。つまり、本人が自らをだめにしてるんであって、自ら努力しなければ退化するのはきまっているのです。そういう考え方が僕にはある。ある種のニヒリズムでしょうけれど、ですから僕のほめ方にはそういう裏も内包しているということがありますね。これは残念ながら、僕の人間認識のかたちですね。

戦後派は、僕から言うと、やはり、大きなプラスの要素を持って踏み出したのです。このプラスの要素が、あなたが言われるように、プラスだとほめられたために、だめになったかというと、僕はそうおもえない。だめなのははじめからプラスではなかったのですよ。そのなかで特に武田泰淳のプラスの性質はずばぬけていると僕はおもう。彼は自らいうように不完璧主義者で、ものごとをそのまま投げ出して精練しないのですけれど、やはり人類が新しく欲した質があそこにある。武田泰淳と戦後文学をともにできたということはやはり栄光だと僕はおもいます。

ちょうど十年ほど前に「文藝」から、「友人に一番のぞむことは？」というアンケートを受けて、「無限の時間のなかで偶然一緒に生れあわせた哀感」というふうに僕は答えてますが、これは今も僕の基調で限界ですね。どうしても、哀感が先にたってしまうし、だめということは前提なのですね。つまり、ただ努力することしかないけれど、どんなに努力しても或る限界があるともおもうし、また『ファウスト』のような努力の最高の高みにのぼることもできるともおもう。期待と無期待、ニヒリズムとオプティミズムが悲哀を媒介にして僕のなかで共存している。

そして僕が島尾敏雄君に対してまったくだめなところは、女房に対する態度ですね。女房に対しては僕はスターリン主義的プロレタリア独裁でね（笑）。徹底的な弾圧ですね。革命家の内情なるものは実はかくのごときかとおもってますが、ぜんぜん女房には悪亭主ですね。家庭がコンミューンのはじめなんだろうとおもうけれど、その点、僕は失格です。言行不一致はまず家庭から、というのが僕の場合ですね。

三島由紀夫について

埴谷　それから三島由紀夫についてちょっとつけ加えますと、三島由紀夫はたいへん真面目ですね。左翼的真面目も、右翼的真面目も日本では共通してますけれど。その真面目の最後の証明は死に方です。崇高とインチキの共存がない真面目さですね。僕は三島君と座談会で、死について語ったのですが、ほんとうに真面目でした。ニヒリズムをつきぬけた理想主義とか、インチキを通りぬけた崇高とか、この現実の生の濾過《ろか》の仕方が僕のように複合的でなく、いさぎよいのですね。僕達は原民喜《はらたみき》、梅崎春生《うめざきはるお》、椎名麟三とまったく違ったかたちで三島由紀夫を送ることになったが、原民喜と三島由紀夫の場合は対照的ですね。原さんはさりげなく去っていったが、三島由紀夫はさりげなくの逆でしたね。

吉本　僕はあんまりこだわりがないんですがね。こだわりがないということは、文学者というのは、なんでもいいと言うとおかしいですけれども。

埴谷　大衆の一部分だ、ということでしょう。

吉本　つまり、トルストイであっても、ドストエフスキイであっても、ツルゲネーフであってもいいというか、それはどうであってもいいんじゃないか。だから三島さんが、イデーとして、どういう政治理念を持っていたって、それは三島さんのやった業績、文学的な業績だけが問題なんであって、イデオロギーというのはあまり問題にならんだろう。

ただ、ああいう優れた文学者がたくさん出てこないと世界は別にあらたまることはなかろう。そのイデオロギーはどうでもいいので、政治運動、あるいは革命運動が、それだけで、政治革命をやり、社会革命をやりなんていうことができるとおもったら、それはぜんぜんちがうとかんがえます。だから、イデオロギーみたいなところにはこだわらないんです。ただ、終始一貫、中世の思想で裏打ちしちゃいますけれども、そういう死に方の表現みたいなのにも二つあって、とことん詰めていって、知らせる死、風情として出てきた死というのはだめなんだ。だからぜんぜん知らせないように死ねということと、死んだら、放っぽり出して、鳥やなんかに食わしちゃえ、おれが死んだら食わしちゃえ、というようなことを、時宗系統の代表的な思想家、一遍なら一遍というのは言ってますよね。

僕はそこのところでは、三島さんの知らせる死というか、舞台の死というか、すごく不満ですね。自分は及び難いとおもいますけれども、僕だったら中世思想でいえば、もう一つの系統の、積極的に卑小な死というものを引受けてしまえ、もっともつまらない生、もっともつまらない死というものを全部引受けてしまえ、そうすると何か出てくるかもしれないという、そういう考え方をとりますからね。

三島さんの知らせる死というのは、人が結果的に知ってしまうだろう、ということではなくて、知らせる死と、知らせない死というのは、画然と、三島さんの中で、うまく自覚されていないようなところがあるようにおもうんです。

だから、文学としても、おそらく三島さんの文学の中にあるので、作られたものと読まれるものとの区別は、三島さんではあんまり自覚的には区別がついてなかったんじゃないかな、という気がするので、そういうところは僕なんか三島さんの文学でも死でも批判というのが残るのです。そういう面でいえば、三島さんは、埴谷さんと村松剛との座談でいっていた、市川団蔵でしょうか、八代目[註5]でしょうか、団蔵のほうが、知らせない死にかなっているとおもいます。僕の中に、二十五時間目を作った暗箱が、僕の中から、なんらかの形で消滅してしまったとしたら、僕はまったく、二十四時間以内で、卑小に生き卑小に死ぬということで、埴谷さんはインチキなことをしてるというけれども、僕はインチキを積極的に引受け、そういうふうに生き、そういうふうに死にたいとおもいますね。かろうじて、何か二十五時間目の暗箱が残ってて、そこでいろいろ突張っているところがあるんだけれども、消滅する方向はどういうふうに消滅するかといったら、やっぱり、二十四時間の範囲内で退却するというか、そこに消滅するという、もっともインチキに消滅するほうの考え方を択びたいです。中世のもう一方の考え方のほうが僕にピンとくるんです。

現代文学の方向

埴谷　ここであなたに聞きたいのは、戦後文学ばかりでなく文学一般の方向ですが、今、多くの青年は内ゲバにかかわったり、また、反対にまったくそっぽを向いたりしていますね。殺したり、殺されたり、またそれらから目をそむけたりしていますが、こういう問題が真剣に問われるという時代はきましょうかね。それとも、ますます風化してゆくのでしょうかね。

吉本　いや、ますますだめになるんじゃないだろうか、というふうにおもわれます。文学には、どうしても究極までいってしまえば、二つ軸があって、とにかく、読者というか、他者というかわかりませんけれども、それを振り切って、振り切って、どんどん振り切っていっちゃって、一人も読者なんていうのはいなくなっちゃうという、そういうふうに振り切っていっちゃう方向と、パターンとパターンをどんどんつなげていけば、これは無限に、つまり文学自体が読者そのものになってしまうというか、どうしてもその二つの方向はいつでもつきまとってて、それがどちらの方向に行くかということは、その時代時代ということになるわけでしょうけれども、どう考えても、風化してだめになる方向が、今のところよくみえている、とおもえるんですよ。

これは政治的な党派性でいえば、いまおそらく、僕らがパターンで考えて政治的に有効なことを、少しでもやれるという考え方は、いわゆる構造改革派[註6]ということになるとおもいます。現在の情況でやり得る唯一の方法は、そうだとおもうのです。ただ、それはもうほんとうに、文学がだめになるというのと同じで、政治がだめになるという方向に、同時にその有効性はつながっていっているとおもいます。そう行かざるを得ないでしょう。ただ有効性を取ってくるならば、ここに石一つ積んだじゃないか、ポリバケツ一杯分ゴミを多く拾ったじゃないかとか、そういうことでいうなら、構造改革論だけが有効であるとおもえるんです。だからその党派だけが有効性であろう、というふうにおもえるんです。あとは全部有効でない。有効でないことの、極端なあらわれ方が、内ゲバになり、爆弾になる。これは有効でないあらわれ方だけれども、政治というものを本質的にいえば現在の情況の中でどちらに本質があるか。僕はもちろん、内ゲバ、爆弾のほうに政治の本質はよくみえるとおもう。しかし、いずれにせよ否定せざるを得ないのではないかというふうにしか存在し得ない。だけど政治の本質はたしかにそっちのほうにある。また現在の世界全般の情況の本質もそこにあるようにみえる。だけど、どうしてもこれを否定する以外にないじゃないか、もう確実じゃないかとおもわれるんです。そうすると、そこで何が可能かと考えていって、もちろん有効性も拒否する。有効性を拒否するということは、有効性を持っている党派性というようなもの、そういうのも拒否する。じゃ、本質的にあらわれているものはどうなんだ、それは本質だから拒否しないのかといったら、これは、どう考えても、ストレートに政治の本質を出現させようとすれば、内ゲバとか、爆弾とか、としてあらわれざるを得ないので拒否するほかない。どうしても、非政治的にといいましょうか、反政治的にといいましょうか、どうしてもそういうところを媒介にすることが、政治の本質的な課題なんだ、というところを出現さしていく以外にない、としか僕にはおもえない。

だから不可避性としてはもうそういうふうになってて、それ以外のことは、どうしてもストレートには可能じゃない。文学でもおそらく、今の問題は同じなんで、何がいい文学なんだといった場合に、比喩的にいえば、爆弾、内ゲバというのが文学の本質的な表われなんだとおもわれるんですけれどもね。

ですけれども、ストレートにそれを打ち出して文学の創造として実現していくということは、またこれはたいへん不可能な経路というのを辿らなくてはいけない。それが今の文学のむずかしいところであろう。もし文学を、ハイ、これが文学ですよ、というふうな形で提出しようとすれば、構造改革論とおなじで、無限に風化していってしまう。それ以外にもうありようがない、というふうになっちゃって、そういう意味では、もうどうしても袋小路みたいなものに入らざるを得ないところにきている。それがむずかしさであって、そのむずかしさをなんらかの意味で、創作自体として解いていくというふうな作家が、今後、いまより若い年代にあらわれてきたら、希望は希望ですよ、というふうになるでしょうけれど、ちょっとそういうことは考えられないんじゃないでしょうか。

埴谷　僕は、あなたの言う、希望は希望ですよ、というほうに賭けてるんです。あなたより、たいへん甘い見通しをもっているんですね。社会的政治的には、あなたの言う通り、よりだめになるとおもってます。けれども、文学がだめになるとおもってないのは、だいたい文学が人類の生活にあらわれたのはひとつの奇蹟だと僕はおもってるからです。なぜ稗史《はいし》ふうに出現した小説の世界が『ファウスト』や『カラマーゾフの兄弟』にまで辿り行ったかということは一種の奇蹟で、ふつうの社会的生活の状態には反しているというふうにおもえるのですね。僕流に考えると、ゲーテとか、ブレイクとか、ポオとか、ドストエフスキイとかの出現は社会がだめになろうが風化しようが直接には関係ない。よくゲーテの出現もブレイクの出現もポオの出現もドストエフスキイの出現も社会的必然をもっていたといいますけれど、僕は大きな意味で関係ないとおもってるんです。社会がよかろうが悪かろうが、こういう奇蹟的出現とは関係ないというのが僕の意見で、あった奇蹟はまだあるだろうとおもってるんですがね。文学自体がすでに社会生活に反する奇蹟にまでなったということは、ペシミズムのなかのオプティミズムですね。といっても、僕は文学一般や文学者一般を希望的に眺めているのではない。僕が奇蹟ふうに望み眺めているのは、ひとりのブレイク、ひとりのポオの出現です。

ょうか。

吉本　やっぱり最後究極的なことを、埴谷さんが自分で示すよりほかないのではないでし

埴谷　それは自分の努力の問題で、いま僕がいった奇蹟的出現というのはまた違った次元のことですよ。先程、ペシミズムのなかのオプティミズムといいましたけれど、メフィストフェレスの、悪をなさんとして、しかも善をなすところのあの力の部分です、という自己分析はいいとおもいますね。とにかく努力することは僕達の生きてる意味だけれども、それがさらに文学への努力となると、そこに崇高からインチキへかける努力の仕方があると僕はおもいますね。奇蹟だなんて言い方がすでにそうです。ブレイクはあった方がいいかどうか、とぎりぎりつきつめていって、それはあった方がいいか悪いかなどという場所を越えている、それはすでに奇蹟だと答えるとしたら、それはやはり崇高性もインチキ性もともに備えた答え方でしょうね。

——「文藝」昭和五〇年（一九七五年）九月号

思索的渇望の世界

埴谷雄高
吉本隆明
秋山駿

第一部　故郷なき青春

台湾における少年時代

秋山　埴谷さんの少年時代に一番顕著に影響を与えたものというと、ぼくはやっぱり台湾で生活されたことだと思うんです。そしてそれが埴谷さんの現在のものの考え方や生活に対する態度、あるいはまた小説の中の風景描写となって出てきていると思われるんですね。『影絵の世界』[註7]にも書いておられますが、あれは五歳ぐらいのところからはじまっているわけですけれど、五歳以前の台湾といったようなものについて少し具体的に伺いたいと思うんですが。

埴谷　ぼくはほかのひとと比べると変わっていて、いくぶん異端的というふうに見られていますけれど、その根拠はやはりぼくが台湾で生まれたということでしょうね。ぼくの実家は福島県の相馬郡小高町というところで、偶然、島尾敏雄君の郷里と同じところなんです。ぼくの祖父は相馬藩ですが、明治四年の廃藩置県、家禄奉還のとき田畑や山をもらって百姓になった。いま相馬市となっている中村という町から小高へ、そのとき相馬藩の藩士が四軒移って百姓をやるようになったのです。ところが、ぼくの祖父は一回も鍬を持たなかったんですね。百姓になるのが、よほどいやだったのか……、とにかくほかの三軒はちゃんと百姓になりきったのですが、ぼくの祖父はいっぺんも鍬を握らなかったので、たちまち土地を抵当に取られて、ぼくのうちだけが没落したんです。

秋山　没落士族の典型だったわけですね。

埴谷　四軒来た侍達は土着様といって村では別格扱いを受けていたのですが、そのうちの一軒が没落して、みんな取られてしまったというので、もう村中の評判になったんですね。島尾君が「村だより」という文章にそのことを書いていますけどね。ぼくの父は孝行息子だったらしく、その土地を取り戻そうと思って、台湾へ行ったのです。その頃の台湾は熱帯地手当としての加俸があって、月給が倍くらいになったんですね。そして、親父は少しずつ少しずつ土地や家を買い戻して、とうとう全部買い戻してしまった。ところが、またぼくが豊多摩刑務所に入っていたときに売っちゃったので、郷里でのぼくの評判はとても悪くなった。せっかく親父さんが買い戻したものを、アカになった息子がまた売っちゃったというんです。そういうわけで父が長いあいだ台湾にいたので、姉とぼくの二人とも台湾で生まれたんです。

ぼくは台湾の北部の台北と中部の台中のちょうど真ん中あたりになる、台湾でも一番気候のいい新竹というところで生まれたんです。ぼくが生まれたとき、親父は税務官吏だったのですが、その後製糖会社に移った。それで、ぼくはもの心つく頃は台湾の南部にいて、そのために日本人らしい心情をほとんど植えつけられなかったのです。自然の風景は、川にしても、樹木にしても、とにかく日本とは全部違うのですね。中学二年のときに東京へ移って、はじめて郷里へ行ってみると、東北の風景と台湾の風景とはあまりに違うのですね。ぼく達のいた台湾で一般的な木は相思樹《そうしじゅ》で、黄色い花が咲く頃、ぼく達がペタコと呼んでいた頭の白い小鳥がそこに群れ集ってくる。そのほかに風にゆっくりと葉をそよがせている椰子《やし》とか檳榔樹《びんろうじゅ》とか、また、ぼく達が台湾松と呼んでいた榕樹《ようじゅ》とかがありますね。それからイカダカズラとか、蛇木《じゃぼく》とか、とにかく日本にない樹ばかりがある。そして最も自然な日本的情操にとって決定的と思われるのは、神社と寺がないことですね。郷里の小高に行ったらすぐ近所に野馬追いで有名な小高神社があるので、ほほう、これが日本人の魂の目に見えぬ拠りどころかと思いましたけれどね。

向うにはぼく達がただ廟《びょう》と呼んでいた媽祖《まそ》廟があるんですが、これはまったく異国的なものですね。どちらかといえば、馴れがたく薄気味悪い感覚がする。そして動物はどこを眺めても豚がいる。それに勿論《もちろん》、自然の風物ばかりでなく、季節感もまったく違っていますね。子供のとき遊びに行くのはまず川ですが、この川が内地の川みたいに安定していない。台湾の南部は夏が雨季で、ひとたび豪雨がやってくると、たちまち川の流れる場所が違ってしまって、いままでこちらへ流れていたのが、それと違ったところを流れるようになってしまう。そうした川の中でぼく達は一年中裸で泳いでいる。正月元旦からもう川へはいってるのですよ。南部はそれほど暖かい。冬でも暑い日さえある。ぼく達の子供時代は、パンツやサルマタなどはかなない時代ですから、男の子も女の子もみんな素っ裸です。そして、暑いものですから、たえず水を飲む。ところでその水の水質がよくないので、湯冷ましといって、いっぺん沸かしてからさましたものを卓上や台所に置いておき、たえずそれを飲む。つまり、裸で水ばかり飲んでいる――いわば原始的生活ですね。こうしていると、日本人が本来持っているべき風土や季節の移り変りについての美的感覚とか自然な愛着の心情とか感受性とかが、ぼくの幼年時代に植えつけられる機会がなかったのですね。それから話はとびますけれど、当時台湾には七、八百万の台湾人（本島人といいました）がいたでしょうか、そこに二、三十万の日本人が支配者として威張っていて、決定的な力を持っていたのです。これはこれまで幾度も書いたり喋ったりしていますが、たとえば人力車に乗りますね。その人力車をひいているのは台湾人ですが、それに乗る日本人はその車夫を人間扱いしないんです。まるで馬の尻を鞭で打つみたいに、人力車の上から足をのばして車夫の背中や首筋を蹴って、「左へ行け」「右へ行け」とか命ずる。そして、人力車から降りて二十銭と請求されると、いや、ここまでは十銭だと勝手にこっちで値段を決めて渡すんですね。「二十銭、二十銭」と言って車夫が追いかけてくると、「馬鹿野郎」と怒鳴って追っぱらってしまうのです。

秋山　それですむんですか。

埴谷　すませてしまうのです。子供ながらこうしたことには耐えられませんね。ぼくはほんとうにぼく達日本人がいやになってしまった。世界中で日本人ほどいやなものはないと思いこんでしまったのです。そして、その全的な日本人否定は自然に自己否定にもなるんですね。早く死んだほうがいいと思うようになってしまった。ぼくの自殺の観念は恐らく普通より非常に早いんです。後年、運動へ入ってみると、それは必ずしも日本人だけの特性ではなく、植民地人に対する支配者の心情はみなそういうもので、イギリス人のインド支配などは日本人の差別感以上だということがわかってきましたがね。けれども、幼年時代に植えつけられた日本人嫌悪の感じはどうにも抜けなくなってしまい、ぼくのニヒリズムの根拠も、ぼくの文学の現実離脱の傾向の根拠もそこからでていますね。そして、現実そのものではなく、あるべき理想像を描きたがる根拠も、この台湾育ちから生まれた日本人嫌悪の感情に根ざしていますね。

秋山　いまのお話で埴谷さんの感受性の最初の型の根元がわかりましたが、埴谷さんにとっての故郷《ふるさと》というのはどこなんでしょうか。台湾は出てきませんか。

埴谷　ぼくの親父は製糖会社に入ってから工場から工場へと移ったのです。定着しないのですね。ぼくは台湾で生まれて、いままで述べたように非日本的感性のなかで育ったばかりでなく、親父が一個所に三、四年いると、ほかへ移ることになるので、ぼくには非定着者の思想といったものもはぐくまれてしまった。ヨーロッパにはコスモポリタンという言葉がありますけれども、ぼくの場合、そうしたものとも違って、幾分似た言葉を使えば、ハイマートロスということになるでしょうね。ドストエフスキイは、自分の郷土との関係を失った者は、自分の神すなわち自分の目的をも失うと『悪霊』のなかのシャートフに言わせていますが、ぼくも日本人の自然な憧憬の対象である日本的心情、その奥にある日本的神を失った感じですね。

ぼくは中学二年の時に東京へ帰ってきて、福島の小高の故郷へ夏休みにだけ行く。ぼくの親父は取られた土地屋敷を全部取り戻したことが喜びで、また得意だったのでしょうね。わざわざ石巻まで石を買いに行って、その取り戻した山の墓地へ祖父の墓をたてたのです。それもふつうの墓じゃない。よく何々記念碑という大きい一枚ふうな石があるでしょう。そういう大きな記念碑風な墓を四軒の士族が共有している山の奥の墓地へたてました。その祖父の墓を見ると、封建時代からさらに古代へ、原始へと遡ってゆく遠い血の流れといったものをやっと感じる。また、ぼくのところは海へ近いところで、泳ぎにいったりすると、日本的情緒を感じる。けれどもこれらはあとからようやくつけ加えた部分なのですね。

秋山　ふつうは、そういう考え方の出てくる背景には少年期の出会った町の生活とか仲間同士の交際があると思うんですが、埴谷さんの場合それは台湾のところですか。それとも東京へ出てきてからでしょうか。

埴谷　ぼくの父がいた工場は、みな町から離れた田舎にあるのです。数百人の小さな日本人地帯を形成していて、そこにその工場だけの小学校がある。それで生徒の数はとても少ないんです。そして、その周辺に台湾人が多くいる。砂糖をつくる植物を日本語では甘蔗とかサトウキビといいますが、台湾ではカムチャというんです。ぼくの父は、その甘蔗を栽培する農業部門の責任者だったのです。

ついでに製糖工場について説明しますと、一年のうちに工場自体が働いているのはわずか三ヵ月の期間しかないんです。つまり十一月なかばから翌年の二月のなかばぐらいまでが稼働期間なのです。そして、その間、工場は二十四時間昼夜運転しているわけです。その三ヵ月以外は、工場の機械はまったく運転せずに停っていて、サトウキビを植えつけ、それを育てているのですね。そのサトウキビが熟した時は、二間ぐらいの高さになるんですよ。沖縄のサトウキビはもっと丈が低く、小さいのですね。台湾でなぜ砂糖工場が増えたかというと、このサトウキビが非常に大きくなって、しかも、生産量が多いということが原因ですね。子供のぼく達が鬼ごっこをするのは、このサトウキビ畑のなかですが、そこへ入ったらもうわかりませんね。すぐ隣が見えない、すぐ隣の列の一間先が見えないほど密生していて、人間の姿などすっぽり隠れてしまうんですね。それほど大きくなるのがだいたい十一月で、それを伐り取り、会社専用の鉄道の無蓋貨車に積んで、工場の中へまでひきこみ、そこで、上方へあがってゆくコンベアの上に大きな熊手みたいなものでひっかき落とすわけです。この砂糖工場の製造工程は極めて簡単なもので、まず、鋭利な刃物が四つぐらいついている断裁機がコンベアの上で回転していて、サトウキビを小さな細片に切るんです。切ると、次は、上から圧力を加えて圧搾して、汁をすっかりしぼり出してしまうのですね。その汁を煮詰めて、まず糖蜜にし、いっぺん石灰を濾過させると、もう赤砂糖になっている。あとはその赤砂糖をさらに白砂糖に精製するだけですね。その赤砂糖までは流れ作業の工程で、たちまちできてしまうんです。

ところで、ぼくの親父は栽培の方ですが、耕地が広いから、植えつけから収穫まで絶えず忙しい。だんだん大きく育ってゆくわけですが、台風でもあると、電話が鳴りっぱなしなんですね。広い耕地の諸方に出張所があって、うちの親父の部下がみんなその遠くの出張所に住んでいる。会社専用の鉄道が通じていて、機関車で行く場合もあるけれど、機関車の台数は少ないから、トロを手押し機械で動かして行く場合が多いんです。それにまたぜんぜん鉄道が通じてなくて自転車で行かなければならない出張所もある。工場関係の人はあまり台湾人と接触する機会はないんですけれど、栽培関係は接触が多い。というのも、小作をやったりしているのがすべて台湾人で、たえず父親のところにくるわけですよ。そのとき、いろんなものを持ってくる。豚だとか、魚だとかですが、日本と同じものは鰻だけで、あとは日本にない魚を持ってくるんですね。ぼくのうちには大きな水のタンクがあって、そういうふうに持ってこられた魚を入れられるようになっている。また、お祭りや祝い事があったりすると、招《よ》ばれて行くんですね。招ばれて行くと、それこそ台湾料理が三十品も五十品も出てくる。庭に椅子と机を置いて、薄暗いところで食べるんですが、こちらからいえばあまりに豪華ですぐ食べきれなくなる。こういうふうなことは大きな意味の植民地支配のなかの一環ですけど、そうしたなかで親密感もできる。日本人が台湾人を侮蔑していることへの反逆といったふうなものではありませんけれども、子供だから、向うの子供と一緒に食べて遊んでいるとすぐ仲よくなる。ぼくは、どちらかというと、おとなしい子供でしたけれど、異国人のなかで人見知りするといったことはありませんでしたね。それから、出張所がたくさんあると先程言いましたが、その出張所から、豊ちゃん遊びにきてくれというので、あっちの出張所へ行ったり、こっちの出張所に行ったりよくしました。水牛の上に鳥が止まっているふうな風景画がよく中国で描かれていますが、田舎の風景は実際にそういうものですね。あまりしばしばそういう田舎の風景を眺めていたので、動物が人間と共存しているふうな風景が、ぼくの中の原像としてできあがり、人間が町に住んで、人間だけが仲よくしているといったイメージはぼくのなかにありませんね。

吉本 その台湾人というのは、中国人のことですか。原住民というのは視野の中に入らないでしょうか。

埴谷 台湾人とふつう言っているのは、殆ど福建人、広東人で、福建人のほうが多かったのですね。その両方の南方系の中国人が台湾人で、台湾の本来の原住民は、生蕃《せいばん》と称され、山の奥へ追い上げられてしまったのですね。これは高砂族《たかさご》といって、この間、中村さんという高砂族の日本兵士が何十年ぶりかで発見されましたね。構造的にいえば、日本人の下に台湾人が被圧迫民族としているが、その下にまた被圧迫民族として、日本の山窩《さんか》[註8]みたいに、山に追い上げられた高砂族がいるのですね。台湾人は日本人に対して被征服者でしたから、表面は屈伏した形でいて、たとえ反逆心があっても、ほんとうの胸の中はあかさない。どこの植民地でも同じでしょうが、台湾人もまた一応は征服者に対して協力しているけれども、胸の中はまた違うというところがあります。ところが、いまの高砂族は、被抑圧者からの被抑圧者であるために、いわば逆転の原理とでもいいますか、日本人に非常に近かったんです。台湾人は特有の日本語を使いましたけれども、この高砂族だけは日本人とまったく同じ日本語を使うんです。聞いていると、日本人とぜんぜん変わらないですね。しかし、非常に少数で、しかも山の奥に住んでいたのですから、日頃ぼく達と接触する機会はほとんどないのです。

母と姉のこと

吉本　それから『影絵の世界』を読んでいて、埴谷さんにとってのお姉さんの存在がぼくにはたいへん気にかかる存在なんですが。

埴谷　姉とぼくは五歳違いで、姉も台湾生まれなんです。ところが、五歳違うと、ほとんどすれ違いなんですね。ぼくが小学校に入ると、姉は上級生で、すぐ女学校に入る。その頃台湾には台北にしか女学校はなかった。ですから遠い台北の女学校に行ってしまうのですね。また、ぼくが小学校を出る頃は、姉は東京に行き、音楽学校に入るというふうに、いつもすれ違いでしたが、しかし、よく世話になりました。この姉について思い出してみると、ぼくが最初に死の観念をもったのは、屛東《へいとう》というところで、姉は小学校二、三年、ぼくはほんの子供で、四つか五つかの頃、『影絵の世界』に書いている松井須磨子を見た頃ですね、そのとき、姉がぼくを連れて運動会に行ったのです。すると、時間に遅れるというので、姉は途中で走り始めた。ぼくも一緒について走って行くうちに、食事をしてから時間がたっていなかったせいか、脇っ腹がものすごく痛くなって、もう走るどころか、うずくまっても痛くてたまらない。姉が困って、さすってくれたりするけれど、治らないんです。世の中には姉がどういうふうに親切にしてくれても治らないものがあって、そして、死ぬんだな、と極めてぼんやりながら考えた。この死の観念は子供としては実に早いという気がしますけれど、道にうずくまっていたそのときのことは印象的で一生忘れませんね。

吉本　そのときは、健康は、別に病弱とかそういうことはなかったんですか。

埴谷　いや、非常に弱かったのですね。ぼくの母親は、ぼくは絶対に三十まで生きられないと思って、また、事実そう言っていた。というのも、こんどは母親のほうの話になりますが、ぼくの母親は六人兄妹なんですが、自分一人だけ生き残って、あとの兄妹はみんな結核で二十ぐらいで死んでしまったのです。結核は遺伝ではありませんけれど、ぼくはその母親の兄妹の体質を遺伝していて、首が細くて胴が長い腺病体質なんですね。そして絶えず風邪をひいていました。母親のことが出たついでに母方のことをいいますと、母親の祖父は鹿児島、島津藩で、加治屋町という貧乏士族の町にいたんです。伊東茂右衛門とも猛右衛門ともいって、号を潜龍といいますが、この祖父は陽明学者だった。加治屋町という貧乏士族の町には、明治維新の西郷とか大久保などがいて、みなこの伊東茂右衛門のところへ陽明学を習いに行ったのですね。ところで、ぼくの母親の代になって結核でみな死に、誰もいなくなったので伊東家は断絶してしまった。ところで鹿児島というところは、愛党精神というか、郷土愛に燃えてるというか、その伊東家をつぶしては駄目だ、ぼくの姉が伊東家を継げと親戚から盛んに言ってきましたけれども、誰もいないところに行くのはいやだと姉がいうので、結局断絶することになりました。この伊東茂右衛門についてぼくの母親が屢々話すものですから、ぼくも井上哲次郎の『日本陽明学』を覗いてみましたら、その名前は出ていました。僅かな著作しかない小さな陽明学者ですね。伊藤痴遊という新講談を語るひとがいましたが、明治維新当時、西郷などがでてくる薩摩藩の若い士族達の謀議の場面をみると、この問題は伊東先生のところに相談に行こうといった話がでてきますね。その母親が親戚につれられて台湾に行ったので、遠く離れた福島県と鹿児島県出身のものが一緒になったのですけれども、ぼく自身は鹿児島へ行ったことはまったくなかったのです。

ところが、偶然、梅崎春生君の文学碑をたてる話が起こったとき、椎名麟三君とぼくが一緒に初めて鹿児島へ行ったのです。梅崎君も二階に密貿易用の隠れ部屋のある坊津《ぼうのつ》の家のことを書いてますが、そこのひとは平原さんといって昔、新聞記者だったのです。そのひとが非常に鹿児島の歴史に明るくて、ぼくの母親の父の兄弟の名前を全部知っているのには驚いた。実に郷土愛の強いところですね。そして、新聞社へ行くと、維新当時の加治屋町の地図があって、どこの家の隣は誰の家というふうに、加治屋町全部にわたって名が書きこんである。それをみると伊東家は東郷の隣なのですね。ところで、高等学校の校庭に、東郷平八郎の邸宅跡の碑があるから行ってみようとわざわざ新聞記者がその校庭の記念碑のあるところまでぼくを連れて行き、ここの隣があなたの家でしたと教えてくれたんです。その母方のほうは幾分文章に関係がありますが、父方のほうはどうも関係ありませんね。般若家というのは、相馬藩では最初からいた古い家ですが、系図を見ると、ろくな先祖がいませんね。だいたい二百五十石と百五十石の間を、「不届きにより隠居、知行半減命ぜらる」とか、「般若家は名家なれば元へ戻す」とか、行ったりきたりしている。そのなかでただ一人だけ、ぼくの家らしからぬ人物がいて、新地というところで戦争したとき、敵方が撃った鉄砲の玉が、そのぼくの祖先の歯に当たったんですね。そうしたら鉛の玉が歯で止まって歯が折れたんです（笑）。その頃のことですから鉄砲を撃ったやつの姿は向うに見えているんですね。それで追いかけて行って、その撃った相手を彼は斬り倒した。感心なりというので、殿から感状をもらったと系図に書いてあるが、武勇伝らしきものを示しているのはその一人だけですね（笑）。あとは全部放蕩したり、女のことで失敗して、家をつぶしかねない駄目な祖先ばかりですがね。

秋山　しつこいようですが、埴谷さんの『影絵の世界』を読むと、最初にシベリア風景みたいなものを想像するところが出てきますね。これはしかし考えてみると、台湾の風景とは正反対であって、何となく奇怪な気がするんですけどね。それからたいていの人の自伝的なものは、一番最初の記憶の場面は、よく女の人のところから始まりますね、埴谷さんの場合も、松井須磨子の『カチューシャ』があり、それを一緒に見に行った若い婦人がいますが、いちばん特徴的なのは、シベリアの風景の中で想像する若いまるい目をした女性の姿、ひとり孤独にたたずんでいる女の姿なんですね。シベリアがああいう具合に感じられたということが面白いですね。

埴谷　さっきの話と繋がりますが、ぼくは日本的心情を失った子供として成長したけれど、しかし、ぼくの周囲にいる大人達は、みな、日本を憧憬しているのですね。遠く台湾くんだりまで来たけれど自分は日本人だという気持があるのでしょうね。それで、婦人達が話すことといえば、内地がいかに台湾よりいいかということで、そして、松井須磨子などがくれば必ず見に行く。いつも大入り満員です。ぼくの年代で松井須磨子を見ているものはいないでしょうね。大岡昇平に聞いても見ていない。

　その松井須磨子のあとに上山草人《かみやまそうじん》が『トスカ』をもってやってきました。『トスカ』という芝居には、拷問の場面があって、真っ暗ななかで拷問しているのですよ。がちゃがちゃ鉄の道具の音がすると、悲鳴があがる。そのときものすごい恐怖感にぼくは打たれましたね。しかし、これなども、『トスカ』はこうだったたわねっ、と大人の婦人達がその後も話をするから、ぼくの記憶に鮮明に残ったんでしょうね。この『トスカ』にせよ『復活』にせよ、大人達には松井須磨子や上山草人が問題で、それが日本への憧憬の象徴なのですね。ところが、ぼくにはそれがいきなり或る人生的な内容をもった或る外国のこととして入ってきたのです。大人達とは受けとり方がまったく違うのです。それは、その後、ぼくが日本の小説より殆ど外国の小説ばかり読み、外国の映画ばかり見たというような心情の基礎とも僅かにせよかかわりがあるでしょうね。

秋山　話がちょっと戻りますが、埴谷さんは祖父の墓だけはいまだに福島から移さないということですが、それはどういうことですか。

埴谷　ぼくの父親は自分の手で取り戻した郷里がよほどよかったのでしょうね。ぼく達が父親と一緒に東京に住んだのは台湾から帰ったあとのほんの二、三年だけで、それから五年くらい、死ぬまで父は郷里へ帰って一人で住んでいたのです。変人と思われていましたね。そのとき、姉は音楽学校で、ぼくも中学でしたから母と三人、東京にいました。それでぼくが夏休みに行くのは、そのたった一人でいる父親のところへ行くことになるんですね。父親とぼくは両方ともあまり話をしない方ですが、しかし、夏休みに二人だけでいたとき父親のことが少しわかり、そして、父が死んでからなおよくわかりました。男の子はだいたい母親につくけれど、ぼくは徹底したお母さん子だったのです。というのも、ぼくの父親はものすごく横暴で、何かというと、そのときの自分の気分だけで母親を殴るんです。誰がみても話の筋が通らぬ理不尽なことで癇癪《かんしゃく》を起こしましたが、その癇癪が起こるとすぐ殴るんです。そうなると、何を言っても聞かないから、母親は「すみません」と仕方なく謝るんです。だけど、謝るようなことを母親がしてるわけではないのです。ですから子供としてはどうしても母親につくわけですね。なんてけしからん父親だろうと思って憤慨しつづけていた。ぼくが女房に絶対に手をださないのは、そんな父親を見ていたからですね。ところで、中学生のぼくが夏休みに父親と一月ほど二人だけで住むようになった。そのぼくが育たなかった故郷はすぐ裏が山になっていて、そこで父親が本を読んでいれば、ぼくはこっちで日向ぼっこをして一日をすごす、二人で話しあいをするのは、「晩のおかずは何にしようか」といったことだけですね。「まあ卵焼きでいいだろう」とか、「畑の茄子を取ってきて油炒めにしろ」とか、実に簡単な言葉しか交わさないのですが、しかし、父親がいかにその故郷を愛して、自分が育ったそこで死のうといかに深く思っているかということがだんだんわかってきました。そういうことが晩年になるほど以心伝心ふうにわかってきたから、ぼくは徹底した母親っ子だったけれど、そうした親父がたてた祖父の墓のある小高の戸籍を移せないんですよ。母も姉も女房もいちいち面倒だから戸籍をいまいる東京に移そうと何度も言いましたが、ぼくはそのたびに頑として聞きいれなかった。その故郷には親戚も誰もいず、確かに戸籍謄本が要るときなど不便なのですが、祖父の大きな墓を山のなかにたてた父親の気持を思うと移せない。土地は売ってしまったけれど、本籍だけはのこしておかないと、父親にすまないという気持がぼくにあるのですね。この気持はぼくの母親にもよくわからなかった。このことはぼくのなかに日本的心情が僅かでもつけ加わってきた証拠かも知れませんね。そうすると、日本回帰というのは、まず母親から父親へ行く道ですかな。

ぼくの母親は息子のぼくから深くみても非常に優れた母親で、よく戦争で、兵士が「天皇陛下万歳！」と言わずに、「お母さん！」と言って死ぬという気持がよくわかるような母親でした。おそらくぼく自身もそういう場合に置かれたら「お母さん！」と言って死ぬだろうと思うほどですね。火事になったとき、その中に子供がいて、「お母さん！」と呼べば、そこへとび込んで行って自分が焼け死んでも救い出そうとするのは、父親よりもむしろ母親であるとよく言われますが、そういうことがよくわかるような母親だったんです。にもかかわらず、中学の頃からぼくはその母親から父親に戻っていった。ということは、ぼくの極めて僅かな日本への回帰は、日本的心情への大きな回帰ではなく、そういう母性から父性への回帰というようなものですね。

〝初恋〟と〝理想の女性〟

吉本　そのお話は面白いですね。これは山室静さんが、たしかちょっと書いていたような気がするんですが、埴谷さんの小説に登場してくる女性、あるいは女性の描かれ方というものは非常にロマンチックなような気がするんですよ。それはいったいどこに原型があるのかというふうに考えていたわけですが、それは母親のイメージだというふうに考えてもよろしいわけでしょうか。

埴谷　そういうわけですね。白川正芳君は、埴谷には女性に対する愛というものがないから、ほんとうの意味の幸福はわからないんじゃないかと批評していますが、たしかにそうだろうと思いますね。ぼくは母親に対しては深い愛情を持っているけれど、ほかの女に惚れるとなると、非常に奥手だったのですね。ということは、青春時代、左翼運動にはいったことが決定的です。あの時代はリゴリズム時代で、或るひとには腹上遁走といったこともあったけれども、一般的にいうと、女に接しては駄目だという極めて厳格な時代で、革命運動だけにひたすら没頭しなければならなかった。よく平野謙君と、あの時代にマルキシズムにまともに染まって、君も俺も女に対して潔癖で損したなと話しあうのですが、平野謙君もぼくもまことに遅まきに悟った。そして、平野謙君は悟っただけですけれど、ぼくは奮起して遅まきの修業を始めました。けれども、これが非常に晩学なために、どうも文章に現われるほどは心情の核心へ入らないといった具合です。

ぼくのロマンスに触れると、昔の話に戻って小学校の四年頃ですね。工場だけの小学校は町の分校ということになっていて、生徒は十人ぐらいしかいない。すると、たとえば、ぼくは四年になっても一人、五年になっても一人、六年になっても一人という具合です。先生が休むと、ぼくが一年、二年、三年、四年ぐらいまで教えるので、きょうは豊ちゃん先生の日だということになります。一年から六年までみんな同じ部屋にいるわけですから、先生が何かの都合でいなければ、どうしても上級生が教えるということになる。その四、五年の頃だと思いますけれども、本校のある台南の町にサーカスがかかった。それで学校の生徒全部が、いわゆる見学と称して見物に行ったのです。そのときブランコに乗る少女がいました。まあ十三、四でしょうね、ぼくから見たら非常に美少女に見えて、一目惚れしたわけです。

秋山　やっぱりそういうのが出てこなくちゃ（笑）。

埴谷　頭の上を行ったり来たりするそのブランコの少女を見上げているうちに、もう目が逸らせなくなってしまった。そのサーカスを出るまで、横のほうに行ってもその少女の顔ばかりたえず見ていましたけれども、それから数ヵ月間、ぼくの脳裡から去らないんですね。それがぼくの初恋です。そういう子供の頃のロマンスはあったけれど、青春時代は左翼運動に突入してしまったために女性に接触する機会は非常に少なかったのですよ。ただし、女に惚れられることは多くなりました。

秋山　わりと埴谷さんは美少年だったわけでしょう。

埴谷　いや、美少年ではないけれど、ぼくの女房がいきなり惚れて、とにかく一緒になりたいというんですね。ぼくはそういう点は非常に個性的でないものだから、来たいならくればいいだろうと非常に無選択で、あとから考えると、早すぎてしまったと思うわけですけどね（笑）。とにかく、ぼくが十八くらいの時ですからね、女房が来たのは。来たいならいだろうとそのまま引き受けてしまったわけですが、ぼくの時代には、平野君もぼくも結婚式なんかしてません。みんな野合です。その頃はぼくの演劇時代ですが、ぼくの女房は女優をしていて、日大の劇研究会へ応援の女優として来たとたんにいきなり惚れられて同棲するようになってしまった。先頃から井上光晴君に、平野も埴谷も女に惚れられるだけで惚れないから駄目だとやっつけられていますが、それは井上君の思いすぎで、いまの老残ぶりではとても井上君のいうふうではありませんね。

吉本　戦後の平野さんなんかが主にやった、「政治と文学」論争で、小林多喜二の女性の扱い方というのが、非人間的だというようなことをめぐってやってましょう。そういうことも根底にあるんでしょうか。

埴谷　平野君もぼくも、転向とシェストフが重なって一種の二人三脚で走っていた時代、人間の不完全性というものをいわば杯の底までのみほして知りつくしたのですね。ところが、この不完全性は男も女も同一な筈なのに、女性も同じというのはいわば論理的にそう思うだけで、内心の奥では、不完全なものは男だけで、女はひょっとしたら悪しき女神というふうになれるんじゃないかと、思いきり悪くロマンティシズムを残していたのですね。これはぼくの『ルクレツィア・ボルジア』という文章を読めばよくわかります。最高の女性とは徹底した善悪を共存させていて、大破滅が同時に大歓喜にもなるという両端性をもってる筈だという考え方ですね。

吉本　埴谷さんが、「文藝」だったかのアンケートに答えたのがありますね。その中で、すべてのほかの答え方はまことに埴谷さん的であるけれども、好きな現存の女性は、というところだけが違うわけですね。

埴谷　好きな現存の女性は、何処かのマダムと書いたんです。

吉本　そうそう。そこだけが非常に奇異なんですよ。つまりほかのものは全部ある程度抽象的に答えられているのに、そこだけがナマのまま答えが出ている。それは誰がみても奇異だという印象を受けるでしょう。あの奇異さは、もちろん十分承知の上で答えられたんですか。

埴谷　そうですね。確かにあそこだけに具体性があるけれども。

吉本　それは、そのときに具体性があったからということですか。

埴谷　ぼくの理想的な女性像はナスターシャ・フィリッポヴナですけれど、ぼくが晩学を始めたら、そういう理想像に近いものをどうも見つけた感じがした。それはどこかのマダムで、実在しているのですけど、ところがあれを書きましたら、どこかのマダムと違ったマダムが、それは自分のことだと思い込んで……（笑）。ぼくは私小説を書きませんから、そんなことになったのですね。ほかの人がそのマダムに、あなたは違うんじゃないかって言っても、そのマダムは、いやあれは自分のことだと思い込んできかない。マダムにもいろんなマダムがいますね。

秋山　ずいぶん遊んでいるなあ（笑）。

埴谷　そういう点、平野君とぼくとは違ってる。彼はいまだに真面目ですけれど、ぼくには真面目と不真面目が共存していて……。

吉本　その女性が理想に近いんじゃないかという、そういう感じ方の根拠になったいくつかの要点は、どういうことなんでしょうか。

埴谷　ぼくは『オブローモフ』と『現代の英雄』と『白痴』の三冊をつづけて読んで文学とはこういうものだと知ったとすでに書いています。そして、『白痴』のナスターシャ・フィリッポヴナにぼくは惚れ込んだのですが、その理由はナスターシャが物ごころつかないうちにすでに或る男の妾にされていて、その自己の位置の自覚がナスターシャの出発点となったということですね。そして、ナスターシャの女性としての、或いは人間としてのより深い、大きな自覚史の足取りが『白痴』の中に展開されるわけですが、彼女が深く大きく自覚すれば自覚するほど、その悲劇は増大する。しかし、男達に惚れたり惚れられたりしながら、自覚を深めてゆかざるを得ない。つまり、ムイシュキンとラゴージン、憧憬と現実の間をナスターシャは往復運動するのですが、そうした往復運動をすればするほど彼女の自覚史は大きくなる。物ごころつかないうちに妾にされていたというのは彼女の女性的実存の出発点ですね。それを自覚するかしないかはいわば人間的価値にかかわってくる。そして、ナスターシャは出発点を踏みだして、実に遠くまで行ったのですね。惚れたり、惚れられたりしても、そこに安住できない。ムイシュキンから去り、ラゴージンから去り、また、ムイシュキンへ行き、ラゴージンへ行く往復運動は螺旋《らせん》運動のようにすさまじい実存の高みへのぼってゆく。それは、男達のあいだで善も悪もわかり尽くすような或る遠い果てでなければでてこない価値ですね。それで、純真なる少女はぜんぜんぼくのうちに入ってこない。ぼくはいま、物ごころつかないうちに妾にされたナスターシャが男達のあいだで自覚するといいましたが、ぼく達自身物ごころつかないうちに人間にされていて、さて、その人間的感覚、人間的思考、人間的形成をとらされたその出発点をどう自覚してゆくかがナスターシャに較べられるぼく達の自己発見の苦闘史をかたちづくっているのですね。ぼくはナスターシャに女性としての深く怖ろしい魅力、大歓喜と大破滅の共存のかたちを教えられたが、また、物ごころつかないうちに人間にされてしまった人間としての存在形式への挑戦という課題をも教えられたんです。ドストエフスキイの作品は、そのあと『悪霊』とか『カラマーゾフの兄弟』とかを読んで深い衝撃をうけていますけれども、今でも一番好きなのは『白痴』ですね。

秋山　ナスターシャのような理想の女性に似通った人を現実のモデルにしているときに、それに近づいていく男のスタイルというものがあると思うんですが、埴谷さんはムイシュキンの立場で近づいていくわけですか。

埴谷　いや、それは勿論両方なんです（笑）。ぼくは先程真面目と不真面目と言いましたが、その二つはムイシュキンであり、ラゴージンであるわけです。それでなければ大歓喜も大破滅も経験できないですよ。片一方だけでは無邪気な少女はともかく、ナスターシャほどの相手では長つづきできません。螺旋運動のためには、両端にまたがらなければ駄目ですね。ところが、そこがようやく出発したばかりの人間ですから容易にはうまくまたがれないんですけど、それを懸命に修業しているんです。

哲学的想念の始まり

秋山　ぼくはいまのナスターシャのお話と、台湾のときに眺めた人間の光景というのは、ちょっと結びつきがあるような気がするんですが。つまりナスターシャは屈辱の経験を持っているわけでそこにムイシュキンは同情の心を通じて触れてきますね。しかし同情というのは、ある場合には女性をバカにすることでもあるわけですね。

埴谷　勿論、同情など害あって益なしですね。ぼくはアフォリズムの一句に、「薔薇《ばら》、屈辱、自同律」という言葉を並べ、この屈辱は転向を象徴しているという解釈もあって、それもあてはまるでしょうが、ぼく自身は人間存在として存在したこと自体を屈辱だとしているのです。この人間的思惟形式とか存在形式を物ごころつかぬうちに与えられるということ自体がぼくにとっては屈辱であって、その自覚から出発するあり得べき人間はそれをなんらかのかたちで顚覆《てんぷく》しなければならないというふうに絶えず思うわけですよ。これはナスターシャの位置と同じですね。

ここで少年時代に話を戻しますが、先程、死の最初の自覚が姉と一緒に運動会へ走って行くときに起こったと言いましたが、人間としてあることの屈辱感の始まりといったものは、小学校一、二年の頃ですね。前に話したように、台湾の南部は夏が雨季で、豪雨が降ると、川の流れの方向が違ってしまうばかりでなく、河床もまるきり違ってしまう。いままで浅かったところが急傾斜に抉れて深くなったり、いままで深かったところが浅くなったりする。ぼく達は一年中そこで泳いでいるのですが、小学校一、二年の頃ぼくは泳ぎがうまくなかったのです。あるとき、川へゆくと、いままで浅かったところが三間ばかりの距離だけ深く抉れて、ぼくの背の立たないところができていた。ぼくは、どちらかといえば、えいっ、やっちまえ、という無鉄砲なたちで、そのときも、勢いをつけてぱしっと体を押しだせば、浅瀬まで着けると思って、いきなり向うへ飛びだしたんです。ところが、向うの浅瀬へ着かないうちに溺れてしまった。そのときちょうどそばをぼくの上級生が泳いでいたのですが、ぼくがやみくもにそこへしがみつくと、そのしがみつかれた上級生がぼくを振り離そうとしてもぼくが必死にしがみついているので、その上級生はもうめった打ちですね、やたらにぼくを殴ったのです。頭であれ、体であれ、滅茶苦茶に殴られ、ぼくはとうとう手を離した。ところが、幸いなことに、頭は殴られ、水は飲んで水底まで沈んで溺れたぼくはそのまま自然に向うの浅瀬へ流れついてしまった。そして、結局助かったのですが、それからぼく達は互いに一言も口をきかなかった。その上級生はでたらめなかたちでぼくにしがみつかれ、まごまごすると自分も一緒に溺れてしまうのだから、ぼくを殴るのは当たり前ですね。だけど、そのときのぼくの感慨は、人間は自分だけで生きているもの、その自分のためには人を殴っても何をしても、生きのこらなければならない存在だということですね。いま述べたようにははっきりとは整理されていないけれども、黙って川岸に蹲《うずくま》っているぼくの感じはまずそういうものでしたね。その上級生のやり方は当たり前のことで、また、上級生に殴られたぼくはその当たり前のことを当たり前だと認めているのですが、しかもまたそれを当たり前と認めたくないのですね。つまり、そういうふうな上級生とぼくの人間としてのあり方自体がどうにも大きな屈辱なのですね。これは一種の哲学的想念の始まりみたいなものですね。

それから、もう一つ忘れがたい経験について話しますと、小学校三年になって高雄という港町へ移ったとき、すぐ級長にされたんです。朝礼といって、毎朝校長の訓示があってから級長が「気をつけ、前へ進め」と号令をかけ、生徒達と自分の教室に入って行くのですね。ところが、あるとき、教室で先生が、われわれのこの教室の中に泥棒がいて、町の店から苦情がきて困っているという話をしたんです。すると、生徒の一人が立ち上がって、急に逃げ出した。彼が盗んでいたのですね。すると、「般若、お前追いかけろ」と先生がいうんです。級長の責任なんですね（笑）。ぼくは反射的に追いかけて行ったが、ちょうど全校授業中なので、廊下を走ってゆくのは彼とぼくの二人きり。教室は二階でしたが、階段を下りて行くのも彼とぼくの二人。そして、誰もいない校庭を彼とぼくのただ二人が一定の間隔を置いて走っているのですね。校門を出たあたりで、もうぼくは疲れてしまったが、向うはぼくよりはるかに走り方も早く活発で元気なんです。彼はぼくを振り返って、ぼくが歩き始めると、向うも歩き始める。ぼくがまた元気を出して走り始めると、向うもまた走り出すわけです。そして、一定の間隔はつねにあいていて、とうてい捕えられないんです。ですけれどもまだ少年ですから馬鹿正直に何処までも追いかけていって、もうこれで帰るということを知らないんです。先生に捕えろと言われたから、どこまでも追いかけて行ってるのですね。まだ午前中ですから、町の人通りもない。非常に孤独ですね。とにかく二人が走ったり、歩いたりしながら、とうとう港まで行ってしまった。そこは小学校から十町以上離れていて、彼は港町の子供だったのですね。その港町というのは深い入江に沿っていて、小さな船がたくさん着いているところです。そこまで行くと、彼はたちまち何処かへ入ってわからなくなってしまった。そこまで行くと、ぼくももうくたびれ果てると同時に、なお追いかけて探してみるという気持もなくなってしまったので、入江のほとりに腰掛けて、ぼくは海の水面をぼんやり眺めていた。そこは船着場ですから、小さな船がたくさんつなげてあって、水面に船の形が映って、ゆらゆらゆれている。

船着場に腰をおろしてぼくはその水面を眺めているが、それは無限の徒労感ですね。彼が泥棒で悪人、ぼくが追い手で善人だとしても、善も悪もなりたたない。彼はときどきぼくを振り返ってニコッと笑ったり、ニヤニヤして逃げて行く。何だか人生の無限の徒労感ばかり覚えて、船の影がゆらゆらと映っているのを眺めながら、この影みたいなものがそこにあるだけで船の本体はわからないといった感じですね。ぼくがいつ教室へ帰ったか、先生にどう報告したかということは忘れてしまっていますけれど、何となく人生の空しさを感じてそこに長いこといたことは覚えていますね。

それから、話はちがいますが、そこは港町ですから台風のときの印象は、ほかの工場にいたときと違いますね。台湾の台風はものすごいもので、台湾の家はたいてい雨戸に閂《かんぬき》といって、大きい柱をはめ込むようになっている。門をはめて、錠をかけ、雨戸が吹き飛ばないようにするのです。そのあと移った三塚点《さんかんてん》では、台風になると必ず洪水で床上浸水にまでなるんですが、高雄で経験した台風は、異様な不安と恐怖をもたらしましたね。夜、真暗ななかで港の全部の船が汽笛を鳴らすんです。互いに、ぶつからないように、大きな船は「ボーッ」と腹にひびく音。小さな船は「ピピピー、ピピピー」と、悲鳴そのものといった音を出すんです。夜中じゅうその悲鳴を聞いていると、人生だけではなくて、この地球とか宇宙とか存在そのものがすべて悲鳴をあげているように聞こえる。その港町の夜の台風は地球自体が泣いてるような感じにぼくをさせました。

秋山　『闇のなかの黒い馬』[註9]のある部分は、いまの台風の港町のお話に通ずるところがあるみたいですね。

埴谷　ぼくは私小説は書いていませんから、『闇のなかの黒い馬』のなかの「神の白い顔」にでてくる連絡船から海中へ落ちたり、浮きドックの下をくぐって泳いだりすることなど全部ぼくが考えて創ったことで、それに似た経験もありません。だけど、背景にはたしかにいまの港町のことが頭にありますね。

最初の映画体験

秋山　ちょっと話の流れを変えてしまって悪いんですが、中学二年の頃にほんとうの文学に出会ったというお話で、先程三つの作品が出たわけですが、その前に埴谷さんが小学生の頃に出会った文学というものがあったと思うんですが……。

埴谷　それは初めからあります。ぼくに限らず、文学をやるようなものはみな子供の時から本が好きだったろうと思いますね。ぼくの場合、小学校一、二年の頃から母親が少年向きの本をやたらに買ってぼくに与えてくれたために、ぼくの家が一種の図書館になってしまったのです。同級生はもちろん上級生も学校が終るとみんなぼくの家にやって来る。そして、勝手にぼくの書棚から本を出して、十人ぐらい、あちこちに寝たり坐ったりしてお互いに喋らないで本を読んでいるんです。ぼくもそのなかで読んでいるわけです。ところが、さっき言ったサーカスの少女に一目惚れした時代、小学校四年ぐらいですね。うちの父親の部下にものすごい本好きがいることがわかった。人間の一生、殊に幼少年時代は偶然に左右されますね。その人が本をたくさん持っていたので、ぼくはその家へ入りびたりになったが、そこに最も多くあったのは黒岩涙香《くろいわるいこう》だったのです。それをぼくはわかってもわからなくても、とにかくつぎつぎと読んだんです。その父親の部下は「豊ちゃん、そんな本読んでわかるのか」と不思議がりました。ところで、父親はぼくに、お前は本を読みすぎる、外へ出て遊べって絶えず言うんです。それでぼくは押入の中に入り、蠟燭をつけて読んだ時代がありますね。また外の高い木にのぼってそこでも読みました。ですからあの頃豊ちゃんはよく木の上で本を読んでいたねって知りあいにあとでよく言われました。そういう下地があったので、中学生になるともうものすごく乱読ですね。探偵小説も実によく読みました。ぼくが東京に帰ってきたのが中学一年を終った三月で、五つ違いの姉がちょうど上野の音楽学校に入学した年なんです。姉が入学試験に通っているかどうか見に行こうというので一緒に行ったときが雪の日なんですね。初めて見た雪が東照宮の燈籠の列の上につもっているのは印象的でしたね。

当時の音楽学校は、バッハ、ベートーヴェン、ブラームスといったふうにまるごと古典的なんですね。姉は声楽科でしたから、ピアノは本来専門じゃないんですけれど、うたうためにはピアノも弾かなくてはならない。ゲーテの詩にシューベルトが作曲した『魔王』という曲がありますね。あの曲の出だしはとてもいいんです。しかし、これが速い曲で、むずかしいので、ピアノが専門でない姉はたえずその出だしばかり練習していた。それでそれがぼくの耳に暗唱できるように入ってしまい、ぼくが最初に好きになった曲がこの『魔王』になりました。また母は、台湾にいた頃もぼくをよく映画に連れて行ってくれましたが、東京へ帰って来てからさらに映画によく連れて行ってくれました。尾上松之助とか沢村四郎五郎時代ですね。震災の前ですよ。

秋山　その頃は学生が映画に行くのはいけないんじゃないですか。

埴谷　学校ではいけないことになっていました。台湾でも映画館に入っているのを見られたら停学になりましたよ。そのうちに震災がやってきましたが、その震災の話は先日「文芸展望」で大岡昇平と話しあったので簡単にしましょう。震災を体験して一番ひどい地震を身体の感覚で知っているものだから、大岡昇平もそうだそうですが、寝ているときに地震が来てもぼくは起きないし、勿論そとへもでないんです。その地震がどの程度のものかということが身体でよくわかるんですね。その関東大震災時にぼくは中学二年で、ちょうどあの日は始業式というのがありまして、九月一日に式だけやって帰ってきたわけです。帰ってきて、メシを食っていたら地震が来たんですね。このときぼくはすぐ飛び出したんです。「豊ッ、豊ッ」と父に呼ばれながらね。そのとき一番感心なのは姉ですよ。父がまず庭へ飛びだし、それにつづいたぼくはすぐ歩けなくなって這いながら外へ出たのですが、その庭で父が「初代ッ、初代ッ」ていくら呼んでも姉は出てこないんですよ。音楽学校へ入ったばかりの年ですから、ピアノを懸命に押えてとうとう家からでなかった。命よりピアノが大事だったわけなんです（笑）。ピアノは四隅が車になっているからがたがた行ったり来たり往復しているだけで倒れなかった。それで、押えてる姉はピアノの下敷にならなかった。

この震災で多くの映画館が焼け、山手の映画館が洋画封切館になったのが、ぼくの洋画狂時代をつくりだすことになった。その中心は新宿の武蔵野館で、牛込館や目黒キネマなど焼けのこった二、三流館の何処へも行ったのです。あの頃は、金曜日替わりで、金曜日と土曜日、それに日曜日に二館見ると、封切られる洋画を殆ど全部見てしまうわけですね。少年時代は記憶力がいいので、ぼくは原作、脚色、監督、装置、俳優と、プログラムの頭から全部憶えてしまった。そして、ぼくの文学的素養もまず映画から教わったのですね。たとえば、原作ユージン・オニールとか、アーサー・ウィング・ピネロとか、ジョセフ・ハーゲスハイマーとか書いてあると、やがてユージン・オニールを読んでこの作家はたいへんいい作家なのだという位置づけができる前に、だいたいの勘で作家の位置がわかるようになる。あの頃、ラファエル・サバティニとか、ゼーン・グレーなどを原作者にした作品が多かったが、ラファエル・サバティニの『スカラムーシュ』や『シー・ホーク』

などを観ていると、この原作者は大衆文学の作者だということがだんだんわかってくるわけです。ゼーン・グレーは当時の西部劇専門の作家ですね。ゼームス・バリーなども映画で知ってから原作を読んだのですが、その裡に自然の選択が出てきて、通俗小説と純文学の差を心得ながら良質の通俗小説は捨てずにやたらに乱読した。その裡に全集時代にぶつかることになって、もういくら読んでも読んでもつきない。

秋山　両方で大変なわけですね。

埴谷　次第にいい小説を読むようになっても、ぼくの映画熱が衰えなかったのは、あの時代の映画の製作者達が熱心でいい作品をつくろうとしたからですね。いまでも傑作といえるいい映画が実にたくさんあった。そして、ぼくはそこに思索の論理性といったことも、伏線の置き方も、植えつけられてしまったのですね。そして、いってみれば、尽きせぬ思索性の充実感といったものにそれを仕立てあげてくれたのは、ずっとあとになりますが、やはりポオやドストエフスキイへの耽溺《たんでき》ですね。こういう作家に耽溺すると、果てもないゴールへ向っている思想や精神の大きな流れにいつのまにかまきこまれているような気がしてきますね。これは吉本さんには「文藝」ですでに話したことですが、たとえば、ザトペックとかアベベとかがマラソンで走ってくると、観客の中学生が思わずとび出して、彼らのあとについて数メートル一緒に伴走することがあるけれども、それと同じように、ぼくも思わず飛びだしてゴールのないマラソン競走をしているポオやドストエフスキイのあとについてたとえ何メートルでも十数メートルでも伴走したいと思うようになったのですね。ぼく達の精神史は絶えずつぎつぎとランナーが現われるけれども、ほんとにゆっくりと走っているゴールなきマラソン競走ですね。

乱読の時代

秋山　だんだん青春期の決定的な時期に差しかかっているような気がしますが、そのちょっと手前で埴谷さんは、その頃日本の文学、明治から大正の文学者のいろんなものをお読みになったと思います。そこで印象に残っているようなものがあったら、そのお話を伺いたいと思うんですが。

埴谷　乱読時代には日本文学もだいたい読んでいますね。けれども、そこへはいるひとつ前の時期の話をしてみましょう。ぼくの親父はそれほど文学を読まない方ですが、『大菩《だい》薩《ぼ》峠《さつとうげ》』は揃えていて、これは家中のものが愛読した。すると、ぼくのところでとっていた「報知新聞」に『富士に立つ影』がのりはじめた。ぼくは、気質はぼーっとしておとなしい方だけれど、内面は、すべてどうでもいいふうにニヒリスティックで、ぼんやりと黙ってる少年だった。夜になると喋りだしはじめるけれども、昼間はほとんど黙っていましたね。そこで、親父がぼくにつけた綽名《あだな》は、大石内蔵助《くらのすけ》と同じ「昼行燈《ひるあんどん》」というのですが、『富士に立つ影』が進んで二代目の話になり、熊木伯典《くまきはくてん》の子に公太郎《きみ》という人物が登場してきました。これは日本のムイシュキンですけども、ぼーっとしているのですね。その公太郎が登場してきたら、親父はそれを公太郎《こう》と読みましてね。ぼくの綽名を「昼行燈」から「コータロー」に変えたんです（笑）。この公太郎は日常生活ではまったく無能でただの精神的な存在ですが、親父はぼくによく似てると思ったのですね。その当時、中山太陽堂というクラブ白粉《おしろい》を出している化粧品店がプラトン社という出版社を震災後関西にこしらえて、「女性」という高級文学雑誌と「苦楽」という娯楽雑誌の両方を出し、「苦楽」は川口松太郎が編集していました。直木三十五がまだ直木三十三といってそこに書いていましたが、ここに国枝史郎の『神州纐纈城《こうけちじょう》』が連載されはじめたのです。ぼくはこれに熱中したので、ぼくの頭の中では日本の大衆文学の傑作は、『大菩薩峠』と『富士に立つ影』と、『神州纐纈城』の三つになった。ところが、数年前、この三つの作品を読み返したら、ぼくが昔考えていたのとはだいぶ違って、『大菩薩峠』と『富士に立つ影』は国民文学として現在でも立派なものですが、『神州纐纈城』は伝奇小説としてはとても面白いけれども、どうも前記二作の品格には及ばない気がした。大衆小説の三大傑作という場合、何か別な作品を見つけてこなければなりませんね。その当時深く感銘して、いま読み返したらそれほどでもないという作品は必ずありますね。

そういう意味で、いま読み返したらどうなるかわかりませんけれど、その当時の乱読時代、一種の魂の戦慄を覚えながら感銘した作品に、イプセンの『われら死より蘇えりし時』という作品があって、この作品は『民衆の敵』とか『皇帝とガリラヤ人』ほど有名ではありませんけれど、ぼくはショックをうけた。そして、アンドレーエフ時代へはいるのです。このアンドレーエフはやたらに書いていて、あるわあるわ、つぎつぎと探しだしてきて読んでも読みつくせませんね。彼は小型のドストエフスキイですが、『犬のワルツ』という英訳本を見つけたときなど、ぼくは自分でそのはじめを翻訳したほど耽溺した。この戯曲は、主人公が「犬のワルツ」というピアノ曲を弾いたあと、隣の部屋に入って行く。それからパーンとピストルの音がして、自殺するのですが、それが観客が見ている舞台ではなく、見えないどっかの世界で行なわれている或る潰滅というのがぼくの気持を打ったのですね。そうした気分のために、なんとなく或る窮極と格闘していない日本文学の殆どが実につまらなく、その頃ぼくの印象に深く残っている作品は佐藤春夫の『都会の憂鬱』ですね。『田園の憂鬱』より『都会の憂鬱』のほうがいいと思いました。それは政治活動以前の最初の乱読時代の印象ですが、刑務所をでて日本文学を再整理しながら読んだときは好きな作家ができましたね。それは梶井基次郎と小田原で自殺した牧野信一。

秋山　それはいつ頃ですか。

埴谷　最初の乱読時代ではなく、あとの再整理時代ですね。吉行淳之介君は梶井が好きで、吉行君自身も文章がうまいけれども、梶井の感覚的な文体は確かに生きて連続している感じですね。ぼくは思想的、論理的文体のなかにこうした感覚的文体をとりこみたいと思いますが、なかなかうまくいかない。

吉本　埴谷さんが先程、世界文学の一種のマラソン競走で、自分はその中で何メートルか十何メートルでもいいから走りたいとおっしゃったわけですが、少なくとも明治以後そういうふうに走ろうとしたと思える作家は、ぼくは鷗外と漱石だけだと思うんですよ。特に漱石だけだと思うんです。

埴谷　ぼくも漱石だけだと思いますね。

吉本　もしそうおっしゃるならば、先程の梶井とか牧野について、もう少し説明をしてくださいませんか。

埴谷　梶井も牧野も事物にせよ心理にせよ、いわゆる微細なディテールを緻密にうまく書いているけれど、漱石はぼく達日本人にとって切実で大きな問題に直面して、数歩も十数歩も踏みこんでいるのは偉いですね。鷗外の場合、人間より学問や遊びのほうが優先している感じがあって、人間に直面して苦闘したのは、日本文学では漱石だけだという感じがしますね。梶井のあの感覚は、感覚的な描写が得意な日本文学でもまったく珍しいほど深いけれど、人間を深く考えた作家は漱石一人しかいないと思えますね。

吉本　いつか大岡（昇平）さんと対談したときに感じたことなんですが、結局大岡さんなんかは漱石と年代がすぐあとに続く感じ、あるいは一世代半あとの人間ということかもしれませんが、漱石というのをわりあいにバカにしているんですね。
埴谷　ぼく達の世代はまず『坊つちゃん』、上級生になると『草枕』が中学で課外読本なんですよ。それであまりに馴れすぎて、入り方はどうも悪かったですね。
吉本　大岡さんなんかも、いま頃っていうのはおかしいですが、いま性に目覚めたみたいに、漱石のことをよく書かれますが、若い頃は小林秀雄ではありませんが、ランボオとかマラルメとか、そういうのがはやると、漱石はやはり構成上弱いところもありますし、通俗的な部分もありますから、わりあいバカにしたんじゃないかなと思うんですがね。
埴谷　そうですね。『こころ』なんかもはじめはたいしたことないという感じで読んでいましたからね。
秋山　でも、なぜそうなんですかねえ。ぼくにはちょっとよくわからないけれど……。
吉本　自分達の前の世代や直前の世代というのは、非常に抜けてみえるということがあると思うんですよ。あとになってみないとどうしてもわからないというようなことは、やっぱり出てくるような気がしますね。たとえば大岡昇平の場合だと、若い頃はランボオがありヴァレリーがありで、漱石なんか何だ、というふうなことになるんですね。
埴谷　初めはそう思うわけですよ。
吉本　しかしながら、実際には漱石だけが自分を必然的に世界文学に参加させようと努力した人であって、あとの人はどっかで休んだぞという感じを持つんです。

埴谷　漱石は自分が成長して、自分の置かれている吾国の壁にみずからぶつかってからでないとわからないですね。どうしても青年時代は西洋の一級品ばかりに接しているので、それにくらべれば漱石は何だということになるんですが、日本人としての自覚が深まってくると、日本人であれだけやったのは漱石しかいないということがよくわかりますね。

横の話になりますが、先程、ぼくの母親はぼくが三十になるまで生きられないと思っていたと言いましたね。確かにぼくは冬になると風邪ばっかりひいていたが、中学四年のとき、とうとうぼくは肺尖カタルになってしまった。母親の肺病の系統はぼくにもつづいたのですね。あの時代の結核はニヒリズムの温床で、しかも、ニヒリストになると、そのニヒリストと社会主義者とは背中合わせのシャム兄弟なんですね。自己否定と反逆が背中合わせになっている。ところで、ぼくの結核はまず自己否定のほうへ行ってしまった。つまり、自然死のかたちでさりげなく死んでしまおうと思ったのですね。ぼくが北里病院へ通っていた時代は、乱読はしたけれども、不勉強の時代で、学校のものなど何も読まなくなってしまった。小学校から中学までぼくは優等生だったけれど忽ち劣等生になってしまった。しかし、自然死のような自殺はうまくゆかず、だんだんよくなって、中学をでた年の夏、北海道の清水というところにある甜菜糖工場の知人の許へ行ったのです。狩勝峠のすぐ下ですね。そこの知人はヤマメ釣りにぼくを連れて行った。しかし、ぼくは竿を岸に立てて寝ころがったまま釣りなんかぜんぜんせずに『オネーギン』ばかり読んでいたんです。まわりを見まわすと『オネーギン』のロシアの風景と北海道の風景が似ているような気がしてとても親しい気がしましたね。甘美なニヒリズムですね。ぼくのニヒリズムに一つの転機がきて、幅が広くなったのは、この北海道行きが一つの意味をもっていたとぼくは思っています。それから井上光晴君をまた憤慨させようと思ってわざと言うんですが、この北海道旅行の帰りに、どうも純粋に惚れられましたね。青森まで連絡船で帰ってきて、急行が出るまで二時間以上青森駅の待合室で待っているとき、『赤と黒』を読んでいたら、入口に立ってじーっとぼくを見ている少女がいるんですね。その少女は幼い弟を遊ばせに駅へ来たんですが、あとで考えると、どうもぼくに一目惚れしたらしい。初めぼくはどうしてぼくのことばかり見ているんだろうと思った。こちらもまだ純真な少年ですからね。ときどき読んでいる本から目をあげてみると、その少女は目もそらさずぼくを見つづけている。待合室の人たちがそのうちにどうしたのだろうって、みんなぼくを見るようになってしまった。その少女があまりぼくをじっと見てるから、その少女を眺めてはまたぼくのほうを振り返って見るんです。約二時間ぐらい見つづけられた。いまなら、町を散歩したいから案内してくれとでも言って、その入口に立ちつづけている少女のところにこちらから近づいて行くかも知れないけれど、当時そういう才覚は浮かばないのですね。その少女にとっては忘れがたい人生の一日惚れの時間だったでしょう。ちょうどサーカスの少女にぼくが一目惚れしたのと同じ状況ですね。もしこのインタヴューをいまおばあさんになったその少女が読んでくれれば、いいと思いますね（笑）。

演劇への耽溺

秋山　話がとびますが、埴谷さんは萩原朔太郎やなんかはその当時お読みにならなかったですか。

埴谷　埴谷はアフォリズムが好きで映画好きだから、朔太郎の影響受けたろうとよく言われるんですが、残念ながら朔太郎は第一の乱読時代には入ってこないのです。第二期のルンペン時代にやっと僅かに接触して『猫町』には非常に感心しましたけれど、ぼくはその前にもうアフォリズムを書いていました。

ぼくのアフォリズムの原型はキェルケゴールなんです。『あれか、これか』のなかの最初の断片ですね。それからパスカルの『パンセ』もブレイクの『箴言《しんげん》』も影響している。そして、大きくいえばギリシャの哲学者達の断片もまた影響している。しかし、違うのは、ぼくのアフォリズムは言葉でいえないことを言おうとしていることですね。その根底には、ぼく達はいまある自分と違った何か、現在の人間以上の何かにならなければならないという一種の固定観念、まあ妄念がぼくにあって、どうにも除きがたい。キェルケゴールもやはり言おうとしていることだけを言っていますが、ぼくの場合、そうではない。そこで、その表現法は違った工夫をせざるを得ないのですね。ぼくのアフォリズムというのは、まず前文があり、そして後文があるのですが、その前文と後文のあいだは白い無の空間になっていて、その目に見えぬ空間のなかでつながられている言えなかった言葉を読みとってもらいたいという仕組になっている。難解といわれても、仕方ありませんね。

ちょっと話が先へ行ったので、ぼくが戯曲に耽溺した時代にもどると、大岡昇平は岸井《きしい》良衛《よしえ》という岸井明の兄貴と同級生だったそうですが、ぼくはのちに本式の俳優になってしまったその弟のデブの岸井明と同級だった。そしてこの岸井明といっしょに、ウィットフォーゲルの『誰が一番馬鹿だ』という芝居をやった。左翼の芝居ですね。そしてひきつづいて大学の劇研究会で芝居をすることになったが、当時は、照明とか舞台装置を手伝いにくる玄人はすべて左翼劇場関係の人でした。そして、ぼく自身も逆に左翼劇場の芝居に動員されて築地小劇場に出たことがある。ビュヒナーの『ダントンの死』という芝居ですね。佐野碩《さのせき》が演出して、佐野碩の当時の女房だった平野郁子、薄田研二《すすきだけんじ》、岡田嘉子と逃げた杉本良吉、小野宮吉、そして、その女房の関鑑子《せきあきこ》などが俳優で出ていて、ぼくはフランス軍の兵士、つまり、その他大勢のなかの一員ですね。稽古場は落合のプロットの事務所で、そこで佐野碩が、なにしろ群衆劇ですから、「ハイッ、みなぐるぐるまわってッ、ぐるぐるまわってッ、お前は向うのはしに立って！」などと怒鳴って演出するんです。築地へ出てみると芝居の世界に入ると容易に抜けられないということがよくわかりますね。

楽屋でのドーラン化粧、本番前の「ジジーッ」というベルの音、幕が上がる前、板つきといって舞台に立っているときの気分、そういう雰囲気にひたると、本当に抜けられなくなりますね。それに舞台にいると、観客席が実によく見えるんです。殊に築地小劇場は階段教室みたいに席が階段になっているので、観客の顔の一つ一つがずらりと並んでよく見える。あそこに誰がいて、隣は誰だなんて、それこそ思いのほかにはっきり見える。それでその観客が芝居の進行につれて、緊張したり、笑ったりするのを舞台の上から逆に見ていると、観客は俳優の意のままに動かされるなんだか一段階下の人間、まあ、表情をよく変化させる人形というふうに思えてきて、舞台の上にいることが何かしら得意になってくるのですね。

ぼくは俳優ばかりでなく、演出助手もやって、ちょうどトレチャコフの『吼《ほ》えろ、支那』が本郷座で上演されるちょっと前、劇団の名前はもう忘れましたが、或る公演に参加した。松原英次とか三浦洋平とか飯島綾子とかが俳優です。そのなかに、確か谷崎潤一郎の『蘇東坡《そとうば》』だったと思いますけれど、湖の上に船を浮かべる芝居があった。船の一方に蘇東坡になる松原英次がおり、他方に飯島綾子の女の子がいる。ところが、この松原英次がぜんぜんセリフを覚えていなくて、「君、おれのすぐ後ろにいてくれ」というんです。だいたいセリフをつけるプロムプターというのは、築地なら舞台の前面につきでているプロムプター・ボックス、ほかの座なら舞台裏や袖にいるんですが、そのときは、仕方なく、舞台の真ん中に据えつけてある張り物の船のこちら側に坐っている松原英次の尻にすぐくっついて舞台に腹這いになってしまった。そして、台本を懐中電燈で照らしながらセリフをつけるのだけど、彼はセリフに詰まると、すぐぼくの尻を突っつくんです。ところが、やがて詩を朗吟する場面があるんですが、彼は声を張りあげているのでぼくがつけてゆくセリフをどうしても覚えられない。すると、松原英次がせっぱつまってまったく出鱈目な勝手なことを尤もらしく朗吟したのにはぼくも驚いた。

秋山　埴谷さんのダンスもその時代ですか。

埴谷　いやいや。社交ダンスはずっとあとです。あの当時の演劇では基礎的な訓練としてダルクローズという、いまでいえば自分だけの踊り、体の訓練のためにやる一種の体操の舞踊化といったものがありましたけれど、ぼくはやらなかった。

吉本　結婚は、その芝居に深入りしてからですね。

埴谷　ええ。女房は当時花柳はるみという女優の弟子だったのです。ぼくのところへきてから左翼劇場へ入れたのですけれど、たいした女優にはなりませんでした。

そこで、ぼく自身の左翼時代ですが、これはいままで書いていることも多いので、簡単にやりましょう。大ざっぱにいえば、マルクスよりエンゲルス、そしてさらにまた、エンゲルスよりレーニンというのが、ぼく達の時代の「実際運動家」の特徴ですね。マルクスをしっかり勉強するようなものはいわば学者になったのであって、すぐ運動にはいるものは、だいたいエンゲルスからレーニンですね。そして、ブハーリンとスターリン。大ざっぱにいえば、当時はブハーリンとスターリンの全盛時代ですね。ぼく自身、マルクスの『資本論』は「資本の原始的蓄積」の章を数人の仲間と研究会をもちドイツ語で読んだときが身を入れて勉強した殆ど唯一の時期で、どちらかといえば、当時は思索的より、すぐ実践に結びつくような勉強ばかりやっていたのですね。

レーニンの『国家と革命』について

吉本　ちょっと聞きたいんですが、エンゲルスなんかをやっていると、まずプロレタリア文化運動みたいなところに行くというのが、ふつうのコースですね。ところが埴谷さんはいきなりそこへ突っ込んで行っちゃったということは、これはまた出るときの覚悟というのがあったと思うんですがね。

埴谷　あの当時は、覚悟といったものは左翼にはいるものにはみな一応はあったのです。部署がどこになるかということは、偶然がかなり左右してますがね。ぼくの場合も農業農民問題を扱うようになるのはかなり偶然によりますね。

吉本　当時の政治運動の中では、つまり農業問題というのは、ほとんど唯一といっていいぐらいの問題にされていたわけですね。そうすると、いきなり入っていったところの政治組織内における埴谷さんが、後に政治運動内部の階級制とか階層制とか、そういうものでいえば、かなりそれは中枢であったわけでしょう。

埴谷　農業問題は何処の国でも重要ですね。だいたい最も大きな躓きの石は、何処の国でも農業農民問題です。ぼく達は社会主義という言葉を使い、機械の発達による大量生産という生産力の「一種無限増大」風なイメージをそこにもっていますが、まだまだぼく達は自然にひきずられているのですね。つまり年単位の生産方式からまだ離れられない。ところで、政治のなかの階層性となると、それを全部見通せる場所は確かに中枢部ですね。ところで、ぼくが中枢部の近くにいて階層制について考えざるを得なくなったのは、これまた、偶然の要素が大きいですね。ぼくが「農民闘争」に行ってから間もなく風間丈吉がコミンテルンの方針をもって帰ってきた。そして、中央部を再建したが、その手はすぐぼく達のところへのびてきたのです。ぼくが農業綱領の草案を書かされたり、また、農民委員会についても論文を書くことになったのは、ぼくがなにもそれらを専門に勉強していた結果でなく、中央部がぼくのそばにそのときたまたまできた偶然によるのですね。しかし、その偶然は、必然に党における厳格な階層制をぼくに眺めさせることになったといえますね。ぼく達はどういう場合でもつねに矛盾のなかにいるのですけれども、その矛盾を自覚するかどうかで考え方も生き方も違ってきますね。

ここで細かなことですが、当時の入党の方式について話しますと、だいたい上部による下部の推薦方式ですね。当時は非合法時代ですから、だいたい組織自体が知り合いから知り合いを辿ってできあがっている。スパイ潜入を防ぐためには、自分が昔から知ってる友達どうしで組織するのが一番安全なのですね。しかし、安全だけれど、それは閉鎖的で狭い組織ですね。その狭い組織のなかからまた少数を選びだすんです。そして、君は党に推薦されたから履歴書を出せとまず言うんです。その履歴書には家族関係から学校関係、職業関係のすべてを細かく書かなければならない。その履歴書の紙は、できるだけすぐ焼却可能な薄い紙、たとえばあの頃煙草の中に入っていた薄紙やコンサイスの字引に使ってあるインディア・ペーパー風な薄紙を使うのですね。それが中央部に提出され、承認されると、党内の部署が上から決定される。つまり党員は必ずどこかの細胞か機関に属していなければならない。そのとき、ぼく達は農民部直属のフラクションになりましたが、組織というものは、だいたい機関いじりが好きで、とかくセクト主義になりがちなのですね。その後、ぼく達は雑誌を出しているのだからフラクションとしてはアジ・プロ部に属すべきだ、いや農民部直属でいいといった問題をひき起こしました。結局、ぼく達は農民部直属ということで結着しましたけれど、先程言ったぼくが書いた農民委員会についての論文を読み直してみると、まあ農民部でよかったのでしょうね。

秋山　それは埴谷さんが二十か二十一歳の頃だと思うんですが、農民文学の方とは関係なかったんですか、たとえば長塚節《ながつかたかし》とか。

埴谷　まったく関係ありませんね。文学の意識がはいっていれば、もっと襞《ひだ》のこまかない文章が書けたのでしょうけれどね。この農民委員会は、レーニンが提唱した労農同盟を一応括弧にいれて、また、小作争議だけを目標とせず、農民自身が自身の問題全体を解決しなければならないというのが主眼だったのです。この問題の討論のとき、ぼくの当時の仮名は長谷川というのですが、長谷川はアナキストで困ると言われましたね。この、自身が自身の問題全体を解くという点からみると、いまの学生運動は前衛主義的で、政治闘争主義一本槍ですね。彼らの新聞を見て目立つのは「あいつをやっつけろ」という罵倒方式、政治闘争だけで闘っている感じで、吾国の階級分化の細かな分析など実に少ないですね。当時高橋貞樹というひとがいました。このひとは外語出身で、ロシア語がうまく、モスクワの日本委員会で審議するときなど通訳をしたらしいが、とても頭が切れるという評判だった。それでぼく達のあいだでは、あいつに追いつけ追い越せという一種の合言葉ができたくらいですが、いい論文はなかなかできませんね。あれから半世紀近くたっているけれども、下部構造の分析は進まず、罵倒主義は少しも直っていませんね。

吉本　ぼくらがレーニンの『国家と革命』に対して批判を持っているということは、根本的なことが一つあるわけですよ。それは簡単なことであって、レーニンの「国家」論は、国家というのは階級抑圧の機関あるいは装置であるというような、国家自体の捉え方が機能的だということが一つの批判だと思うんです。国家というのは観念であって機能じゃない。つまりメカニズムというものと国家というものは分けなくちゃいけない。違うものだと考えなくちゃいけないということが一つだと思うんですよ。もう一つは、労農同盟という考え方なんですが、その考え方がどうであるか、あるいは日本における三二年テーゼでも、二七年テーゼでもいいんですが、あるいは二段階か一段階でも民主主義革命を包括するところの革命かどうか、そういう考え方というのは受け取れない。要するに、革命主体が何であるか、それはプロレタリアートだったらそれはプロレタリア革命だ。そういうふうに定義するのであって、社会主義革命という言葉はない、民主主義革命という言葉もない。そこが一点だと思うんです。そうすると、個々具体的な、埴谷さんがおっしゃる下部構造はどうなっているか、農業問題はどうなっているかという分析にひっかかってくる問題は、個々具体的な、ケース・バイ・ケースという問題、そこでリアルに具体的に解決しなきゃならないという問題である。それと革命主体が何であるか、つまり何革命であるかという場合、プロレタリアートが主体になれば、それはプロレタリア革命、それだけのことであって、労農同盟とかそういう考え方というのは、個々具体的な話ですね。つまり特殊なケースの問題だ。それが現在の段階で、ぼくがレーニンの『国家と革命』というのはダメなんじゃないかと思っている根本的なところだと思います。

そうすると、埴谷さんがおっしゃる、いまの学生運動は政治闘争主義だということ。この政治闘争主義というのは、一面から見ると、いつでもテーマが向うから与えられて、誰かが訪米すればそれを阻止だとか、沖縄で何かが起こればこうだ、そこのところでケース・バイ・ケースになってるわけですが、それはあまり問題じゃないっていうのが本当だと思うんです。政治運動は政治運動として闘われるみたいな、そういうことはぼくの考えでは、レーニンの国家を機能というふうに考える、あるいは抑圧の機関というふうに考える、そういう考え方に対する戦後的な批判というものを、ぼくは含んでいると思います。そうしますと、そういう問題というのはやはり違うと思います。

それから、たとえば埴谷さんがいま名前を出された高橋貞樹みたいな人ですね。この人はいろいろ勉強していて、部落問題みたいなものについても一冊の本をでっち上げているわけですが、この問題をぼくらが考えると、あまりに経済主義的であり政治主義的なんですね。これに捉えられ過ぎているということは批判したいですね。部落問題というものの本質は、やっぱりどうしても観念そのものの中にある。つまり観念そのものの中にあるということは、個々の観念じゃなくて、部落共同体なら共同体という観念そのものの問題としてあるというところが、どうしても納得しがたい。それがおそらくいまの受身の形の政治闘争というか、それこそ向うから起こったから、それに対応するみたいな形で出てきている闘争の仕方なんですね。これもある意味では、戦後的なプラス面であるようには思いますが。部落問題になってくると、これはお話にもならないよ、っていうふうに思えるんですけどね。やっぱりあれは部分的な部落共同体の問題であり、共同体的な機関の問題であり、これは相互に突き崩すより仕方がないという問題なのに、直ちに政治問題になり、経済問題であるということになってきますね。そういう観点が一つある。それはレーニンの『国家と革命』に対する、根本的な批判なのですが。

たとえば現在の段階で、レーニンの『国家と革命』を批判するとしたら、埴谷さんですとどういうところが問題になりましょうかね。

埴谷 レーニンの国家は機能としてしかとらえられてないという点は、あなたの『共同幻想論』からして当然の批判でしょうね。『国家と革命』の受けとり方について、あなたとぼくの場合、まずこういう差があると思うのですよ。大ざっぱにいうと、ぼくはロシア革命の出発期にレーニンを眺め、あなたはロシア革命の頽廃《たいはい》期にレーニンを眺めたわけですね。それを、これまた、大ざっぱにいえば、ぼくは国家の死滅の観点で革命を眺め、あなたは国家の永続というか、とにかく非死滅のかたちで革命を眺めたのですね。ぼくの当時のレーニン観からいうと、レーニンがアナキズムに最も近くまで踏みこんだのは、あの革命の初期の頃、つまり『国家と革命』を書いた頃ですね。あの著作にはこれまでのマルクス主義的な国家観が整理されていますけれど、では、さてどうするのかというこれからの眼目は極めて単純なもので、ぼく達の自己管理をすべてに及ぼすということだけなのですね。国家の死滅なんて大それたことで、これまでと違った何かたいへんなことでもしなければならないといった感じですが、実際は格別、大したことではない。自己管理ということを見直すだけですね。ぼくはアナキズムからレーニンの陣営へ移ったというふうになっていますが、そういう観点からみれば格別違った領域へ移ったのではなく、共通性のある場所でただ顔をより多く他方へまげたものだとも言えますね。たしかエンゲルスは、国家にかわる言葉として「ゲマインウェーゼン」を使おうといっていたと思いますが、共同体のなかでの自己管理は一般意志と特殊意志のあいだの矛盾が最も目立たぬ場所でしょうね。いってみれば、その共同体の発現のかたちは交通信号の赤ランプと青ランプみたいなもので、ぼく達の自己管理と抵触しない。そうなると、その赤ランプと青ランプをどんな言葉で呼んだっていいのであって、ぼくの『国家と革命』の受けとり方はそうしたところにあったのです。ところで、平野謙君が好きなメルクマールという言葉を使えば、ロシア革命は国家がどういうかたちをとって存在するかという代表的なメルクマールになってしまい、革命があろうがなかろうが国家はやはり国家という現在にいたってしまった。そして、その現在のなかで、あなたは共同幻想について思索を深めたということになるのですが、これをもう一度逆説的にいうと、革命のなかの国家をどう観るかについて、ぼくは幻想的、あなたは現実的というふうにもいえますね。とにかくぼくの理想はますます幻想的な理想になってしまい、あなたのレーニン批判がでてくるのも当然だということになります。

吉本　それからもう一つ聞きたいのは、ぼくらが一応自我に目覚めたときには、少なくともぼくの場所からは、戦前の左翼運動の匂いというのは、まったく感じられないという時代でしょう。そこを通ってきた人間としまして、どうしても社会ファシズム、あるいはただファシズムという言い方でもいいんですが、そこのところできめ細かくしたいところがある。というよりも、ぼくは二つに分けたいところがあるんです。つまりナチスとかイタリアのムッソリーニのファシズムとか、そういうものを移植理論として取ってきた右翼というものと、農本主義的な右翼といいましょうか、これは竹内好さんが非常に評価されるところなんでしょうが、そういうものと分けなくちゃいけないんじゃないか。つまり分けて考えなきゃいけないんじゃないかっていう、そういうところを通ってきたような気がするんです。ですからそこのところで、日本の現状に即して、まったく反対の立場からですが、農業問題を考えてきた農本主義的な考え方というものに対する批判ですね。それからナチス理論みたいなものを直輸入してきた形で戦争中に出てきたファシズム理論というものとは、ちょっとは、分けなくちゃいけない。ちょっと違う観点から批判しなくちゃならないんじゃないかなっていう考え方があるわけです。そうすると、たとえば具体的な例で言いますと、村上一郎さんの死ぬ数年前からの、はらはらさせるという感じの（友人から見ると）言いまわしみたいなものの中で、どうしても全面否定してはいけないんじゃないか、つまり、あの人が国家と言ってる場合には、ぼくの考えでは、そういう言葉を使っちゃえば、政治的な国家というものと、それからもう少し加味させて言えば宗教的な国家といいましょうか、そういうものと混合した概念だというふうに思えるんですよ。あの人が右翼言葉でよくいう社稷《しゃしょく》という概念なんですね。これは社会科学あるいは政治科学的な用語でいえば、社会的国家というふうにぼくらが呼んでいるものを、あの人は右翼言葉で社稷という概念で突っこんでいるように思うんですよ。つまり社会的国家という概念と政治的国家という概念を、明瞭に分けていくと言いますか、戦争中の農本主義的な右翼というやつは、無意識のうちに社会的国家というものをユートピアみたいな感覚で、農業を基本にした平等国家、平等な社会的国家みたいな形でそれを提出している。しかしそれは政治的国家という概念がないものだから、天皇制自体に吸収されていく。そういうきわどいところでダメになってしまう。そういうところの問題というのがあったように思うんです。これはぼくの実感でいいますと、天皇制というものに、三島由紀夫は戦後でしたが、ぼくらがある程度吸引力があったのは何かといいますと、農本主義的なユートピア概念というものが、政治的国家と宗教的国家というものと混合した概念と一緒になっていた、そこが吸引力になっていると思うんです。それで、ぼくらは、ヨーロッパのナチス理論を直輸入したファシズム運動にはあんまり親近感を感じなかったわけです。あれはちっとも実感にそぐわないところがありましたね。だからそこのところをすり抜け、戦後になって反省していくところで、国家とは何なのか、これは観念じゃないのか、共同の観念じゃないのか。この共同の観念というのは、マルクス流に言えば、あまり経済主義的なところを通らないで、つまり初めに宗教があり、そして法があり、政治国家になり、そういうものを全部引きずった本質として国家を摑まえないといけないんじゃないか。そういう反省みたいなのが出てきて、それじゃレーニンはどうやっているか。これは機能的に暴力装置であり、また抑圧の機関である。いつもそうやっちゃっているんですね。これは実感にそぐわないという面もありまして、これは理論的にも違うんじゃないか、そういうふうに直接的に摑まえてはいけないんじゃないかというのは、そこを通ったところで出てきているように思うんです。そうすると、埴谷さんがご自分でおっしゃるように、たとえば北一輝《きたいっき》なら北一輝を論じたものがあると、それ自体いやになっちゃって、はねちゃう。

埴谷　とばして読まない（笑）。

吉本　北一輝なら北一輝の考え方を選《え》り分けていって、ここがダメよ、ここはいい、ここはいいところがあるとかいうのは、相当分けていかなくちゃいけないんじゃないか。そういう問題があるような気がするんですよね。

埴谷　それは勿論、そうです。ぼくの趣味として或る場所へ近寄らないというのは何か欠けるところができてくるにきまっていますね。竹内好君のナショナリズム論をあなたが評価するのは至当です。あなたのいうようにファシズムを分けて考えることを一般の左翼はやっていませんからね。あなたはいまも政治的国家、社会的国家、宗教的国家というふうに分けていわれたが、そういう具体的分析のやり方はいままでまったく欠けていますね。

デモにしても、デモをしている方ばかりに視点をあて、デモを見てるほうの分析をしません。吾国の運動が絶えず誤謬《ごびゅう》をくり返しては反省する一種の反省運動たらざるを得ないのは、そうした面の具体的分析が何時も欠けてるからでしょうね。

さて、ぼく自身の話にもどって、こんどは潜る話にゆきますが、そこでも「おふくろ」のことがでてきますね。ぼくは「農民闘争」の資料を左翼でない友達のところに預けていたのですが、その友達のさらに友達がメーデーのデモでつかまったとき、そのぼくの友達の部屋も調べられて左翼の資料がでてきたので、ぼくの友達はそのまままつかまってしまった。そしてすぐ、ぼくの家へも刑事がきたのですが、ちょうどその日はぼくは女房のところへ泊っていた。その翌日も夜遅く家へ帰ってくると、昨日刑事がきて、今日も夕方まで張りこんでいたという。それを聞いて、ぼくはまた、真夜中近くでしたが、出てゆこうとすると、新派《しんぱ》悲劇ですね、母親がぼくの足に抱きついて「豊、行っては駄目だ」とかきくどくんですよ。そのとき、ぼくの家は母親と姉と二人だけで姉は悲痛な顔をして傍らに坐っている。ぼくがそのまま出ていって潜ったら、あとはどうなるのかまったく見当がつきませんからね。ぼくは、しかし、母をふりきって行かざるを得ない。ぼくのほうは悲痛よりむしろ切迫している感じですね。そして、そのまま潜ってしまった。すると、すぐ実際の生活に困るわけですよ。

秋山　お金ですね。

埴谷　女房は、それからいろんなことをしましたね。ガソリン・スタンドに務めたり、事務員になったり、また、カフェの女給になったりして潜ってからのぼくの運動資金も生活資金もすべて女房が稼いだけれども、それでも足らない。それで、思いきって、母親に無心してやった。ぼくははじめ駒込、つぎに東中野、それから霞町《かすみちょう》にいたのですが、それまで、ぼくの住所を長く知らなかった母はすぐ霞町のぼくのところを尋ねて金を届けに来た。家を出るときには足にしがみついてとめたのに、連絡があるともう飛びたつ思いで金をもってくる。日本の母親はほんとうに息子が地獄に落ちたら、一緒に落ちるのだなとぼくは思った。その頃ぼく達がそとで食べたのは五銭の牛飯。それからまた本郷バーへはいって無理に平気な顔をして「ホワイトライスいっちょう!」という。すると、これまた五銭の白い御飯だけを持ってくる。それにソースをかけて食っちまうわけですよ（笑）。ほんとうに貧乏ですね。

それから潜っているときのアパートや貸間にはいる場合の話をしますと、まず、小川とか、高橋とかいうありふれた名前の三文判を買ってきて、自分は小川五郎になる。保証人は電話帳を見て、あまり遠くも近くもないところにいる高橋にして、名前のところだけ一字くらい違えるんですが、どうも見ず知らずのひとにとっては迷惑ですね。ところが偽名でいると、何か変わったことがあると、すぐ移らなければならない。東中野にいたときも近所で知人と会って本名がばれたためすぐ移転したのですが、霞町にいたときは保証人のことで警察が調べにきた。こういうときはぼくがすぐ出てしまい、あとに女房が残って荷造りし、その日のうちに引っ越してしまうことになっている。そして、夜の七時、新宿の武蔵野館の前に「ウェルテル」という喫茶店がありましたが、そこで会うのがぼく達の取りきめになっていたのです。あの頃は荷物を大八車に積んで出てからアパートや貸間を探しても、すぐ簡単に見つかる時代で、東中野のときはうまくいったが、霞町のときは夜、「ウェルテル」で女房に会うと、すぐに見つからなかったから、とりあえず四谷の宿屋に引っ越したという。そこで、四谷見附わきの宿屋へ行ってみると、女房は物干し棹まで持ってきたんですね。物干し棹持参の客には宿屋もびっくりしたでしょうね（笑）。

秋山　前に聞けばよかったんですが、聞かなかったことがあるんです。それは、つまりいまの政治の場面です。その出発点に当たるものというか、その原動力ですね。ぼくは文学青年ですから、政治青年のことはわからないんですが、ある人間が政治と出会うときに、その一番最初の政治というのはどんな形で現われて、どんな魅力あるイメージを持っていたかですね。それから、自分があらゆることができるとして、その場面に飛びこむときに、何をしてやろうとして行くのかということですね。それから当然政治というのは国家とか革命とかということを、原型的な、あるいは単純な形であっても直接的に考える場所ですね。つまりそのときに、埴谷さんの政治との出会いの中に、何があって、何が埴谷さんをそちらに押し進めたかということですね。

埴谷　ほんとうの動因となると、自分でもよく説明できるかどうかわかりませんけれど、先程、台湾にいた子供の頃のぼくは日本人嫌いになっていたといいましたね。そして、ニヒリズムがぼくの胸の芯になってしまった。このニヒリズムが、ぼくの場合、青年時代になって二つの方向へ割れたと思うのですよ。一つの方向は社会主義的解明ですね。ぼくを日本人嫌いにさせた日本人の振舞いはほんとうは帝国主義の振舞いだったという解明ですね。そして、もう一つの方向はその真犯人だった日本の資本主義に爆弾を投げつけたいという能動的ニヒリズムの方向ですね。だが、このニヒリズムの分析はなかなか難しい。というのも、かつてのアナーキストが爆弾を皇帝に投げつけ、皇帝とともに自分も死ぬといったふうな、つまり、相手に対する反抗とともに自己否定もそこに含んでいますからね。それを大ざっぱに言えば、現状に対する反抗ということになりますが、そういっただけでは、自己内心における微妙な自己否定の翳《かげ》がでてきませんね。まあ、政治への踏みこみは、自分を相手へ投げつける爆弾にすることですが、投げつけることは自分も炸裂《さくれつ》することなのですね。レーニンは、兄のアレキサンドルが皇帝に投げる爆弾をつくっていてつかまったとき、自分はそうした方法をとるまいと思って、やがて、理論と組織の大衆的方向に踏みこんだ。これは正当でしょうね。けれども、そのレーニンの正当性の裏の胸の暗い奥をフロイト流にさぐれば、理論も組織もまた爆弾の昇華したものですね。

秋山　一番最初に政治に入られたのは、自分を一つの爆弾みたいにして、そのときは自分も滅びるかもしれないと思われたわけですね。

埴谷　そういうことに、結局、なるでしょう。そして、政治が窮極において文学に及び得ないのは、そういう行きどまりの内面を含んでいるからですね。

第二部　政治・戦争・文学

刑務所での読書

埴谷　ぼくは『影絵の世界』に書いているように、全農第五回大会が、東京の芝で行なわれたとき肺炎になって寝こみ、仲間と連絡がきれてしまったので、起きれるようになってからすぐ仲間の伊達信《だてしん》宅へ行った。当時の不文律として、仲間の自宅へ行くことはいけなかったのですが、ぼく達の仲間はあまり仲がよかったから互いに行きあっていた。その頃ぼくはいまの新宿歌舞伎町のアパートにいたが、日頃から帽子はかぶらず着ながしのまま、まだふらふらしながら小石川原町の伊達の家へ行った。玄関へはいると、年配の男がいたので伊達の親戚かと思いながら「伊達くん、いますか」と聞いたとたんにぱっと腕をつかまえられた。これはほんとうにうまかったですね。すぐ手を縛られ、そして、足も縛られてしまった。もう一人応援の刑事がやってきて護送されるときに縛り直されたが、手は袂の間を通して縛り、そして、足は裾の上で歩けるけれど走れない幅の長さで縛ってしまうのですね。そして、富坂署へ行った。ぼくは女房に、三日間帰ってこなかったら引っ越せと日頃から言っていたので、とにかく三日間は頑張らなくてはならない。ところで、面白いことに、警察はほんとにセクト主義なのですね。ぼくが、住所、氏名はこうこうだといっても、決して管轄の署へ照会しないんですね。そして、翌日、そこの警察の刑事が本庁から来た刑事と一緒にわざわざそこへ行ってみる。そして、「お前、ないじゃないか」といってぼくを殴るのですね。「なぜ嘘をつくか」「いや、ほんとはこういうとこです」と殊勝らしく言って、またぼくは嘘をつくんです（笑）。すると、そこへまた行くわけです。とうとう三日間嘘をつき通して、ぼくの名前も住所もわからずじまいになってしまった。本庁からぼくを調べにきたのは、原田警部といって、のちに河上肇《かわかみはじめ》を調べた警部でしたが、すると、お前みたいな嘘つきは初めてだ、おれはお前を調べるのやめたといっていたので、事実、ぼくはそれから調べられなくなったのですが、そのとき、一緒に三人捕まっていたので、そちらのほうを調べればいいと思ったのでしょうね。そのときすでに三日間は過ぎていたので、ぼくが、こんどはほんとうです、ぼくの名は般若豊で、住所はここと、新宿ではなく、母のいる板橋を告げたら、相手はすさまじい形相で、なに般若だ、また嘘をいってやがる、とまったく相手にしないのですよ。ところが、それから四、五日たって呼び出されると、原田警部が部下をつれてはいってきて、何を言うかと思ったら、「お前が無帽の長谷川なんだな」と意気揚々といった。わざわざそれだけ言いにきたのですね。その一言を得意そうに言って、そして、それだけで帰ってしまった。ぼくは確かに長谷川という仮名で、無帽で有名だったのです。すると、やがて不敬罪の係官がぼくのところに調べにやってきた。「農民闘争」の記事が不敬罪に当たるというのです。あの頃は「裁判所の菊花紋章の前に赤旗をぶち立てた」と書いても不敬罪になるわけです。それは一日ですみましたが、その係官が書いている具申を見たら、「改悛の情なし、極刑に処せられたし」と書いてあるんですね。ぼくも馬鹿ですね。そこで、「極刑っていうのは死刑になるんですか」と聞いたんです（笑）。そう思うわけだ。不敬罪の極刑は死刑だとばかり思っていた。ところが、「馬鹿だな。お前など死刑なんかになりっこない」と彼はいう（笑）。実際治安維持法のため不敬罪が安くなったって、彼は怒ってるんですよ。いまの治安維持法は悪法だ。治安維持法に不敬罪までみんな入ってしまうと彼はいうんですね。それでお前などぜんぜん死刑なんかにならないといって、残念がってるわけですよ（笑）。なかなかものわかった中年の男でしたけれど、わざわざ「お前が無帽の長谷川だな」といいにきた原田警部とこの不敬罪の係官の登場は、ぼくが捕まった幕切れとして、まことに喜劇的でしたね。

ぼくは昭和七年の五月十五日に豊多摩刑務所へ送られたんです。まず地方裁判所へ行って、予審判事にこれまでの予審調書を再確認され、拘留を決められるんです。地方裁判所はいまと同じ霞ケ関ですが、昼ごろ裁判所へ連れていかれ、豊多摩刑務所での拘置が決まって、自動車で豊多摩刑務所へ送られた。ところで、入所当日から二、三日はとにかく読むものも何もないのですから、腕組みしたままただじっと坐っているのですね。すると、夕方、刑務所の塀の外を、号外が「ちりんちりん」と鈴を鳴らしながら走って行く。何だろうと思っていたが、あとでわかってみると、それが犬養《いぬかい》首相が殺された五・一五事件の号外だったのですね。犬養首相が殺された時間をぼくはよく知りませんけれど、恐らくぼくが裁判所にいたときとそう離れた時間ではないでしょう。しかも、霞ケ関の裁判所から首相官邸までそう遠くはありませんからね。それで、その同じ日にぼくが豊多摩に入ったということはその後も印象的でした。その日からあと三日間ぐらいは灰色の壁をじっと眺めながら端坐していて、ただ自身の胸のなかを覗いているよりしようがないのですね。刑務所では、未決時代、一日おきに購求という制度があって、そのときに本を買う注文ができる。すると、四、五日してその本が入ってくるのですが、ぼくが一番初めに注文して読んだのは岩波文庫の『ユリシーズ』です。これはまだ最初のほうが訳されているだけだった。

ところで、左翼には、とにかく刑務所へ入ったら必ず勉強しなくてはならないという観念があるんです。「私の大学」はすなわち刑務所だという観念ですね。そして、その基本はまず語学ということになるんです。ぼくも初めは小説を読んでいたけれど、すぐ哲学になって、対訳のでているウィンデルバントの『プレルーディエン』とリッケルトの『哲学とは何か』を読んだらいきなり直接カントへ行ってしまった。これは大冒険ですね。『純粋理性批判』はあの頃天野貞祐《あまのていゆう》訳の前半しか出ていなかった。「先験的感性論」と「先験的分析論」までですね。「先験的弁証論」以後は訳がない。ぼくは盲蛇におじずで、岩波文庫と原書を並べたが、こんなにむずかしいとは思わなかった。あそこにはパラロギスムス——誤謬推理といった難しい単語もでてくるけれど、全体の構文はふつうの文章で、格別難しいことはない。さっと読みくだせてやさしいのだけれども、考えると意味がぜんぜんとれないんですね。そこで、ぼくの勉強法は、いってみれば、島宇宙から島宇宙へ飛んで行くようなものになってしまった。黒い活字が並んでいる実に広い空間のわからないところは飛ばして、わかるところとわかるところだけを繋いで考える。カントを読むというより、カントから公案を課されて自分だけで懸命に考えてるといった勉強法になってしまいましたね。すると、ぼくはそれまでに自同律について思い悩んでいて、自分流に「自同律の不快」と名づけていたが、その裡にその自身の難題の目の前がやっと展けてきた感じになってきた。まず自分の問題を適用すべき領域が、自我と宇宙論と最高存在の三つの領域だということがはっきりしてきた。そして、次第にはっきりしてきてぼくを驚かしたのは、この三つの領域ではぼく達の考えは何処でも果てもなく堂々めぐりするだけで、しかも、堂々めぐりした果ては結局行きどまりだということですね。これは啓示だった。矛盾と反対が、それまでとまったく違った意味を帯びてきて、ぼくには親しいものになってしまった。不可能性こそがぼくの向うべき課題になってきたのです。そして、そこは行きどまりだとカントがいうからこそぼくはそこから先へ踏みこまねばならないという不思議な発奮の勇気を与えられることになったのです。『不合理ゆえに吾信ず』の方法への踏み出しが、カントの警告によって逆にきまったのです。その不可能へ向っての踏み出しを、その後、デモノロギイが支えてくれたが、刑務所時代にも小さな支えがなくはなかった。それは、華厳経《けごん》とか法華経《ほけ》などの仏教書ですが、そうした本は刑務所備え付けの官本のなかに幾冊もあったのですね。それらは一面でまことに煩瑣《はんさ》なスコラ哲学ですが、他面、驚くべき無限弁証法の見本なのですね。無限に否定していってなおやむことのない情熱がそこにある。この情熱は不可能へ向おうとするぼくの情熱を鼓舞してくれた。

秋山　仏教はカント以前に触れていらっしゃったわけですか。

埴谷　いや、同じ頃です。刑務所では朝六時に起きて、夜、七時に寝るが、ぼくは既決囚ではなく未決ですから、三回の食事時間を除くと、あとは全部の時間があいている。一週間に二回、入浴、毎日二十分ぐらい運動の時間があるけれども、あとの時間は、全部机に向って勉強しているんです。

吉本　鶴見俊輔さんが「埴谷雄高論」の中で、埴谷さんという人は独房にいた時に、意識はしないけれども精神病になって治ったんじゃないかといってるんですね。これはどうでしょうか（笑）。

埴谷　鶴見君は実にうまいことを言いましたね。それにはぼくも、神の存在証明不可能と同じように、反駁《はんばく》不可能ですね。刑務所の中では誰も証人がいず、ぼく自身がそうでないといっても、本人が精神病だったのでは信用されませんね。その後のぼくの文学は正常な意識の隣の部屋で文学をやってる、いわば分裂症的文学ということになるのでしょうから、ぼくはあの鶴見発言に一言も反駁できず、ぼくもあれには完全に参ってしまいましたね（笑）。

秋山　しかしぼくは埴谷さんの奇怪な考え方の日本的な土台みたいなものは、どこかにあるんだろうと思ったんですね。一つは、独房という環境もありますが、もう一つは、日本人はわりあいに仏教でむずかしい永遠の問題を考えますね。ぼくは埴谷さんがそういう考え方をどっかで用意していたという具合にちょっと思ったんですけどね……。

埴谷　仏教は無限や虚無で立ちどまりませんからね。カントの精密性はぼく達には苦手ですけれども、無限への情熱の下地はぼく達にあるんではないでしょうかね。いまの刑務所と昔の刑務所はだいぶ違うと思うので、刑務所の話にもどると、着くといきなり硫黄《いおう》をいっぱい入れた薬湯の中へ入れられて、自分の着物は消毒のために持って行かれる。留置場では虱《しらみ》がついたり、疥癬《かいせん》にもよくなりましたからね。そして、未決囚は青い服、既決囚は赤い服を着せられるんです。下が中国のクンズふうなズボンで、上は着物と同じく前であわせ、紐で結ぶ。そして、ぼく達はそれ以後、名前でなく番号で呼ばれる。ぼくは一二三番という極めて呼びやすい番号で、「一二三番！」と呼ばれると、「はーい」というわけです（笑）。部屋の入口には編み笠がかかっていて、出るときは必ずその編み笠をかぶらなくてはいけない。未決囚はまだ罪人かどうか解らないので、保護しなければならないという建前なんですね。ところで、運動のとき、こちらは出てゆき、向うからは帰ってきて廊下ですれちがう場合があるが、そんなとき、左翼はちょうど映画のなかで浪人と浪人がすれ違うみたいに両方が編み笠をちょっと上げるわけです。これが当時のエチケットです。知っている誰がくるかわかりませんからね。知ってる相手がいれば、連絡は雑役がやってくれる。ここで部屋について説明しますと、独房ですから非常に狭いんです。畳一畳が敷いてあり、手前と横が約一尺たらずあいていて、その横側には、机と食膳と便器が置いてある。残念ながら独房の中でしなければならない。そして、そのほかに水桶がある。朝、雑役が「給水！」というと、水桶を出して水を入れてもらい、「排便！」というと、便器を出して、なかを向うの桶に捨てて簡単に洗ってもらう。それが終ると、「食事！」ということになるのですが、それらすべての場合、いちいち看守が扉をがちゃんと開けてそばに立っている。ところが、「お湯！」といって、土瓶にお湯を入れてもらうときは、扉の下が格子になっていて、看守がつぎつぎと開ける格子のあいだから大きな薬缶の筒先だけがこちらへ入るようになっている。そのときは雑役とこちらだけが向いあっていて、お湯をどくどくと入れてるあいだに、短い話をしたり、連絡を頼んだりする。何房にいるだれだれにこう伝えてくれといったことですね。雑役には仁義があって、頼まれれば必ずやってくれる。これが刑務所の約束で、犯罪者仲間は一種のコンミューンを形成している社会ですね。

先程、便器のことがでましたが、独房にいて一番いやなのは、この便器にまたがるときですよ。看守が覗き窓から覗いていく時間のタイミングがはじめはわからない。覗き窓は金属製ですから、「カチャッ」って小さな音がするんです。廊下はコンクリートで看守はフェルトのスリッパをはいて音をさせないように歩くのですから、不意に「カチャッ」と音がするまでわからない。暫くするとやっと慣れて、「カチャッ」と音がしてから便器にまたがるようになるんですが、たまに看守が行ったばかりだのにすぐまた戻ってきて、またがっているときに「カチャッ」と覗かれると「ああいやな感じ」と思うわけですね(笑)。尻を出しているところを覗くほうもあまりいい気持ではないだろうけど、独房でのこちらのいやなことはそれでしたね。

ところが、ぼくは結核で病監へゆきましたが、病監のいいところは、ベッドの後ろが水洗便所になっていて、その上方に曇りガラスがあることですね。上体だけ透いて写っている。それから独房のほうの窓はとても高くて外を覗くためには、蒲団をうまく積み重ねてその上に乗らないと覗けませんけれど、病監の窓は大きく低く、そのまますぐ庭が見えるのです。それに病監の看守が扉の錠をあらかじめ開けておくと、雑役が随意に入ってきて、午後と午前と二回、体温をはかりにくるんです。初めに差しこみに来るときと、取りに来るときの二度入ってくる。そして、食事の時も雑役が盆をもって入ってくる。これらのときにかなり自由に話せますね。雑役の性質にもよりますが、だいたい雑役になるようなものは性質がよくて、あっちには左翼でなくて右翼がいるといったことを話してくれる。ぼく達からいえば、病監は刑務所の中での一種の天国だけれど、女房は面会にきて、病監にいるといわれ、悪いのかとぎくんとしたらしいですね。面会といえば、ぼく達の場合は接見禁止ということで予審判事の許可がない限り面会できないんです。で、まず裁判所に行き、どういう理由で面会するか――家庭の事情がこうで相談しなくてはならないとかいった理由を述べて面会許可をもらって、裁判所から刑務所へ廻り、やっと面会するわけです。面会所は看守が横にいて会話のメモをしている。一度など女房が入ってきて、小林多喜二が殺されたのよと言ったとたんに看守が怒りましてね。そんなこと言うのなら面会させないというんですね。しかし、病監のほうの面会所は医務室でこれは気楽ですね。ぼくがいた独房は八舎といいますが、面会人が病監まで来るためには、その八舎をつきぬけて刑務所の構内へ入り、軽い病人を入れる六舎の横を通って病監まで歩いてゆく。それで、病監まで案内されると刑務所の中のだいたいが見れるわけですね。ところで、先程、警察署どうしはセクト主義で互いに別行動だと言いましたが、裁判所と警察も官僚主義のセクト主義で互いに連絡がないのですね。前に話しましたように、三日間帰らなければ引っ越せと言ってあるので女房は勿論、引っ越してしまった。その住所もわからず、ただ長谷川には女房がいるらしいというだけで、警察はそれからもずっとぼくの女房を探しているんですね。ところが、その女房が予審判事のところへ自身出向いて、面会許可証をもらって来るんです。予審判事と警察とはぜんぜん連絡がない。これも喜劇的です。

カントとデモノロギイ

秋山　さっき「自同律の不快」はカントを読んでいるときに、という話がありましたが……。

埴谷　いや、カント以前からありました。「自同律の不快」というのはぼく自身の言葉ですが、そのはじまりは子供のときからの自分自身に対する違和感ですね。カント以後、それは宇宙自体がもっている本質にまで拡がるようになりましたけれどね。ちょっと横の話になりますけれど、ぼく達の時代はドイツ語の時代なんですね。コミンテルンの機関誌はいくつもの版を出していたけれど、吾国に入っていたのは主に英語版とドイツ語版で、殊にドイツ語版が多かった。ぼく達は略して「インプレコール」と呼んでいましたが、「インテルナティヨナーレ・プレッセ・コレスポンデンツ」の略ですね。その記事のなかから選んで、吾国でも「インターナショナル」という月刊誌を出していたが、ぼく達が直接

「インプレコール」から読む場合もあった。農業農民問題ですね。それに、また、スターリンの『レーニン主義の基礎』などはやさしいので、ドイツ語で読むこともあった。そうしたふうで、ドイツ語はいわば当時の左翼に一般化したのですね。平野謙君がメルクマールとか、エルレーズングとか、イエンザイティッヒとかいう言葉をいまでもよく使うのは当時の名残りですね。そして、ぼく自身もドイツ観念論へそのますぐはいりやすいというふうだったと思います。「自同律の不快」という言い方もそうです。刑務所から出てからのルンペン時代に書いた『不合理ゆえに吾信ず』の根本主題にそれはなってますね。『不合理ゆえに吾信ず』には四つの大きな主題があって、その最初がこの「自同律の不快」ですね。つぎは、どこか他に異なった思惟形式がある筈だ、という考え方で、それから、存在と意識の対立、拮抗があって、最後に、存在への刑罰がやってくる。「自同律の不快」から出発すると、どうも存在の転覆志向へ結局いたることは避けられませんね。

吉本　『不合理ゆえに吾信ず』の中に、なまなましいものに対する嫌悪みたいなものがあるでしょう。魚を釣っても、自分で握りつぶしちゃう。それはわりあいに前から埴谷さんの中にある感覚ですか。

埴谷　そのなまなましいいやな感触をもたらすものというのは根本的には自分なんですね。もし自分が自分を摑んだとしたら、そういう感じがするでしょう。つまり、釣りあげた魚も釣りあげられた魚も自分も同じものなんですね。

秋山　埴谷さんは、レーニンの『国家と革命』にしろカントの『純粋理性批判』にしろ、政治でも哲学でも、とにかくいちいち敵対意識をもって撃破しようとするわけですが、それはどういうことなんでしょうか。

埴谷　その根源はやはり自己撃破ですね。社会も政治もただつきあっているだけで、遁れがたい根本の相手は自己だと思っていて、そこからどうしても脱却できませんね。

ぼくは刑務所から出てきたルンペン時代、偶然、九段下の大橋図書館で多くのデモノロギイの書物にぶつかったのですが、このことはまた対立克服すべき自己をやたらに拡げましたね。この大橋図書館には、特別図書というものがあって、大判で豪華版というべき美術書の類がたくさんありました。それらは館員の前の指定の机の上でしか読めない。その同じ特別図書の中に、デモノロギイの本がたくさんあって、それら全部に「安田蔵書」という判が押してあるのですね。恐らく安田財閥の一族に肺結核でぶらぶらしていた青年がいて、金にまかせて外国から高価な美術書や風変りなデモノロギイの書物をつぎつぎと取り寄せ、それらに読み耽ったあげく亡くなり、その書物は大橋図書館に寄贈されることになったというふうにぼくは想像しました。そして、恐らくは亡くなっているだろう彼に感謝しながら、ぼくはテオゾフィとかウィッチクラフトとかブラック・マジックとかを耽読したんです。このデモノロギイの世界は人間の果てしない渇望のごったまぜになった驚くべき領域ですね。このことは、その後、ぼくに記録型の文学と魂の渇望型の文学、可能性の文学と不可能性の文学を分けさせる機縁になりました。

秋山　一番最初聞きそびれたんですが、もういっぺんもとに戻って、埴谷さんは演劇をやっていらっしゃる頃から、政治的な本を読んでいて、やがて政治の活動をする。つまり入党されて、それから地下生活みたいなものをなさるわけですね。そのときに埴谷さんは、実際には何をなさりたかったのでしょうか。具体的な革命のイメージというものをお持ちだったんでしょうか。

埴谷　小さな具体的な渇望——社会革命ですね。

秋山　自分が何かをやっていて、その自分がやっている延長上に、何ごとかが建設されるわけですね。それはどういうイメージのものだったのですか。

埴谷　現象的には社会の矛盾への姿勢がいろいろありますけれども、観念的に無理に言ってしまえば、各人の能力に応じて働き、欲望に応じて与えられるという共産主義の理想がやはり魅力的だったのでしょうね。ぼくが社会にとどまらず、また、現在のぼく達の主体にとどまらず、存在の革命という考え方へまでその後行ったのは、ぼくの脳裡にはなにかしら観念的渇望があって、それがぼくを動かす動因の基本になっていたのでしょうね。ぼくが刑務所に入った昭和七年はいわゆる転向時代で、ぼくも上申書をだせといわれた。そのとき、ぼくの書いた上申書の冒頭は太陽系の滅亡ではじまっています。

秋山　話が大きくなってきた（笑）。

埴谷　どうもそういう観念的、妄想的要素がぼくには昔からあって、なかなか治りませんね。

秋山　あの当時は政治をやれば地下生活をするかあるいは捕まるわけですが、そういうことは十分予見できるにもかかわらず、あえてそれをするということは一人の人間が生きるスタイルを選択するということだと思うのですが、そういう生き方と現実のふつうの生活とか、結婚とか、お金を稼ぐ手段ですとか、そういうのは当時どういうふうに考えられていたのでしょうか。

埴谷　ふつうの生活のスタイルは、初めから問題になりませんね。尤もそれはぼくだけのことでなく、当時党の仕事をするものすべてがそうした覚悟でいて、お互いにそれを格別違った生活のスタイルなどと考えていませんでしたけれど。

秋山　しかし、埴谷さんが政治に入っていたときにお母さんやお姉さんは、当時の言葉でいうアカということで悲しんだんじゃないですか。

埴谷　勿論、そうですね。しかし、吾国の家庭は息子へ向って逆に孝行といいますか、結局は、息子を是認してしまいますね。

秋山　奥さんとは、最初同志として結婚されたわけですか。

埴谷　いや、女房が惚れてきたので、来たければ来ればいいっていうだけで、至極簡単なんです。同志でも何でもない。あとからはそうした風に仕立てましたけれど。

吉本　さきほどの悪魔学の話ですが、ユングという人も悪魔学に凝っていて、しかも信じているんですね。その信じ方っていうのが、ぼくらにはちょっと見当のつかないところがあるんですね。それはどうですか。日本のものでいうと、仏教到来以前の原始宗教みたいなものと類推して考えればいいわけですか。

埴谷　ユングはよく知りませんけれど、幾分違うんではないでしょうか。日本では人間的渇望の権化といった悪魔はいなくて、妖怪変化と幽霊しかいない感じですね。つまり、アニミズムと怨念しかないようですね。無限の知的渇望をもたないから、或る個人をおびやかすだけで、ヨーロッパふうに外界全体の変革を目論むということはありませんね。その点、ヨーロッパの悪魔は人間そのもので、人間が賢者の石をもとめるのとまったく同じに、事物をまったく一変させてしまうような或る魔的な自在力をもとめつづけていますね。黒魔術や錬金術にせよ、その底まで下ってゆけば、デモクリトスの原子から現在の元素表にいたるまでの探求と似た或る原質への探求といったものがそこにもあるようですね。

吉本　そういうヨーロッパ人達は悪魔学や黒魔術や錬金術の中に何かあるんだということを確信して疑わないですね。それがものすごく異様に思えるんですがね。

埴谷　ヨーロッパの中世には錬金術の詐欺にひっかかる人が多くありましたね。やはり錬金術は可能だと思っているので、おれはできるという山師が現われると、ひっかかってしまうのですね。というのも、事物はすべて或る秘密の鍵さえ手に入れれば必ず変化すると伝統的に思ってきたからですね。現実と魔術は何処か隠れた秘密のドアで繋がっている。ゲーテが、『ファウスト』を第二部まで書けたということには、あれだけ自然科学に精通していて、色彩論や植物の変種について論じているひとが、やはり自然の秘密をあかす秘法さえ手に入れば事物は変化させられると信じていたということがある。あそこに出てくる精霊はすべて力があります。日本ではあれほど精霊を登場させて自在な構成をとることはできませんね。

秋山　外国の悪魔は、わりと創造力がありますね。物を変形させて、違ったものをつくり出すとかですね、ところが日本の幽霊はどうもそっちじゃないですね、ぜんぜん。

埴谷　「うらめしや」だけですからね。それでぼくは「死霊《しれい》」と敢えて無理に読ませているんです。そのほうが近代的な語感がする。吾国本来の「死霊《しりょう》」という読み方では「うらめしや」だけの感じになって探求的な会話などしてくれそうもありませんからね。

吉本　日本の初期の物語に出てくる物の怪というのは自分が敵対したり恨んでいたやつが、重病で死にそうになったときに憑くんですね。それで祈禱師《きとうし》みたいなのが来てそれをなだめるけれど、それがダメなら死んじゃうわけですね。こういう話ばかりですね。これは気違いの世界じゃないかと思えるぐらいそうなんですね。たとえば『栄華物語』なんかは典型的にそうですね。これはフィクションではなくて、相当な部分事実だと思うんですが、これがどうもわからないですね。

埴谷　ひとひととのあいだの関係、それがあなたのいうように気違いの世界に近くて、呪術にとどまっているのですね。呪術から事物の科学へ踏み出さない。日本での呪術は死と生の往復運動ですけれども、個体の死で思考は立ち止まってしまうのですね。個人の死を越えて、事物の存在や宇宙そのものへまで踏みこまない。

ぼくは昭和九年から現在の吉祥寺にいるんですが、当時の井の頭公園は杉林で昼でも鬱蒼としていましたね。ぼくは真夜中近くになるとよく公園へ行きましたが、木にもぶつかりぶつかりして歩いている裡にだんだん目が馴れてくる。ところがそうしている裡に不意に理由もなく何処かでゾーッとすることがあるんですね。いわゆる通り魔が何処かを通った感じで、ふつう容易には味わえない感覚ですね。全身が総毛立って、自分の中の勇気とか胆力とかいうものが全部毛穴からサーッと抜け出てゆくような感じがする。そこで、ぼくは真夜中の公園へしじゅう行くわけです。どうもぼくには自分が無になったような危地から、窮鼠的な力ではね返らねばならないといった、やけのやんぱち的気質があるようですね。

秋山　しかし埴谷さんのその一番困ったようなところ、何もないようなところから出直す、考え直すということは、ある意味では、一番傲慢な考え方でもあるわけですね。

埴谷　そうですね。自分が人間にさせられたということに対して、誰一人として反逆しないのは残念だから俺だけはする、とか、不可能性の文学の理論を立てて実践しようとするなどとは、ぼくも傲慢な考え方だと思います。

はじめての翻訳

吉本 『不合理ゆえに吾信ず』の中にはわかりやすいアフォリズムと、まるでこれはわからんよっていうアフォリズムと両方ありますね。それで、ぼくなんかの評価では、わかりやすいところのほうが面白いっていうふうに思いますね。そうすると、これはわからんよ、つまりわかっているのはご当人だけだよと思えるところというのは、他人の評価では、このアフォリズムは失敗しているということになるわけですが、それはやはり埴谷さんの中でもそうでしょうか。

埴谷 いや、必ずしもそうではないのですね。あそこの中のレスビアがでてくるような一種抒情的な章句はわかり易いだろうけれど、存在の刑罰といった論理の飛躍を扱った章句はわかりにくいだろうと思いますが、これも慣れでしょうね。戦争中、「構想」という同人雑誌を出してそこにこのアフォリズムを載せたのですが、同人の誰にもわからなかったですね。埴谷の書くものはてんでわからないというのが定評でした。勿論、ぼくの書き方がうまくなくていまでもまだわからないということはありますが、存在と意識という主題自体には、みな昔よりは慣れてきたのではないかと思いますね。大東亜戦争がはじまった翌日の早朝ぼくは捕まったのですが、そのとき押収されたもののなかに「構想」もあって、刑事が『不合理……』を見たのですね。するとてんでわからない。それで、これはシュールリアリズムだ、お前はこのわけのわからないシュールリアリズムで共産主義を宣伝しようというのだろうとせめるのですね。

秋山　うまい言い方ですね、なかなか（笑）。

埴谷　「これはひとにわからないようにしてある暗号だろう、貴様」と言われたけれど、そういう見方もあるのですね。

この「構想」は同人雑誌の統合のとき自爆し、ぼくは左翼の友人の手引きで昭和十五年に経済情報社という雑誌に入ったら、そこには旧左翼が多いのですね。ぼくを入れた宮内勇、遠坂良一のほかに、大谷竹雄、栗原百寿《くりはらはくじゅ》、塚田大願《つかだだいがん》なんていう人達がいた。ぼく達はそこで社主と喧嘩して新しい経済雑誌をつくりましたが、とにかく経済なんてぼくの本業じゃない。その新しい経済雑誌にいるあいだに三冊、本を出しました。はじめから言っていくと、『ダニューブ』『偉大なる憤怒の書』『フランドル画家論抄』[註10]。はじめの二冊は翻訳ですね。そのなかの、ドストエフスキイの『悪霊』論である『偉大なる憤怒の書』だけは、まあ文学の本だというので訳者名に埴谷雄高が使ってあります。

吉本　あの本もよく出たんですか。

埴谷　あれは売れましたね。あの頃は紙も本もない時代なので、初版七千部で売り切れてしまいました。

吉本　ぼくは、それを戦争中、米沢で見たんですよ。もちろん埴谷さんが訳者であるということはぜんぜんわかりませんでしたけれど。

埴谷　『ダニューブ』は伊藤敏夫という女房の名をもじったもの、『フランドル画家論抄』は宇田川嘉彦という実在の人物の名ですが、ウォルインスキーの『偉大なる憤怒の書』だけは、埴谷雄高という名を使ってますね。

吉本　それと、中野重治の『斎藤茂吉ノオト』も、その米沢の田舎の本屋さんにちゃんとありまして、ぼくはそのときに知ってるんですね。

埴谷　椎名君は買ったそうです。この『悪霊』論のつぎに『白痴』を扱った『美の悲劇』を訳そうとしたけれど、雑誌社の雑用が忙しくて、とうとう『美の悲劇』は出せませんでした。つぎの『フランドル画家論抄』には、ところで懺悔話があるんです。ぼくのところにエミール・ヴェルハーレンの『ルーベンス』があったが、その前に『ロダン』の製版で当てた中野の洸林堂という古本屋がこの『ルーベンス』に絵の写真を沢山入れて出したいと言いだした。ところで、あの当時は出版会に企画届けを出して許可をもらわないと、出版ができないんですが、考えてることはみな同じで、三つの出版社から同じ企画届けがでた。そして、甲鳥書林という片山修三のやってる本屋に許可がおりた。

ところが、洸林堂ではすっかり許可になるものだと思って絵の図版を全部つくってしまっていたんですね。その図版には金がかかっているからどうかしてくれとぼくに言う。そこでぼくは考えて、経済雑誌にいて知った相場の逆張りを応用して、ルーベンスだけでなく、フランドルの画家全部を入れる本をつくろうと思ったわけです。洸林堂は古本屋なのだから、フランドルの画家達の歴史を扱った本を見つけてくれと言ったら、さっそくドイツ語の本を見つけてきた。ぼくはそのとき美術評論家の心境がわかりましたね。つまり、種本さえあれば、いくらでも書ける。ぼくも忽ち美術評論家になった気で、一冊の本を書きおろした。フランドルにはブリューゲルをはじめ、農民についてのいい画家達がいますね。藤森成吉さんが数年前に書いていましたが、ブラウエルとかテニエーとかいうなかなか優れた農民画家がいるんですよ。ぼくが忽ち仕上げると、洸林堂の細君は出版会に企画届けを持っていったが、これが許可にならない。著者名は当時出征していた洸林堂の主人の名ですが、やがて、わかったことは、美術界はギルドで誰も知らぬ無名のものなど承認されないんですね。どうすればいいかと聞くと、その方面の権威者である山田智三郎《やまだちさぶろう》さんの序文があればいいという。山田さんは、戦後テル・アビヴのイスラエル美術館の館長になって行ってましたがね。そこで洸林堂の細君が山田さんのところへ行って頼みこんだ。著者の宇田川嘉彦は――というのは実は細君の亭主ですがね、この仕事を一所懸命書き残していまニューギニアにいる。ひょっとすると、死んで、遺作になるかもしれない。是非とも序文を書いてくださいと頼みこんだら、山田さんは引きうけて書いたのです。この著者の宇田川嘉彦とは一面識もない間柄だけれども、いま出征して戦死するかもしれないとのことなので序文を書くというふうに冒頭に書いてある。その序文を持っていったら企画は通ったんです。

秋山　なかなか悪知恵もあるじゃないですか（笑）。

埴谷　そう、ありましたねえ、ほんとに（笑）。ただし企画届けは通すけれども、『フランドル画家論』という題は生意気だから、『フランドル画家論抄』にしろと言われて『フランドル画家論抄』になったのです。

吉本　戦後になって、小林秀雄の『ドストエフスキイの生活』が、E・H・カーの『ドストエフスキー』の影響著しいということを埴谷さんが指摘されたわけでしょう。それは『偉大なる憤怒の書』を訳されたときすでに気がつかれていたのですか。

埴谷　いや、そうではないのですね。カーのものは戦後すぐ読んだんです。いや戦争末期だったかな。いまはカーの翻訳が出ておりますから、くらべてみるとわかりますけれど、小林さんはカーを抜萃して組立てているのですね。その話は「近代文学」の仲間に雑談としてしたのですけれど、思わぬほど拡がった。ぼく自身の考えは、どうせ外国のことをやるのだから何かの文献を参考にしなければできない、殊に先駆者、開拓者として仕事をするときは外国の文献をそのまま受け入れることもあるというふうで、小林さんをせめる気持はなかった。ただ驚いたので、仲間に話したのですね。ぼく自身は何も書かなかったけれど、話が拡がったので、E・H・カーの『ドストエフスキー』に負うということを小林さんもその後附記していますね。

秋山　埴谷さんはその頃、他の日本の文学者とすれ違う場面はなかったんですか。太宰治とか、坂口安吾とか……。

埴谷　太宰治の『晩年』が出たときはぼく達のあいだで評判でしたよ。やっとぼく達の代表が出たという感じですね。ぼく達の仲間の高橋幸雄が太宰と仲よしだった。この高橋はまた檀一雄とも仲がよく、太宰とはしじゅう行ったり来たりしていました。それで、ぼくも『晩年』に感心して、いい作品が生まれたと思っていましたから、高橋に連れられて、三鷹の太宰の家へ何べんも行きました。だからすれ違いではありませんね。

秋山　そうか、近いんですね。

埴谷　吉祥寺の古本屋で、太宰と顔を合わせれば、必ず立ち止まって話したものです。で、ぼくは太宰の追悼文も書いています。短いものですけれど。

吉本　左翼時代にはあまり関係なかったですか。

埴谷　左翼時代にはぜんぜん関係ありませんね。いまも言いましたように、高橋幸雄という「構想」の同人を通じてのつきあいです。向うは浪曼派の流れですね。北京から塩月赳君が帰ってきたときも、塩月、高橋、ぼくと三人で太宰の家へ行きました。この塩月君の結婚のことはたしか『佳日』という作品に書いていますが、太宰はあの頃の文学青年のホープですね。ああ、やっぱり出てきた、おれ達の中にやはりいたという感じで、みんな太宰を読んだんですよ。で、ぼく達は太宰論をよくやったものです。

吉本　それは初耳ですね。

埴谷　太宰には他の作家にないデーモンがあるというふうに論じられましたね。同時代の作家では、太宰のほかにもう一人、中島敦。この二人をわれわれは買ってましたね、戦争中。太宰にはデーモンがあり、中島敦には志がある、というわけです。ぼく達も若いので老大家とか中堅などには見向きもしなかった。

秋山　埴谷さんの時代はシェストフの不安というのがはやったわけですね。また戦争に入ってくると日本浪曼派ですね。そういうものには無関心だったんですか。

埴谷　日本浪曼派はあまり読みませんでしたが、シェストフにはやられましたね。小林秀雄と二人三脚で、概念の虚偽を徹底的にやっつけた。普遍妥当性とか規範とか正義とかはシェストフ時代に一変したといっていいでしょうね。転向時代の最も大きな象徴はシェストフですね。

秋山　そうか、あれは大きいわけですね。意外に。

埴谷　いまでは想像できぬほど大きかった。『悲劇の哲学』のほかに『自明の超克』というドストエフスキイ論も大きく影響しましたね。このシェストフは確かにぼく達の転向

――政治的な転向ばかりでなく、世界観の転向を大きく支えましたが、他方、ぼく達のなかの共産主義の修正運動はどうも一生消えずに残りましたね。ぼく達は「近代文学」の会合でコミュニズムについての話ばかりしていました。

秋山　人はそういうときに、つまりいっぺん共産党に入ると、日本のある部分と離れて闘う関係にあるわけですね。

埴谷　ぼく達には、共産主義の真髄はこういうものだという頭の中だけの共産主義がどうも抜きがたくあるのですね。今後もそれは抜きがたくありつづけるでしょうね。

秋山　小林秀雄の世代の小説家の一人で、横光利一みたいな作家がいますね、西欧的なものを取り入れるようにして出発しながら、奇妙な日本の中へ還ってくるわけですね。埴谷さんはそういう文学者は軽蔑をするわけですか……。

埴谷　いやいや、横光利一には非常に同情しましたね。恐らくぼく達が一番同情したのではないでしょうか。横光利一もドストエフスキイの『悪霊』にやられた一人ですが、行きづまったヨーロッパがやたらに目についたのですね。何処の国でも、何時の時代でも、マイナスとプラスをもっているのだけれど、その一方だけがやたらに目につく時代というものもあるのですね。ぼく達は、横光利一はアジア回帰の最初の時代の犠牲者であって、あの最初の時代のなかへさえ投げこまれなければ、もっと違ったかたちで大成した作家になったろうと思ってました。

開戦から敗戦まで

秋山　しかし戦争中は文学者もだんだん奇妙に禊《みそ》ぎ的なものになってきますね。埴谷さんはそういう状況をどう考えられていたんですか。また開戦のときの感想ですね、やがて戦争は来るとは思っていたでしょうが……。

埴谷　いや、戦争はなかなかこないと思っていましたね。というのも、経済雑誌にいて、鉄鋼や石炭や石油の生産量の比較がわかっていましたからね。とても比較にならないんですよ。石油がなければ戦えないから、海軍が最後まで反対したのもわかりますね。ところが実際は戦争が始まった。そして、その翌朝、ぼくは逮捕された。そのときの直観はいよいよ殺されるなということですね。これはふつうの日本人の心情とは違いますね。こんど戦争が起これば、北方からの脅威の防衛のためにぼく達旧左翼は必ずやられると思ってました。ぼく達は警察の要監視人であるばかりでなく、東条が首相になってからは憲兵がやたらにくる。東条は満州国で憲兵政治をやった経験から、日本でも憲兵政治をしいて、武蔵野憲兵分署ができてしまった。そして、ぼくのところへも、ご高説を承わりたい、世界はどうなるでしょうか、といって憲兵が絶えず来るようになってしまった。女房も母親も、この憲兵ほどいやなものはないと言っていました。というのは、警察も月に二、三回来るけれど、顔馴染になってますから、まあ、一種の親密感といえるほど仲よくなっているのですね。それで、刑事はぼくに同情して、憲兵は兵隊のことだけやっていればいいのに、民間のあなたのところにまでやって来るのはけしからん、職権濫用だと憤慨してくれるのですね。確かに開戦の真珠湾攻撃で失敗して、逆に東京空襲でもやられて或る種の不安状態になっていれば、ぼく達はやられていたかも知れませんね。しかし、開戦当時、政府はいい気分になっていたのですね。ぼくも留置場のなかで看守から大戦果があがったというような勇ましい話を聞かされて、やっとほっとしましたね。ぼくはまったく新聞報道も知らずに捕まったのですが、これでようやく助かったという気分でした。

留置場を出てからのぼくは、外国の短波情報を集める専門家みたいになってしまいましたね。ぼくの友達に高野善一郎がいて——彼は戦後すぐ吉田外相の秘書官になったが、彼も旧左翼で、「中外商業新聞」の外務省詰めの記者でした。それで、外務省の記者クラブに彼を訪ねて短波情報を聞きに毎日行った。ところが、戦争が進むと、昔、同盟通信という通信社がありましたが、その同盟がそれまでばらばらに聞いていた外国の短波をまとめて一手に引きうけることになり、外務省のなかの一つの課になってしまった。すると、ぼくが高野のところへ行って聞く内容がやたらに増えましたね。しかし、ぼくは『姿なき司祭』にも書いていますが、ワルソー・ゲットーの蜂起は知らなかったのです。あの当時、海外にせよ国内にせよ最もよく状況を知っていたのは、ぼく達だったと思いますけれども、そのぼく達も、ワルソー・ゲットーの蜂起は知らなかった。精密に短波情報を調べればあったかも知れませんけれども、ぼく達の話にはでてこなかった。それから一年後のワルソー蜂起は、毎日ぼく達のあいだの話になって、何故ヴィスツラ河岸まできた赤軍がワルソーの蜂起者達をたすけないのかと気をもんだものですがね。その短波情報時代、ぼくが印象を受けた事柄をあげれば、つぎの三つが大きかったといえますね。その一つは、毎日毎日遠くから推移を眺めていたスターリングラードでドイツ軍が敗北した直後、ヒットラーは司令官のパウルス大将を元帥《げんすい》にしたのですが、そのとき、パウルスは敗北の責任をとって自決したと、ヒットラーは思ったのですね。ところが、実際はパウルス大将はスターリングラードで降伏して捕虜になり、しかも、それからのパウルスは自由ドイツ委員会というナチスに抵抗するソビエト側の左翼組織をつくったのです。これは戦後のザイドリッツ委員会へひきつづくのですが、このパウルス大将の逆転はこんどの戦争を象徴する第一の出来事というふうに受けとったのでした。高野もぼくも、この大戦後は世界の多くは左翼化すると言いあっていましたからね。

それから第二の衝撃的な印象は、ノルマンディ作戦のときの絨緞《じゅうたん》爆撃ですね。連合軍のノルマンディ上陸は、一日先に間違った早すぎる情報がありましてね。そして、翌日、上がったが、ナチスの防衛線をどう突破できるだろうかというのがぼく達の論議になったのです。そうしたらアヴァランシュの突破という報道が入ってきた。これは数百台の爆撃機が幅数マイルにわたって一斉に絨緞爆撃すると、その直後、戦車隊がそこを突破するという作戦でしたが、このアヴァランシュの絨緞爆撃はまったく地上戦闘の戦術が一変したという強烈な印象をぼくに与えた。自分が作戦参謀になったような気分で、このアヴァランシュの突破については随分論議したものです。

それから第三の衝撃的な印象は、だいぶあとになりますが、フィリピン沖海戦ですね。ぼくは海戦というものにはぼんやりした印象しかもっていなかった。まあ、遭遇戦の印象しかなかったのですが、艦隊の決戦となると、もう二日くらい前からわかっているということがやっとそのときわかった。つまり、艦隊の出動がまずわかる。こんどこそ決定的な海戦になるという時刻が刻々と迫ってくるのだけれど、さて、何時何処でということだけがわからない。それは一種宙づりになった切迫の時間ですね。当時日本の連合艦隊は重油不足のため、みな南方にいて、スマトラ、ボルネオ、シンガポールなどに分散していたのですが、それが全部合流して恐らくボルネオの脇を通ってくるだろう、他方、アメリカの艦隊はもちろんフィリピンに迫ってくるのですが、さて、何処から入ろうとするだろうかというのが、ぼく達の数時間置きの論議だったのです。それでぼく達は、あの当時、ほんとうに地図に明るくなりましたね。予想される場所は、三つあるのです。いまちょっと名前が思いだせませんが、台湾からフィリピンにおりてくるバブヤン諸島横を通る道が一つ、それからその下にサン・ベルナルジノ海峡があり、さらにいちばん下にスリガオ海峡がある。フィリピンの東海上からボルネオに至るまで、三つ通る場所があるのですね。いったいそれらのどこで会うだろうかというのが、ぼく達の論議だったのですね。ところが、ルーズヴェルトの記者会見の報道がいきなり入ってきた。勝ったというのですね。第一は、スリガオ海峡ですが、日本の艦隊はレーダーがあるのを知らないで、夜、海峡を出てきたところをやられてしまった。第二のサン・ベルナルジノ海峡を出てきた日本艦隊はアメリカの改装空母部隊へいきなり遭遇した。このとき大和が撃つと改装空母はどんどん沈んでしまったのですから、この小海戦は日本艦隊の勝利ですが、敵の本隊はどこかほかにいると思って、来た道をまた帰って行った。そして敵機にさんざん追い回される。あとでは、北からおりてきた小沢機動部隊の反転とか、とにかく手探りのような海戦の成りゆきがわかりますが、そのとき、わかったのは、ルーズヴェルトの勝利宣言にひきつづいてアメリカの輸送船団がサマール海に入り、レイテ湾に入ってきたことですね。レイテ湾では、いまカミカゼがつっこんできているという現地放送、いわばレイテ湾放送局をつくって放送している。そして、サマール島とかミンドロの横とかに少しずつ上陸したけれども、本隊の船団はまだミンドロの横を通って上がってゆく。どこまで行くのだろうとぼく達が話しあっていると、それが二日ぐらいかかるんです。やがて、船団はルソン島の向う側をずっとまわり、マニラ湾の前を通って、とうとうリンガエンまで来て、そこで上陸を始めた。日本がかつて上陸したのと同じところですね。この海戦にいたるまでとその後のゆっくりした、しかも、切迫した気分は特別なもので、日頃にはまったくない、精神がときとともに一刻も休まず渦巻いてゆく時間ですね。

そして、最後の衝撃は、勿論、原子爆弾ですね。広島へ新型爆弾が落とされたという報道がはいったとき、ぼく達が思わず叫んだのは、あっ、ウラン爆弾ができた、という言葉でした。随分前からウラニウム爆弾は必ずできて、今次大戦に使われるということが言われていたが、ついにできたかという一種の嘆声ですね。翌日の短波を聞くと、トルーマンがアトミック・ボムと言っているので、その後は原子爆弾という呼名になったが、当日のぼく達の用語はウラン爆弾でした。その頃、ぼくは耳を悪くしていて阿佐ケ谷の耳の医者に通っていましたが、夕方、帰りがけに寄って、今日、とうとうウラン爆弾が落ちましたと言ったら、その医者はさっそくドイツ語の書物を持ってきて、ウラニウムの数式はこういうふうにすでに解かれているのだが、やはりすぐ実際化されたのですね、と慨嘆して言った。町の耳鼻咽喉科の医者でもずいぶん勉強している人がいるんだと思ってぼくは感心しました。それからの十日間をぼくは「日本を震撼させた十日間」というふうに呼んでいますが、つづく長崎への原爆投下、ソ連の参戦、御前会議というふうにまったく凄まじく走っているときとともに並んでぼく達も息せききって走っていましたね。ぼく達は鈴木貫太郎内閣ができたとき、それをバドリオ内閣と呼んで、何時うまく降服するだろうかと言いあっていたので、御前会議の決定を知るまでは一種の戦慄状態ですね。そして、ポツダム宣言受諾の決定の報告と聞いてほっとしました。毎日様子をぼくのところへ聞きにくる荒正人君はそのときなんともいえぬ歓喜に歪んだ表情をしましたけれど、その御前会議の決定も翌日から陸軍が反対してどうなるかわからぬという報道が相次いで来るので、最後の何十時間はじっとしておれぬほど絶えず緊張のしどおしでしたね。それで八月十五日はほっとして、その夜、これから文学をやる宣言を家族にしたのです。

吉本　ぼくらは、ちょうど負けたら殺されると思っていました。別段悪いことはしていないわけですから、それは精神の問題ですけれどね。

埴谷　中村真一郎君もそう思ってましたね。左翼と左翼でなかった人では感じ方が違っている。旧左翼は負けなければ殺されると思っていたのですね。吉本君はその頃米沢にいたんですか。

吉本　ぼくはそのときは東京工大で富山に動員で行っていたわけです。

埴谷　それでは東京の感じはわからないわけですね。

吉本　それで、東京へ一足とびに帰ったら殺されるんじゃないかと思ってね。そういう噂もありましたから。しかしこれは精神の問題ですから、ふつうの人はそうは思っていなかったのかもしれませんが、ぼくはそう思っていました。敗戦になったら自分の終りだと思っていたから、埴谷さんとは逆ですね。だから親の疎開先にそのまま行っちゃったんですよ。福島県の須賀川というところです。それでそこで一ヵ月ぐらい母親の手伝いをして、畑を耕したりして、自給自足をしていたわけです。しかし学校は途中だし、どうなっているのか、ちょっと様子見たいなと思いまして、ひょろっと出て来て、有楽町で下りて、銀座四丁目に行こうと思って数寄屋橋のところを通ったら、アメ公が平気な顔して、銃なんかだらしなく担いで、くちゃくちゃガムをかんで、女の子を抱えて歩いているでしょう。「ありゃア、これはぜんぜんイメージが違うよ」、そういう感じっていうのは忘れがたいですね。

それで動員先から東京に帰ってくる。ぼくらはこの世の終りだと思って帰ってくるわけですよ。そうしたら、汽車に乗ってる兵隊どもは、ザックに食糧品や何かをいっぱい抱えて帰ってくるわけでしょう。何だ、これは、こんなだらしのねえ話があるかっていう感じで、お話にならないっていう感じで、面白くないわけですよ。ですから帰って来ても何だか調子が合わない。盛り場に行ってもぜんぜん何でもないわけですよ。これはいかん、狂っているという感じで、それは忘れがたいですけどね。

秋山　ぼくも憶えてますよ。ぼくは少年だから平気だけど、二年上の中学五年の人は、全部殺されると思っていたらしいですね。そうでなければ自決するって言うんですよ。ほんとに真面目な顔して、「お前達頼む」って言われちゃってね。こっちは気楽なもんだし……。あの人達がその後どう頭の中が変わっていったか、興味がありますね。たしかにみんなそう思っていたですね。負けたからダメだと。

埴谷　また事実そういう噂が流れましたね。男は殺されて、女だけ連れて行かれるという噂がとんでいた。それから、吉本さんはまた大学へ戻ったんですか。

吉本　そうです。あと一年残っていたわけですから。

埴谷　そうすると、そのあとの東京はずっと知ってるわけですね。

吉本　ええ、知っています。

埴谷　米兵と、日本の女と、ガムと……。

吉本　みんな知ってるんです。

埴谷　それは一年ぐらいで馴れましたか。

吉本　現実的には馴れるわけですね。

埴谷　観念のほうはどうですか。

吉本　観念は馴れないんですよ。世の中が面白くない。それで野坂参三やなんかが帰ってきて、歓迎というのがあったでしょう。面白くないわけですよ。あんなバカな野郎があるか。ぼくはそれを観念の上で回帰するために、どれだけ長くかかったかわかりません。ただ現実のほうはわりあい馴れちゃうわけですね。一年二年もたつと、ダンス熱みたいなのが学校でも旺盛になってくる。そうすると、いっちょうやろうじゃないかと思ったりするわけですが、ところが観念のほうはそうじゃないですね。落ち込んじゃって、徹底的にダメだという感じでしたね。

埴谷　その観念が回復するのに何年ぐらいかかりましたか。

吉本　いまでもあるといえばあるんだということになるんでしょうが、実質問題としてはやっぱり四、五年はかかったと思いますね。わりあいそこのところは良心的で、文化国家とか民主主義とかには絶対に同調できないんですよ。これはひどいもんだという感じでしてね。死のうか、死のうかみたいなことをいつも考えていましたね。

埴谷　それはよくわかりますね。ぼくの共産主義意識とは違った形でそれがつづく。少年・青年時代の体験の根からは一生抜け切れませんね、暗い感情の奥底みたいなところで。

吉本　ひどいもんだったです。観念で追い詰めたものの食い違いということと、世界を摑むというのはどうしたらいいか、個人を摑むということでしたら、結構やっていたように思いますけどね。だけど世界を摑むにはどうしたらいいか。やっぱりマルクスなんかにとりついていったように思いますけどね。

埴谷　竹内好君などは日本的心情とマルキシズムを両方一緒の精神の袋のなかへ入れているから、ぼくなどより広いですね。どうもぼくがみると、竹内君と吉本君とは似たところがありますね。しかし、吉本君とぼくとははっきり切れたところがありますね。それで互いにわかるところとわからないところがはっきり分かれていますね。

秋山　やっぱり吉本さんの世代は、前からも後からも切れているんですね。ぼくなんかとも切れるんですよ。ぼくなんか、きょうから民主主義だってさ、こういうふうにやるものだってさ、と言われてやるわけですよ。郵便局に行って小包出してくるらしい、あれが学校の教育らしいよ。それは役に立つねっていうことでやるわけですよ。

吉本 だから、ぼくらが吉行さんや安岡さん達と違うところは、大江健三郎や江藤淳よりあとの世代だと思っていることですね。絶対違うんだと思っていますね。そこはやっぱり吉行さんとか安岡さんという人はそうじゃないと思うんです。軍隊のときに、すでにニヒリズムを持っているし、デカダンスを持っている。それは資質もあるでしょうが。だからわりあいスムーズに敗戦なんていう場合には、埴谷さんと共通する部分があると思うんです。ぼくはまったく反対だからダメなんです。

埴谷 江藤淳や大江健三郎よりあとの世代だというのは面白いですね。

吉本 ご当人達は無意識ですけれども、おれはお前より後だよっていう感じもするわけですね。それはつきまとっていますね。だから鈍いという点もあるんでしょうがね。

埴谷さんが保田与重郎をつっぱねたというのは、平野謙さんも書いているし、わかりますが、横光利一さんのことはちょっとわかりませんね。

埴谷 横光利一は平野君も愛読した筈です。平野君ほどぼく達の仲間でよく読んでいるものはいませんね。とにかく読むことだけが生きがいで、仕事で、その他には何にもないほどですからね。またたくさん読んでいると、どの本でもそのポイントは何かということがすぐわかり、またよく憶えているのですね、みな頭の中に入っている。感心しますね。

秋山　平野さんは、私小説の問題などは、その頃から言われていたんですか。

埴谷　はじめから近松秋江好きです。私小説の原型は、平野君にとって、近松秋江ですね。ただしかし、平野君のなかにはプロレタリア文学が入ってきたので、理屈としては、私小説の克服、自然主義的人間観の克服を言いますけれど、私小説好きの本性はとうてい除去できませんね。

秋山　坂口安吾なんかはぜんぜんお読みにならなかったですか。

埴谷　あまり読みませんでしたね。坂口安吾は何といっても『日本文化私観』に感心しましたが、太宰の小説ほど坂口安吾の小説に感心した記憶はありませんね。

秋山　敗戦の日に家で、さあこれから文学をやるぞって宣言されたわけですが、敗戦直後でしょう。そんなこと言ったって、じゃあどうやって生きていくかということが問題にならなかったですか。

埴谷　だから、食えなくなったら家を売るというわけですよ。家族にとっては、ひどいものですね（笑）。そのとき、実際の生活感覚などはほとんどなかったですね。その点では吉本君にいくら批判されても仕方がない。あなたは生活感覚が地についてありますからね。

秋山　何か、どうなっても生きていけるという自信があったわけですか。

埴谷　いや、そうした自信といったものなどではありませんね。これまでも死なないで生きてきたのだから、これからも死なないで生きていけるだろうとぐらいに思っているだけですね。

秋山　戦後、埴谷さんは文学をやるとおっしゃったわけですが、世の中では共産党というのが生き生きと復活してくるわけですね。それにはどういうふうに対処されたんですか。

埴谷　これからは政治の時代だと「近代文学」のひと達と話しあった。そして、ぼくは、各人の政治的立場は自由とす、という申し合せを提唱した。そして、ぼく自身は文学一本でいくと決めていたのです。それで、若手の荒、佐々木、小田切の三君は「近代文学」とは別箇に「文学時標」という政治的色彩のあるリーフレットをつくって活動しましたが、平野、本多、ぼくの三人とも関係しなかった。ところで、平野君はいわば向うからひきこまれて「政治と文学」論争に踏みこむようになりましたね。ぼくもそれから十数年後、あまりのひどさにスターリン批判といったことをやって、政治のなかに暫くまきこまれましたが、それは直接的な政治の世界ではなく、政治論の世界ですね。しかし、敗戦直後は、党から話があっても断わり、政治にまったく関係せず、文学一筋といった工合でしたね。

第三部　〈革命〉と〈意識〉

「近代文学」と「マチネー・ポエティック」

吉本　「近代文学」は或る時期に同人を拡大しましたね。戦後五、六年たったあとにやっと取りつく気持になったというのが、ぼくらの世代だと思うんですが、あの当時「近代文学」は「マチネー・ポエティック」の連中たちとも一緒にやっていましたね。ぼくらからみると「マチネー」と「近代文学」とではずいぶん文学の考え方が違うと思うんですが、あれはどうして一緒にやることになったんでしょうか。

埴谷　「近代文学」の同人は初め七人で、その全部が左翼体験の持主ですね。それがインテリゲンチャのすべてを結集する大同団結というふうな考え方にすぐ自然になるのは、平野謙君がその後執拗に論じている人民戦線——日本の左翼運動のかつての欠陥は人民戦線を取り入れなかったことにあるというふうな一種の共通姿勢がみなの胸の奥にずっと長く潜んできたからでしょうね。それで、第一次拡大には、野間宏、久保田正文、花田清輝、大西巨人、平田次三郎それに「マチネー」の中村真一郎、福永武彦、加藤周一の諸君が入り、そして第二次には、椎名、梅崎、武田、島尾、安部、寺田の諸君をはじめとして三島由紀夫から高橋義孝までほとんど全部入ってしまったんです。

吉本　福田恆存《ふくだつねあり》さんは入っていましたか。

埴谷　福田恆存は誰が見ても第一次拡大のときに入るのが当たり前ですね。というのは、「近代文学」のはじめにすぐ『芥川龍之介論』を福田君は連載していますから、それで第一次同人拡大のときに、平野君が福田君に話して、同人を拡大するが入ってくれるかと聞いたら、入ると承諾したんです。そんなふうに確約してきたけれど、そのとき、本多秋五君が反対した。というのも、その頃ちょうど、「政治と文学」論争が始まっていて、中野さんと、平野・荒両君が論争中だった。それに福田君が横からその論争に加わった形で、一連のエッセイを書いたのです。その内容が本多君には気に入らなかった。不思議なもので、左翼を知っていて書いた結論と、左翼ではないものが書いた結論は殆ど同じでも、そのプロセスが違うと、何となく気に入らないんですね。

吉本　わかりますね。

埴谷　本多君は、福田君のエッセイは根本の姿勢が悪いととったのですね。それで本多君は頑強に主張した。倶に天を戴かず、彼が同人に入るのならぼくは同人をやめるといった。それで福田君の同人加入はやめになったのです。「政治と文学」論争は表向きは平野・荒対中野論争が中心ですけれども、その横のヴァリエーションはいろいろありますね。そのヴァリエーションを数えてゆけば、本多君は加藤周一君とも論争しています。つまり「マチネー・ポエティック」とは荒君のほかに本多君も論争しています。「近代文学」は、いまの言葉でいえば、小異を捨てて大同につく、とでもいったふうに、第一次と第二次拡大の結果、三十三名という同人数をかぞえ、いわゆる戦後派文学者全部を網羅するにいたったけれど、遠くから見ると変だと思うような要素もあるでしょうね。しかし、ぼく達自身は、大きな意味での新しい文学はこの三つの要素、つまり、実存主義的な狭い意味の戦後文学、「新日本文学」が唱える民主主義文学、それに花田清輝がいうアヴァン・ガルド、このアヴァン・ガルドの中に「マチネー」の方法意識も入れて、とにかくこの三つの流れが大同団結して出発しなければならないと思っていた。ところが、その後の歴史は、その三つの解体の歴史ですね。狭義の戦後文学から「新日本文学」が離れ、アヴァン・ガルドが離れ、三つが三つとも離れていってしまった。

秋山　そのときに、統一し得る可能性があると考えられた、その核になるものは、理論的なものですか、あるいは敗戦の経験というものだったのでしょうか。

埴谷　敗戦によるまったく新しい出発ということももちろんありますが、理論的に正面に出たのは荒君の平和革命論ですね。平和革命とともに、民衆とは自分であるといった荒君は、当時最も活動的でした。ほかのものはどうでもいい式の非活動家というせいもあって、「近代文学」は殆ど荒君の力で押し進められたといえますね。

吉本　文学的じゃなくてですね。

埴谷　そう、大まかにいえば、政治的な方向が基本ですね。

吉本　統一戦線的な考え方ですね。

秋山　そうなったときには、文学者が知識人としてリーダーになるということですか。

埴谷　いや、先に感ずるひと、というふうでしょうね。荒君は、ファシズムの勃興当時、ヨーロッパで知識人とさまざまな連合組織ができ、日本でも学芸自由同盟ができたけれども、結局ファシズムが進行してしまったという過去の歴史の経験を自分たちは生かさなければならないというふうに思ったのですね。平和革命は政治の言葉ですけれど、あらゆるインテリゲンチャはそれを内心の問題として各自が文学化していかなければならないと考えたんです。

吉本　ぼく達のようにちょっとあとの世代の人間から見ると、「近代文学」の人達は、「新日本文学」の人達の場合でもそうですが、結局敗戦を境にしてみんな一夜づけでひっくり返っちゃったじゃないかという感じ方が一つあるわけですよ。これは中野重治みたいな人でも、一夜づけでひっくり返っちゃったじゃないかという感じ方があるんです。もう一方で、そんなばかなっていうふうに思えるのは、たとえば「マチネー・ポエティック」の人達が、戦争中に、十分かどうかは知りませんが、ある物質的な基盤があって、本多さんは

星菫派《せいきんは》的というふうに言っていたと思うんですが、その星菫派的に戦争を過ごしたという
ことは、まことに真っ正面から戦争を浴びた泥まみれの年代からくらべると、特権的なも
のだという偏見がありまして、どうも納得できない。だからそういうのは評価できないっ
ていうのが一つ。もう一つはちょっと記憶はないんですが自分は当然徴兵で引っ張られる
べきところを、醤油かなんかを飲んで、それでもって軍国主義的な体制から逃げた、それ
すらも一つの抵抗なんだ、そういう言われ方があって、これもまた気にくわない。そんな
ばかなことはないだろう。どう考えたってそれは真っ当でないよという感じがありまし
た。当時でも〝〈軍《グン》〉・〈官《カン》〉・〈顔《ガン》〉〟という冷かし言葉があって、〈軍〉が一番特権的で、
その次は官僚で、その次は顔が利く奴がうまくやっている、食糧でもうまくやっている、
そういう特権を享受しなかった年代にとっては、はなはだ面白くない。どうしてもそうい
う反感とか偏見とかいうのがあるでしょう。それで評価できないということも、やっぱり
あったように思います。

野間さんの初期の作品の『暗い絵』から『崩解感覚』ぐらいまでは、たいへんよくわか
ると思いながら来ましたけれど、『真空地帯』まできて、これは大でたらめだ、これは軍
隊論としても大でたらめだ、だいたいこんなばかなことはあり得るわけがなかったよとい
うことになりました。もうあそこで、これはダメだと思いましたね。第一次戦後派文学の
一つの象徴として、いま野間さんをもってきたわけですが、『真空地帯』を書いたとき

に、ここでこういう抵抗の仕方が軍隊の中であったみたいな、そういうようなことを書いたときに、これはもうリアリティからいっても、作品の出来ばえからいっても、ただ面白おかしいだけで、野間さんについてのぼくの個人的体験でいえば、そこで投げた感じです。つまり、この人はダメだよって思ったということです。

そのとき、大西巨人がさかんにこだわっているんですよ、軍隊論について。大西のこだわり方っていうのは、ぼくはそれなりに納得したんです。つまり軍隊というのは、『真空地帯』ではけっしてないよというこだわり方だと思いますけどね。そのこだわり方の根底に、大西巨人はそういうふうには言っていませんが、リアルな軍隊体験がある。それからいけば、『真空地帯』に描かれている意味の抵抗みたいなことはあり得る筈がないということがあって、それで表面には出てこないけれども、異議を唱えている。ぼくにはそう思えたんですよ。だから野間さんについても、そこらへんで、この人はダメじゃないかというのがぼくらの印象だったわけです。そしてそのダメじゃないかというのを、こんどは逆に、なぜダメなのかとたどっていくと『暗い絵』からすでにおかしいのではないかということになってきた。というのは、まず戦後の出発を文学でしたいのならば、やっぱり戦争体験というところから野間さんが作品を出発させなければ、ほんとうはいけなかったんじゃないのかというふうに、逆になって行ったように思うんです。つまりあとになってから『真空地帯』みたいな形で戦争体験を書くのはおかしい、それじゃあ初めからおかしい。

『暗い絵』は戦前のことが問題になっていますね。まあ青春だから問題になるということもあるんでしょうが、戦争の生々しい体験というものを、文学として初めに扱ってしまうというようなことが、どうして出てこなかったんだろうかということが疑問になって、否定的な評価に傾いていったように思うんです。だからそこんところで、埴谷さんが、敗戦の日におれはこれから文学をやるぞというふうに宣言した。つまり基本的に、それは大ざっぱで嘘かもしれませんが、もしも戦争中にほんとうの意味で抵抗していたら、生きて戦後にこられない筈だというのがぼくらの感じなんです。だから生きてこられている限りは、やっぱり『死霊』の世界と同じように、観念の世界としては生き、現実の生活、現実の肉体としては死んだ、そういうものなんだ。そういうものならば、これは戦争をくぐってこられた筈だ。そうでなければくぐってこられない筈だという考え方がありますから、それはたいへんぼくらには信頼できることだったんです。

中野重治さんのものもわりあい信頼したんですよ。『五勺《ごしゃく》の酒』みたいなものが出てきてね、これはやっぱり信頼できるよって思えたんです。この作品には危い傾斜というものもありました。しかし危い傾斜っていうものを自分なりに扱っていて、これは信頼できるんじゃないかっていうふうに思ったんですけどね。そこらへんの微細なニュアンスというのが、ちょっとよくわからないところがあるんです。つまり、おかしいんですけどね、第一次戦後派で正直な人は、埴谷さんと中野重治と、それから竹内好さんのようなナショナリズム、それを評価しなければ嘘だよみたいな言い方。それは正直というか、真っ当なんじゃないか。どうも大なり小なり、あとの人達はちょろまかしがあるんじゃないかという印象が拭い得なかったんです。それでこの前埴谷さんが太宰治について話されたときに太宰というのはチャンピオンだった、みんなそう思っていたっていうふうに言われたから、ぼくはちょっとびっくりしたんですけれども、少なくとも平野さんでも本多さんでも、書かれたもので言う限りは、そうは言ってないんですね。遠慮があるんですよ。

埴谷　平野君の太宰治追悼はいいものです。

吉本　ああ、いいものですか。ぼくには、何か遠慮があって、あれは政治向きの遠慮じゃないのかな、もう少し評価すべきなんじゃないのかというふうに思えたんです。だからもっと本質的に言ってしまうと、平野さんでも本多さんでも、この人達は、文学っていうのがほんとうはわかってないんじゃないかっていうふうに思ったわけですよ。見かけ上は、「政治と文学」論争があって、やはり政治的な、統一戦線的な見地があって、太宰治みたいなデカダンスのあげく、女と一緒に心中して死んじゃう、こういうのをあからさまに評価してしまうと、ちょっといかんよっていう風潮があったのではないか。そんなことはないですか。

埴谷　そんなことはぜんぜんないです。

吉本　そうですか（笑）。

埴谷　「近代文学」が統一戦線を張ったのは、新しい人達と一緒になって働こうとしたからであって、太宰治みたいにすでに出ている人は、われわれが評価している先輩ということで、仲間に誘うということなどしなかったのです。同じように坂口安吾も先輩として協力してもらったけれど、仲間として同人に誘うようなことはしません。それにぼく達がもっている政治観は、デカダンスを排すといったような単色なものではなかったのです。ぼく達は、みな、コミュニズムに対する批判をもっていた。ぼく達のなかで、コミュニズム・プロパーの態度をもっていたのは、小田切秀雄君ひとりだけでした。ですから、小田切君は、平野・荒対中野の論争が進むにつれて「近代文学」を脱退することになったのです。その小田切君にしても、その後、コミュニズム批判のぼく達と似た考えをもつようになっていますね。しかし、それはあとからのことで、戦後すぐ、戦前からのコミュニストのかたちをそのまま持ちつづけていたのは、小田切君ひとりです。そして小田切君と違って、戦後の新しいコミュニストのかたちを代表したのが花田清輝君ですね。花田君は中国革命が成功して知識人、文化人がつづいて入党した時期に入党したのですけれど、不思議なことに、花田君は戦争中にいろいろと本を読んでマルキシストになったのであって、ぼく達がやっていた昭和初年の運動時代にはまったく関係ないのですね。花田君もぼくも同年ということを考えると、これはほんとうに不思議ですけれど、そこに花田君独特のコミュニスト振りもありますね。花田君ははじめぼく達に期待していたのですが、どうも「近代文学」のやつらは共産党に対して批判的でけしからん、加藤周一がいいと花田君は次第に思ったのですね。それで「綜合文化」をつくって加藤君を先頭とする「マチネー」グループに預けたわけです。政治のアヴァン・ガルドと芸術のアヴァン・ガルドの統一をそこで目論んだのですが、加藤君たちが花田君の思っていたふうにはコミュニスト的ではなくなったので、この「綜合文化」は結局花田君自身がやるようになった。ところで、加藤君以上に花田君を失望させたのは、「近代文学」のぼく達ですね。佐々木基一君ひとりを除いて、「近代文学」のやつらは単に共産党批判をするばかりでなく、対立的な害をなすやつらだと思うようになってしまった。戦後の党の路線に忠実に立ってぼく達に反感とからかいをもって一貫したコミュニストは、従って奇妙なことに、花田清輝君が代表ということになりますね。

吉本　花田清輝が、東方会の中野正剛《なかのせいごう》のところの機関誌「東大陸《とうたいりく》」に書いている経済論文は、ぼくは、大将が死んでから、最近になって読んだんですよ。そうしたら、そんなにできは悪くないんですよ。当時の大陸政策に迎合しているわけでもないんですね。できは悪くないけれども、なぜこの人はそういうことを、戦後に能う限り隠し通そうとしたのかということが、逆によくわからなかった。わざわざ中野正剛の東方会みたいな、当時の典型的なナチとかファシズムを理論的に引っ張ってきた団体に行ったかということが、ですね。ぼくは戦争中から、ああいうのは気にくわんなというふうに思っていたんですけれども、ああいうところにどうして入っていったのかなということ。入っていながら、そんなに迎合的でない。もちろん迎合的な個所もありますけどね、どうしてああいうものを書いていたのかな。その二つのことがよくわからないなこの人は、っていうことがある。かつてコミュニズムに入った人は、林房雄みたいに、とことん行くと右翼と同じことになっちゃうんじゃないかというタイプと、どこかでたいへん内向的になっていくというタイプと、その二つがあって、花田清輝の場合も、林房雄の場合も、そういうことであったのかな、とことんまで行っちゃったら、そこまで行っちゃったということなのかなというふうな、そういう類型に入るのかなという感じ方が一つあるんです。もう一つは、いま埴谷さんが、コミュニズムの問題を中心にしてと言われたことは、現在の言葉で言えば、スターリニズムの問題を中心にしてと言いかえてもよろしいんじゃないかなという思いがあるんです。

埴谷　そう、ぼく達のコミュニズム批判は、あなたが言うようにスターリニズム批判といった方がいいのですけれども、はじめはそういう言葉がなく、プロレタリア文学批判というところから出発した。それは、窮極的には、転向時代における自己批判が芯なんですけれど、その転向時代の内部探求というものが花田君にはない。従って、無謬的コミュニストの姿勢が花田君にあって、ぼくへのやっつけ方もストレートですね。それで、ぼくは『永久革命者の悲哀』の中で、のんべんだらりとして日なたぼっこをしている革命家もいるとわざと書いています。

それから、「東大陸」の問題ですけどね、ほんとうに戦争中の転向時代はすべて紙一重です。最後は、潔癖感しかありませんね。右翼や軍部のなかへ入って擬装転向しているのだと自分で自分に言ってきかせている人達もいて、それも確かに可能なかたちだけれども、やはり潔癖であるか、ないかという姿勢の問題がそこにあって、潔癖なものは、はじめから右翼にも軍部にも近づきませんね。同じ戦争中の生き方にしても、その人なりの生き方があり、志の貫き方にもその人なりの貫き方がある。花田君は盛んに、協力による抵抗、ということを言うので、ぼくは、協力が抵抗であり、抵抗が協力であると誰か知ろうというような言葉でこちらからも花田君をからかったことがあります。

吉本 その当時、埴谷さんが『永久革命者の悲哀』を書かれた。一般的にモラリスト論争、そういうふうに言われていた、その論争のさなかに花田清輝は、なぜか知らないけれども、われわれの「現代評論」「現代批評」のグループに、ぼくらの印象から言いますと、奇怪でしょうがないんですけれども、向うから接近してきたんですよ。ぼくは大将に、『永久革命者の悲哀』はいいと思うというふうに言ったら花田清輝は憮然として、「ああ、そうかねえ」っていうふうに言いましたけどね。一世代、いま二世代かもしれませんが、そんな後の世代に、なぜあの人は近づいてきたのかがちょっとわからないですね。

埴谷 それは忠実な党員だったということでしょうね。最後は結局「新日本文学」に立て籠ったのですけれども、その前はあらゆる部面、あらゆる組織を党の影響下におくということに、花田君も佐々木基一君も熱心でしたからね。

吉本　あの人は個人的には魅力のある人ですからね。ぼくは、花田清輝は、そんなに嫌いじゃない人でしたけれども、そのときに花田がぼくの書いたものをどう思うかねっていうので、ぼくはたいへん公式的な考えをぶっちゃけて書いていて、あれではぜんぜん状況判断が狂っていると思う、だから早すぎるとわたしは思いますね、っていうふうに言ったことがある。何が何でもいいのは『永久革命者の悲哀』だというのがぼくの気持でした。本心はやっぱり気にくわなかったんでしょうけれども、気にくわないとは言わずに「うーん、そうかねえ」、みたいなことをそのとき言ってましたけどね。花田清輝のカンが狂っているんじゃないかなって、ぼくから見えたのは、きわめて通俗的に公式的なところなんですね。つまりその頃ぼくはマルクスかなんか読んでいましたから、これはぜんぜんダメだよと思ってね。下部構造が上部構造を規定してなんてね、ばかばかしいことを言っていましたから。しかしそのときは、それは言わなかったんです。言うと野郎怒るだろうなと思って言わなかったんですけどね。もう一つぼくが感心したのは、山室さんが言ってることなんですね。

埴谷　そう、「近代文学」でケストラーの『真昼の暗黒』の座談会をやったときでしょう。

吉本　それから経済学問題で言えば、シュンペーターの「均衡発展の理論」を評価しなくちゃいけないみたいな、評価する必要があるんではないか、みたいなことをひょっと言っているとと思います。そういう文章があった。シュンペーターの『経済学史』というのは、戦後、経済学の世界を知らんよということで、とりつこうと思って勉強したときのぼくの入門書の一つなんですよ。しかし、彼の『経済学史』を見ると、マルクスというのはちょびっとしか評価してないんですね。つまり古典経済学の一種の総合者としての評価はできるが、いまの段階ではそんなに問題にならないんだというふうに、きわめてちょっぴりといいましょうか、特別に評価してないんですよね。それがたいへん印象的でしてね。だから山室さんがシュンペーターについてふれたときに、ぼくは、これはもっともじゃないかなっていうふうに密かに思っていたんです。ところでいわゆるモラリスト論争のきっかけというのはどういうことだったんですか。

花田清輝とモラリスト論争

埴谷　きっかけは、ぼくが病気になる前からですから随分長いのですね。論争の基本は、おれのほうは共産党に入っている。お前は入ってないのに共産党のことをいろいろ言うのはけしからんということですね。あの当時、党の批判は党のなかへ入ってやってくれ、という一種の公式があったのですが、花田君はほんとうに党に忠実だったと思います。そういうことで、会えば絶えず論争していたけれども、その裡にぼくが病気になって寝てしまった。ところが数年たって病気が治ると彼はまだ忠実な党員で、同じことを言う。結局、ぼくは党全体の基本的な欠陥について書いて、その呼びかけの相手が花田君ということになってしまった。花田君は才能のある人ですけれども、なかにいると欠陥は見えないのですね。

吉本　それからもう一つ、埴谷さんとの関係でいつでもそういうふうに感じているんですけれども、あの人を評価する人、鶴見俊輔でも誰でもいいんですが、どうしてああいうのを評価するんだろうと思うんですよ。たとえばあの理論でいけば、お前なんか真っ先に首切られるんだぞっていうのがぼくの考えでしてね。もう一つは、あの理論でいきますと、いつでも公っていうことになります。つまりいつでも組織っていうことになりますね。花田さんが戦争中「東方会」の会員であったかどうかは知りませんが、そこの中枢にいた。そうすると、そこで、たとえば個人的に親しかった人に対しても、「東方会」そのものに対しても、おれは擬装転向の一つの場所としていただけだというふうな論調を後で書きますと、こんど「東方会」にいた人から見れば、野郎は裏切り者だというか、あれだけ世話になっておきながら、都合が悪くなれば足蹴にすることが平気でできるやつだということになります。つまり人の問題というのは、そこで抜けてしまいますね。あの人の場合にはいつでも人の問題が抜けてしまうんです。後から蹴とばして、都合が悪くなれば行っちゃう、そうすると、この人は、人としてつきあえる人じゃないよ、いつでも足蹴にできる人だねっていう印象になりますね。

埴谷　あの頃「記録芸術の会」をつくりましたね。

吉本　あの会のときもそうだったんですよ。大西とか武井とかいうのは、純粋なんですね。埴谷さんもあの席におられたと思いますけれども。

埴谷　いました。

吉本　ぼくらも反対して、退場してしまった。退場してしまって、大西や武井は、さかんに憤慨しているわけですよ、花田を。それで、あの野郎はいつでもそうだというんですね。いつでも両股をかけているというんですね。当然武井や大西は花田が一緒に退場してくると思っていた。そうしたら花田はそうじゃないんですよ。だから怒っているんですね。花田っていうのはけしからんというわけですね。あいつはいつでも両股かけてる。「人民文学」との対立のときもそうだった。そのくせいつでも口では自分達と一緒にやるみたいなことを言う。花田清輝を同志だと思っていた人達は、最後になると、あいつは自分だけすっこ抜けちゃうっていうんですね。やつのやり方はいつでもそうだ、けしからんていうふうに怒っているわけです。それでぼくは、あんた達の方がばかだ、冗談じゃないよ、ちょっと間違ってるよって言ったことがあるんです。ぼくはわりとよく見えていたようにに思いますけどね。花田グループの青年将校みたいに言われていた人達は、そういう意味では純真な人ですからね。自分達と行を共にする人だというふうに思っているし、花田清輝もきっとそういう印象を与え続けてきたんだと思うんです。だけれども、ぼくはわりあい傍観的に見れたわけですから、そうじゃないよ、あなた達が思っているような人間じゃないよっていうふうに、言ったように思います。しかし連中は、いつでも瞞された瞞されたといって憤慨して、当然一緒に行を共にするっていうふうに思っていたのに、そうじゃないって怒っているわけです。ばかじゃないか、こいつらって、ぼくはそのとき思いましたけどね。そういう意味で、花田さんという人は、人としてはちょっとつきあえないよっていうのがだんだんぼくが形成してきた印象なんですけどね。

まあ、いまの若い人でもそうですけれども、政治運動みたいなものに従事している人というのは、いまの内ゲバ事件でも、もとを糺せば、自分達の党派にいた人間ですから、それをぶっ殺してしまうとか、何はともあれ、あれは反革命だとかいうふうになってる場合に、政治運動はすべてに優先するのか。かつて自分らと同じ組織にいて、或るものは自分らの指導的な地位にあったというものであるかもしれない。それをぶっ殺して、これは反革命だから、敵だからやったみたいなことで、それがすまされていく。つまりそういう政治運動自体のメカニズムというものに対して、ぼくはいつでも疑問というか問題を感ずるわけです。そこの問題というのは、とことんいったらどういうことになりますかね。つまり、そうなってきたら、おれは人を信頼するよ、組織とか党は信頼しないよっていうふうに、極端にいってしまえばぼくはそうなると思うんです。しかしそうはならないというメカニズムがあって、そのメカニズムを肯定する心情というのは、政治運動家の中にあるということだと思いますけれども、そこはどうなりましょうか。

埴谷　それが、「近代文学」の行なった「政治と文学」論争の本質なんですね。つまりどちらをとるかという最後の極限に追い込まれたら、政治ではなく、人間性をとるということですね。政治の極限は、相手をぶっ殺すという、政治の最後の利益をなんらかの理屈をつけてとるわけですが、最後まで人間性に根ざした行動をとるのが文学の根拠だというのがぼく達の主張でした。病気の治りかかりに『永久革命者の悲哀』を書いたのがどうものっぴきならぬきっかけになってしまって、それから幾つかの政治的なエッセイをぼくも書きましたけれど、それらの論の基調もすべて同様です。

秋山　いままでのところで、二つばかり質問があるんですが、ずいぶん初めのところに戻っちゃうんですけどね。ぼくらぐらいの世代から顧りみると、戦争中というのは絵のようなものなんですね。さっき吉本さんがおっしゃられたようなリアリスティックな経験というのはないわけです。だからさっき言われた野間宏の『真空地帯』にしても、それを批判すべき根拠は何もない。いま言われて、そうかなと思ったけれども、あれは軍隊のほんとうの一光景のように思っているし、いい作品だとも思っているわけですね。

で、ぼくは「近代文学」が悪い紙で出始めたのを読んで、第一次戦後派の人で驚いたのは、荒正人さんでしたね。敗戦が「ノアの洪水」みたいなものだったという、高らかな希望の響きのようなものが聞こえたように思ったというあれですね。

埴谷　荒君は非常に張り切っていましたからね。

秋山　つまり戦争に負けるということが、そういうふうに考えられるものだということが非常にショックだったわけです。いまの話で言いますと、なぜそういう希望の響きがあるかというと、それが平和革命なわけですね。知識人、あるいは文学者を統一しての。ところが、いま埴谷さんから伺っていると、最初からそこのところにコミュニズムに対しての深い分裂があるわけですね。そうすると、それは一体どういうことだったのかというのが一つですね。それから、この渦の中から、埴谷さんが『死霊』という、たとえば希望の響きとは反対の色調を持った小説にのめり込んでいかれた、背反がある。そういうふうに思うのです。すると、いま言ったこの問題に対して、たとえば武田泰淳とか野間宏という人は、どういう対応の位置にいたのかというのを、ちょっと伺っておきたいんです。つまりぼくみたいにその頃少年だった人間の目から見ると、第一次戦後派の最初の出発は、一つの混沌に見えるわけですです。あらゆるものが含まれているような。敗戦後の混沌とした声がそこにあるような印象なんですね。小田切さんとか野間宏、武田泰淳、椎名麟三といった人達の位置ですね。

埴谷　戦争はやはり一つの密閉された箱で、敗戦とともに箱の蓋がパッとあいたのですね。だから一時にいろいろな人達が出てきた。いまの時代のように一人一人、毎年毎年出てくるんではなくて、ある瞬間にパッと一緒に出たんですね。それで、初めは、これは誰だろう、あれは誰だろうとお互いにお互いを知りたがり、また同類を求めあって、ものすごく互いに家庭訪問する時期がつづいたのです。いまでは考えられないことですが、あの頃はやたらにお互いの家へいきなり行くわけですよ。武田泰淳がぼくのところに来たり、ぼくが武田君のところに行ったり、椎名君のうちに行ったり、また、椎名君がぼくのところに来たりして、早急にお互いをわかりあおうとしたのですね。そして、わかりあえたことは、やはり転向時代、武田君も椎名君もぼくも基調は同じで、人間性の底へまで下っていってそのどん底からはね返る一種のばねの力で政治に立ち向おうとしていることでしたね。ですから、いくら党から働きかけられても、党へは入らない。その点、野間君は同じ左翼体験をしてますけれども、少し時代が違うんです。ぼく達は転向時代に人間性の底をいやというほど覗いて、ちょっと変な言葉ですけれども、無理にいってみれば、清潔な転向と不潔な転向というものがやはりあると知ったのですね。そうした中で、一番よく人間を見たのはやはり武田泰淳でしょうね。彼は驚くほど深い倫理的な作家になった。個人の倫理を見透す作家はこれまで吾国にもいますけれども、人類全体を通ずる原質というところまで深く覗きこんだのは彼が最初でしょうね。椎名君もぼくもどちらかといえば、論理的ですけれども、武田泰淳の倫理は全歴史にわたるほど深くて鋭く、ほんとうに洞察の怖ろしさを感じさせますね。ぼくなどは人間が存在しないあとの世界も論理的に描いてみようとしているけれども、武田泰淳は人間から出発して、人間に終り、しかも、コミュニズムなど越えていますね。こういう大きな倫理性をもった作家は吾国には珍しいのではないでしょうかね。

秋山　「近代文学」の第一号には、平野さんの『新生論』があり、それと埴谷さんの『死霊』があった。そのときふと思ったのは、奇妙にちぐはぐな感じです。ぼくは荒正人の声に違和感があった。敗戦がなぜそんなにいいと思ったのかわからない。しかし、それはそうですが、とにかく敗戦という現実と強く結びついている声のように見えたわけですね。それはそところが雑誌を開くとまた違う。つまり敗戦で、新しい世界が来ているようにぼくは思っているのに、それに直接かかわった文学ではないようなものも載っているんですね。島崎藤村にしても、戦争中に死んだときの写真が新聞に載りましたけれども、何か戦争前の、戦争中に死んだ人の文学をいまごろやっている。どうしてなんだろうということがちょっとわからなかったですね。

埴谷　それは「近代文学」の創刊号から数号を眺めてみるとわかる筈です。山室、本多、平野、ぼくとその四人は全部明治生まれですが、これらの明治生まれは、先程述べた転向時代に人間の不完全性というものをいわば杯の底のとことんまで見てそれを飲みほしたのですね。そして、この老年組は自分を救い得るのは自己だけであるという考え方になってしまった。ところで、荒、佐々木、小田切の三君の若手組は、人間は状況が救うという考え方ですね。文学の力と政治の力とに対する見方が少し違う。それで、若手三人組は「文学時標」というリーフレットを別に出して、文学における戦犯追及をやりました。そのなかでも荒君は驚くほどの元気を絶えず保ちつづけて、状況が救う、平和革命がわれわれを変革するというふうに論陣を張って非常に高揚していましたね。

秋山　『死霊』は埴谷さんが戦前のある時期から持たれた「自同律の不快」という考え方を、内的なドラマ、思想のドラマに仕立てていったと同時に、埴谷さんが戦後「近代文学」で、いろいろな人達と出会って、その人達のものの考え方を取り込んで、そういうことでふくらませていった部分があるんじゃないかとも思うのですが、それはどうですか。

埴谷　ぼくの場合はどうもあまり変化も進歩もありませんね。ぼくは刑務所体験とその後のデモノロギイ体験で何かに目覚めたが、その目覚めたところで停ってしまった。それ以来、同じことばかり考えて堂々めぐりですね。自身の内部で幾分深まったり、また、退歩したりしてるでしょうけれど、あまり変わりませんね。武田泰淳は、埴谷は影響する、影響するとよく言っていて、戦後一緒に出発したぼく達には確かに相互影響があったのですけれども、ぼくはどうやら五十年一日のごとく進化しませんね。ぼくは終生かけて政治も存在もどうにか克服してやろうと思ったけれども、そんなに容易に克服される相手ではないのでこちらの姿勢も変わらないのですね。

秋山　それともう一つは、政治的なものに対比して、文学の力というようなことが言われたと思うんです。埴谷さんが文学の力と言われたときは、何となくわかるような気もするんですが、さて「近代文学」をめぐる文学者の中で文学の力が信ぜられたといったとき、その力というのは何なんでしょうか。人間を変革するという意味での力ですか。

埴谷　文学の力と政治の力は、勿論、ぜんぜん違いますね。生活の表面を支配している力は政治の力であって、お前には配給を停めるといわれれば死んでしまうわけですね。文学の力は生の内面の流れを支配している力であって、より正確にいえば、自分を見る力ですね。つまり、自分にしか見えない内面の力で、より深く、より深くという性質をもっていますね。配給を増やすとか減らすといったふうに計量できるものではありませんね。

秋山　なるほど。それはやっぱり人間とか人間性の問題を先に置くという考え方と関係があるんですね。

埴谷　勿論、直接的に関係している筈のものですね。そしてそれは論議するより、ぼく達がドストエフスキイやゲーテやシェークスピアを読んだりしたときに実際に感じ知っているところのものですね。いわば、内的な同一精神です。

秋山　そうすると、もう一つ、これは砂をまぜるような話ですが、つまり「近代文学」のところの話で、第一次戦後派的な文学者が、文学と現実とが結び合う接点のところで、一つにはコミュニズムの問題があって、もう一つは、非常に現実的な戦争犯罪人の追及というか、ある文学者を戦犯として呼ぶ、そういう声があったと思うんですね。そうすると、ぼくなんかはかえってこの極端な形のものだけが、ほんとうに細かいことに結びついて出てきた声のように思えるわけですね。ぼくは、政治というのはあまり好きじゃないですから、こういう声は好きではないんですが、もう少し徹底してこの戦争犯罪の声を追及しちゃってもよかったんじゃないかとも思うんですが……。

埴谷　そう、生の流れといまの生活は重なっているのですから、こちらから向うまで広い幅がありますね。ぼくたちも荒君たちが戦争犯罪人摘発をやっているときには反対はしていません。その扱い方に意見は持ちましたけれどね。確かにその扱い方は難しいですね。竹内君のようにインターナショナルな問題とナショナルな問題の均衡、日本人の心情とコミュニズムの方向の均衡をとってやらねばならないことですから。

「近代文学」の役割

秋山　それともう一つ、「近代文学」の第一次と第二次の拡大で人がいっぱい拡がるわけですね、そこに三島由紀夫なんかも入ってくる。そのときに、大衆文学者みたいな人たちには声をかけなかったんですか。

埴谷　「近代文学」に入りたいという人ではなく、ぼく達がまず入ってもらいたい人をあらかじめ決めてから交渉したのです。それが「近代文学」の拡大の仕方です。さっき清潔感ということを言いましたが、大ざっぱに言えば、そういう漠然とした感じが基準になっています。「近代文学」の基準作成時代、平野君が「近代文学」に書かせない人ということを言い出してそれをリストにしましたが、それはここでは公表できませんね（笑）。それも文学的な不潔感がだいたいの基準でした。三島由紀夫が同人になってることを不思議がる人が当時いましたが、勿論、ぼく達は三島由紀夫にも清潔感を認めたのです。

秋山　そのときは、太宰治や坂口安吾ではなくて、新しく出てくる作家たちが主体になったわけですね。

埴谷　そうです。太宰も坂口もみんな先輩として扱っています。『「近代文学」創刊まで』の中でぼくはそういう区分けといいますか、ぼく達がしたことをリストふうに書いてますが、同人は戦後同時にスタートした人達ばかりです。

秋山　しかし集まった人達を見ると知識人が多いですねえ。やはりもっと大衆作家がいるとか、うまい人がいなかったら同人雑誌の中から新人を探してくるとか……。

埴谷　そう見えましたかなあ。しかし、第二次同人拡大のときは最も若い中田耕治君とか、働いている関根弘君とかも入っていますよ。知的に見えたのは、要するにはじめ小説家が少なくて、評論家が多かったからでしょう。

秋山　そうでしたね。だからぼくの印象ですと、戦争前のインテリゲンチャといいますか、文学者の問題が非常に多いように見えていて、敗戦のとき十五歳ぐらいの少年だったぼくらの世代から見ますと、何だか遠い問題に聞こえるんですね。明日をどう生きていったらいいかという直截的な言葉は、比較的少なかったように見えたんですね。つまり大人になって、大学を卒業して、プロレタリア文学のことやコミュニズムのこととかをよく理解して、インテリゲンチャになって、この社会の中でインテリゲンチャはいかに生きるべきか、そういうところまで到達していないと、どうも繋がらないように見えたわけですね。評論家の人の言葉がそうだったんです。小説は、もっと直截的なことを示してくれますから。野間宏の『暗い絵』でも、戦前のことを書いてあってもよくわかるわけですね。むろん椎名麟三の『深夜の酒宴』も直截的にわかるわけです。武田泰淳のもそうでした。

埴谷　それはあなたの言うとおりでしょうね。あなたの時代にもすでに転向とか、プロレタリア文学批判とかはちょっと遠い気がしたでしょうが、いまは完全に遠くなっていますね。平野君はリンチ共産党事件の内面をどうしても扱いたくて、その資料を恐らく最も多く集めているでしょう。だけど、だんだんやる気がしなくなってきたと言ってます。いまの若い読者には、かつてのプロレタリア文学とか、あるいはリンチ事件とかは、もはや大きな問題ではないんですね。

秋山　そうなんです。遠い言葉の彼方に、共産党のリンチ事件があって……というふうにかすかに伝わってくるだけなんですね。

埴谷　いまの内ゲバ時代では、査問してる裡にショック死したなどもはや衝撃的なことではないのですね。いくら平野流に克明な手さばきで扱ったところで、また、よくわかったところで、なあんだというふうな時代にすでになっていますからね。で、平野君もだんだんやる気がしなくなったと言っています。

吉本　そこを秋山さん、もう少し突っ込んでくれるといいんですよ。ぼくらもときどきっていうか、戦争中どうだったみたいなことを言うことがあるでしょう。そうすると、じじいが「日露戦争のときはなあ」っていうのと同じになるんじゃないかという感じがしてね（笑）。だからこういう話をするのはあまりよくないって、ときどきはっとしたりするんですけどね。いまの人の感性とわれわれのそれとはまったく違いますね。もう戦後生まれの人で一人前の感性を持っている人が大部分を占めてるわけですからね、ですからその狂いというのを勘定に入れないと、とてつもないぞっていう感じが、ぼくらはときどきしますけどね。そうかといって、やっぱり内ゲバ事件みたいなものを見ると、同じじゃないか、古くさいことを同じようにやっているなという感じもするんですよ。経験がないということは恐ろしいことだねっていうような意味合いもあるような気もしますけどね。でも、いま埴谷さんがおっしゃったみたいに、日本共産党がコミュニズムだというような感覚はいまの人達にはないと思うんです。新左翼みたいなものに直接入っちゃう。それだけ時代が変わってきているような気がしますね。やっていることの中には、ずいぶん古くさいことを相変わらずやってるねっていう感じはありますが、しかし古いけれども、やってる感性は相当違うのかなとも思いますね。

秋山　それはやっぱり違いがあるんだろうと思いますね。ぼくなんか、学園紛争で現われてきたことというのは、ぼくは旧世代の人間ですが、近しいように思えるというのは、やっぱり政治が身近な場所にくるようになったということですね。戦争中の少年だったぼくぐらいの年齢の者が、中途半端だというのは、政治というものは共産党とか、党ですね。そういう形でしか見えない。これはどこに中枢があるのかわからない。非常に彼方に中枢があるような、近づくためにはいくつかの波みたいなものをいっぱい越えて、やっと手に届くような何かであって、自分はぜんぜん位置の末端にあって動かされる、そういう立場でしか近づけないものに見えていたわけですね。ところがそうではなくて、身近なところにあって、数十人のグループが一つの党派と言い得るようなものを形成して、それで政治にかかわるというのは、やっぱり新しい感受性だと思うんですね。残念にもぼくにはそれがないんですね。全共闘の運動で教えてもらったようなものです。そういうことで、第一次戦後派のいう政治は、身近なところの感受性では感じられなかったんですね。それにかかわっていくためには、ぼくの友達はそれをやりましたけれども、戦前の「赤旗」なんかを捜して読んだりプロレタリア文学を勉強し、スターリン全集を読み、おびただしいことを通って、やっと知的に、知識人としてかかわらなくちゃいけないものという感じがあったんですね。ぼく自身は、文学のほうが、目の前の現実をもっと直接的に考え得る手段っていうんですか、それがあると思って、あまり政治には関心がなかったのです。ところが全共闘、あるいは新左翼のところから、非常に自分の身近な感受性の場所から出発して、政治的なものに手をふれることができるんだ、という場面が出てきた。これは知識人からどんなに未熟で短絡したものと言われようがいいものだとぼくは思いたいんですね。そこのところで、非常に粗雑な形で、戦前にも共産党が経験したようなものとか、あるいはもっとそれを延長して、殺人のような問題も入っているとは思いますが、そこはどんなに未熟でも、自分の感受性でふれ得るという場所ですね。これはやっぱり文学とか、人間とか組織というものがそこに泡立つようにあると思うんですね。で、好きなんです。でも、ぼくはそれよりちょっと前の世代なんですね、これは中途半端なんですよ。内向の世代といわれるのもそういう意味なんでしょうね。なぜわれわれの年齢のものが内向の世代になったかというと、一つには、第一次戦後派の人が、その頃知識人でなかった人間が現在とかかわって何をどう考えたらいいか、ということを直截的に教えてくれることが少なかったからだと思うんですよ。第二番目は、第三の新人の世代ですね。彼らが戦争とか、政治とか、現実生活とかかわりのある文学というものをどう考えたか。戦前の位置と戦後はよくわかるんですが、敗戦から何年かの間がどうもわからないんですね。だからわれわれの世代の人間は、政治の問題や文学の根本の問題をきくときにはかなり、小学生のような質問をいつも改めて持ち出すわけなんです。さきほど文学の力は何かとききましたが何かはっきりしないんですね、それが。いつも根本的な問題からは置いていかれたと思っているものですから。敗戦後の文学は、まず原型に第一次戦後派の人がいるわけでしょう。そうすると、知的な場面とは別にもっと率直な声をききたいわけなんですね。つまり天皇を殺したかったのか、そうでなかったのか、とか、つまらん話ですけれどね。それがわかんないんです。ですから、文学という場所にいると、たとえば小林秀雄が戦犯だといって追及する。一方ではそれは実にばからしいようにも感じられるが、また一方では、文学と戦争のかかわりはやっぱり徹底して追及してもよかったんだろうという、非常に無責任な立場があるんです。戦前戦中戦後を通して、一つのある考え方がどこまで行き着くかということを見たい気はあるんですね。かくのごとく選択の基準はわからなくなっているのが、われわれの場所だっていうのは事実ですね。それはぼくらよりあとの世代の人のほうが割りきれていて、すっきりしているみたいですけどね。

吉本　やっぱりそのときに徹底的に追及してしまったら、自分達自身も追及の対象になるということだったんじゃないでしょうか、と、ぼくには思える。それはめぐりめぐって、たとえば現在の荒さんであり、現在の小田切さんであり、現在の佐々木さんであるとか、そういう問題として現われているんじゃないですか。ぼくが学生どもからきいてる範囲じゃ、小田切さんていう人は猛烈に学生運動を弾圧した張本人らしいですよ。法政大学での張本人なんです、学長代理みたいにしてね。つまり学長代理になり下がってしまったんですよ。そのことは、言いかえれば、戦犯追及のときに、もっとやっていれば自分だってくるぞというので、そこまでやりきれなかったこととつながっているんでしょうね。逆に言えば、ぼくらは、いやお前そんなこと言ってるけど、ぜんぜんおれが見てた範囲じゃ違うぞっていうことの提起はしたわけです。それは、あなたがおっしゃったように徹底的にやったら、自分までくる、自分までくるという問題をないがしろにしたために、小田切さんは現在戦犯ですよ。何て呼んでるか知らないけど、しかし悪いですよ。少なくともラジカルな学生運動をしてるやつから見たら、小田切さんは徹底的に悪いですよ。あんな悪《わる》はいないっていうような、ひどい野郎だということになってますよ。そういう声になるでしょう。そのもとは、やっぱり戦後すぐにあったんじゃないか。荒さんはどうなんだ、荒さんは漱石研究家じゃないか、学校の英語の教師じゃないか、それだけじゃないか、現在起こりつつある主要な問題について、何の発言もしないところですんでるじゃないか。こうなっちゃう。佐々木さんなんてどこに行っちゃったんだ、こうなっちゃう。そういう意味で、たいへん失礼な言い方をしますけれども、埴谷さんという人は、のらりくらりとしながら、やっぱり生きてる。生きてるっていうことは大切なことだと思います。死なないっていうことは大切なことだと思います。戦争中とか、戦前の埴谷さんが体験された時代、治安維持法、不敬罪時代だったら、肉体が生きてなくなっちゃうわけですけれども、いまは肉体が生きてなくなるということは、権力は少なくとも直接的には文学、言論に対してはないですけれどもね。ほんとうは死んでるよっていう言葉と、ほんとうは生きてるよっていう言葉とは、ぼくはあると思っているんです。そういう意味で、荒さんは生きてないよ、小田切さんは生きてないよ、佐々木さんは生きてないよ、ぼくはそう思う。だけど、そう言い切ることができないのは、年齢っていうことがある。つまり自然的な年齢っていうことがあって、たとえば六十になったらどういうふうになるかっていうことはぼくにはわからないから、そこであまり断定できないところがあります。てめえだって同じよって、なるかもしれないですからね（笑）。そこはちょっとはかれないところがありますが、しかし少なくとも生きている言葉と、死んでる言葉を区別する基準というのは、批評としていま重要だと思うんです。なぜならば、戦争中とか、戦前の左翼時代は、だいたい肉体を拘置するとか、身柄を拘束するという形で、あいつ死んだとか生きて頑張ってるとか、わりあい目にみえていた。いまは目にみえないんですね。だから言葉として生きてるか、そうじゃないかということは、年齢にかかわりなく、批評の基準として、どうしても持ってなければいけないような気がするんです。そういうふうに言ったら、やっぱり死んだよ、ご自分はどうであろうと死んだよっていうのと、まだこれ生きてるよ、不思議だよっていうのと、ぼくはあるように思います。言葉があるっていうのはおかしいですけど、表現があると思います。そのことは、その人の肉体が死んでないことを意味するでしょうけど、とにかく生きてる言葉と死んでる言葉っていうのは、ぼくはあるように思います。目にみえないですけど、同じ雑誌に並べば、さして変わり映えしないってみえるけれども、生きてる言葉と死んでる言葉を区別する基準というのは、内的批評の基準として持つ必要がある、持たざるを得ないということは、ぼくはあるような気がするんです。何をもって生きてるか、何をもって死んでるかという判定をするのに、ほんとう言えば、たいへんむずかしい手続きがあるように思うんです。それで、秋山さんのおっしゃる、戦争中のことは遠い夢だよっていうことじゃなくて、いちいち文学史的にたどっていって確かめるというやり方も、ぼくは一つのやり方のような気がするんです。それから、安直なやり方があるわけですよ。要するに、小田切って何だ、学長代理だ、学生を弾圧した、たちが悪い！　これはわりに判定しやすい。長洲一二《ながすかずじ》、何いってるの、何だいあれは、県知事って何だ。天ちゃんの園遊会に招待されるとのこのこ行って、それ何だ。これはみやすい判定の基準になるんです。しかし、そういったって大なり小なり変わりねえだろうということがありますから、それはあまり当てにはならないんですけど、そういう基準ていうのは、目にみえないところで、内在的に生きてる言葉と、死んでる言葉っていうのは、みつけなければいけないし、批評の問題のような気がしてるんです。

埴谷　いま小田切君、荒君、佐々木君の話が出たので、ぼくなりに説明すると、先程、老年組と若手組について話しましたね。その老年組の人間認識といったものの芯は昭和八、九年の転向時代にかたちづくられたと言いましたけれど、それに並べていえば、小田切君たちが政治と人間の複雑な構造をまざまざと覗き知ったのは、例の五〇年問題における共産党のごたごたの体験のときですね。そのとき除名もされたし、或る底を隈なく見た筈です。それはぼくたちの昭和八、九年の体験から数えると、約二十年も隔たっていますね。その体験の形はこれからいろんな形で現われるんであって、あなたがいま言われるように、いま死んでると見えても、これはまたどうなるかわからない（笑）。まだまだ生き返って、どういう活動を示すかわからないというふうにぼくは見ていますね。あなた自身も、六十過ぎたらどうなるかわからないと言っていられるように、ほんとうにわからないのです。

秋山　それはそうですけどね。ここに持ち出していいかどうかわからないですけど、「群像」の九月号で、埴谷さんの『死霊』の第五章について話し合う機会があったときに、月《つき》村敏行《むらとしゆき》という人が、この第五章を読んで、埴谷さんの存在の革命っていうのはほんとうの話だったんだなって言ってましたよ。やっぱりあそこが原点なんだな、ということは、二十五年たって第五章を書いたという、行為の一貫性というのが説得してるわけですね。やっぱりそれがあると思うんですね。

埴谷　それをいまの小田切君、荒君、佐々木君、にも適用してごらんなさい。二十五年後はわからないですよ（笑）。

吉本　それは違うような気がするなあ。

秋山　埴谷さんの第五章が二十五年間たって書き続けられたたっていうのは、原点の問題が持続してるってことですね。それがあるかどうかっていうことで、ほかの人達にもそれが一貫してあるとはなかなか言えないんだろうと思いますね。

埴谷　人間はほんとうに変化するものですね。これはずいぶん昔の話で、秋山さんにはぴんとこないでしょうが、村山知義《むらやまともよし》という非常な才人がいました。絵を描いたり、舞台装置をしたり、戯曲も、小説も書いたのですが、その頃のぼくの受けとり方では、確かに才人できらびやかではあるけれど、芯はないように見えた。ところが、この人が捕まって出てくると、いわゆる転向小説をいくつか書いた。ぼくは、そのとき、人間は或る危機に直面して面《おもて》をそらさなければ、ほんとうに変わるものだと思った。村山知義もしっかりしてきた、芯が出てきたと思ったことがあります。とすると、表面的には軽薄に見えても、その人が置かれた状況をどういうふうに考え対処したかということが問題なのですね。

『死霊』をめぐって

埴谷　ちょっと話を変えると、さっきシュンペーターの話が出ましたが、原典からの勉強はなかなかできないものですね。『死霊』の第一章に、「悪魔はなにものをも創りなす能わず」という章句が出てきますが、これはアウグスティヌスの言葉なのです。デモノロギイ耽溺時代にウィッチクラフトの歴史といったふうな英語の本からメモしたのですが、そのときは言葉の内容にだけひかれてメモしたので原典は何かにまったく注意していなかった。そうすると、あとになってはもう出典が何かさっぱりわかりませんね。あとでアウグスティヌスの『神の国』を読んだとき気をつけていたけれども、そうした言葉は出てこない。従って、孫引きでがまんするしかない。これは『死霊』といった仕事を吾国でやるときの或るかたちを象徴していますね。

秋山 それはそれでいいんじゃないですか。それを孫引きという必要はないんだろうと思うんですね。それをいちいち原典で勉強していたら、『死霊』なんていう作品はできないと思うし、埴谷さんの中にある考え方はできないですね。それはぜんぜん別の話だろうと思うんですね。ある一つの言葉は誰が言ったってかまわないですよ。そこにどういうほんとうのものがあるかを考え直すっていうのは、また別の作業で、むしろ埴谷さんにはそう言っていただきたいようなもので、孫引きっていうと、大学の教室の言い方に、ちょっと合わさってくるわけですね。そんなことを気にしていたら、埴谷さんの『死霊』の世界はできないだろうと思いますね。

埴谷 勿論、内容だけで押してゆかねばなりませんね。

秋山 さっき吉本さんが花田さんの話のところで、人間をとるのか、政治のメカニズムの組織のほうをとるのかみたいなところに立たされることがあるかもしれないというのが、あったと思うんですけどね。ほんとうは組織のほうをとってもいいような場面が、文学の場面にはあってもいいと思うんですよ。いま埴谷さんは、荒さんの人間のほうをおとりになってるような気がするな。

埴谷　それは当たり前ですね（笑）。

秋山　しかしそれは埴谷さんが『死霊』の第五章をお書きになったという行為にかけて、やっぱり批判なさっていい場面だろうと思うんですけどね。

埴谷　ぼくは、内ゲバへの提言のときに、吉本君は最後の人としてぼく達から離れて頑張っていてもらわねばならないと或る人に言ったのですが、ぼく達にはいろいろな役割があるのです。ぼくは、いってみれば、白紙に向ってだけ峻厳で、人にはものすごく寛容です。だから、確実に、鶴見俊輔さんの言われる分裂型なんですね（笑）。

秋山　第一次戦後派文学の根本には、論理的なものの重視というのがあると思うんですね。論理的なものが文学的に化けたのが、ドストエフスキイの小説のどっかにあるというふうに、論理的なものを重視したと思うんですね。論理的なものというのは、日本的な特性にあるのかないのか。一応ここでないと言っておきます。これは論理を通したある根本的な原理とか、普遍的な絶対性にたどりつく単なる力だとしますね。そういうものを重視してきたと思うんですね。ところが、埴谷さんがいるからかえって言いにくいですけどね。埴谷さんは一本の道を歩いてるようには見えますけれども、他の「近代文学」に書いた第一次戦後派の人達は、日本還りをしているというのが、この何年かの間に顕著だと思うんですけどね。その問題は埴谷さんどうお考えになりますか。

埴谷　われわれは日本人なんだから、日本人的心情、日本人的特性があるのは当然ですね。何処の国でも長くつづいているその国なりの感じ方なり、考え方がある。これは縦軸ですね。そして、その縦軸と外からの流れ、大きくいえば、インターナショナルな、また、精神の同一性といった流れが交叉したとき、何処の国でも文化の幅が大きくなっている。ドイツでもロシアでもそうですね。この横軸は、明治時代はキリスト教で、昭和時代はコミュニズムですね。そして、そういう短い幅の時期を越えてより大きく幅広い一貫した横軸はシェークスピア、トルストイ、ドストエフスキイといったものですね。ところで、その縦軸と横軸が交叉したとき、ぼくが感得するのは、同じ精神の深さといったものですね。彼らとぼくが同じだということがわかれば、世界的であることも、人類歴史的な事態も、そして、自己自身の特殊性もすべて同じ器のなかにくみこまれる。そうすると、日本人としての心情も、日本的特性というものも、また、世界的な歴史的人間性も同時にぼくの中にある筈だと思って、ぼくは小説を書いているわけですが、それがどういうふうに現われるかっていうのは、年齢によってやはり違うでしょうね。年とってくると、どうしても自分の足がきかなくなるから、遠くへ動かない。また、目も見えなくなるから、遠くも見えないわけですね。そうすると国際的なことも考えず、やはり自分の家庭とか、親族とか、だんだん見る範囲が小さくなりますね。ですから、年をとれば、その国に戻るっていうのはだいたい当たり前じゃないかと思いますよ。

ぼく自身だって戻っているのだけれど、それほど戻っていると見えないのは、日本だけのデーモンに還るわけにいかないからですね。これはしようがないですね。前に述べたように「うらめしや」だけの幽霊では困る、吾国独特の優れた感性の駆使だけでは困ると思って、いわばブレイクやポオやドストエフスキイとの精神の同一性をぼくは持とうとしてますけれど、しかし、その論理の横軸も一応日本に戻って日本の上に立ってやっているのですね。

秋山　戻ってはいるんですか。

埴谷　『死霊』に津田夫人や津田老人がでてくることは三輪与志や高志の論理を「自前」のものとして支えようとしていることですね。「存在の革命」なんて大それたことですが、これはやはり外国の誰かがやるのではなく、日本人の三輪高志が世界共通の仕事としてやるということですね。それから、これはぼくのほうから聞きたいのですが、吉本さんが花田清輝と論争するようになったきっかけっていうのはどういうものだったのですか。

吉本　それはさっきも出ましたが、埴谷さんも出席していました「記録芸術の会」ですね。

吉本・花田論争のこと

吉本　その時に、ぼくはぜんぜん知らないんですが、「現代批評」の同人では、武井昭夫《たけいてるお》君ていうのが一緒に研究会みたいなものをしてたんですね。そこに参加していた。それがどういう話になったのか知りませんが、武井君から「現代批評」の同人に対して、こんどこういうのを拡大してやろうという話になってきた。どうだ、のらないかっていう話が来たわけです。そのときに、武井君の出した条件、これは花田清輝達の条件だと思いますが、井上光晴だけを除外しようということなんです。それで、ぼくと奥野（健男）が、それは反対である、どういう理由かわからんけれども、おれは反対だ。奥野も反対だ。なぜならば、いままで「現代批評」の同人で一緒にやってきたのに井上だけを除外するという根拠が「現代批評」としてはあり得ない、だから反対である。それで武井に、もう一度行ってこい、井上を除外するという条件だったら、おれ達は参加しないから除外するというのを撤回するように言ってこい、と言ったんです。それで武井は、それじゃもう一回相談してみるということで、花田清輝とか、佐々木基一とかにもう一度話をもち帰ったのです。それからもう一度やってきまして井上も加わっていいということになったから、参加しないかというんです。それならよろしい、参加しようじゃないかということになったわけです。ところが、これがまた不思議なんですが、後に「批評」という雑誌を出した人達がいますね。村松剛とか、遠藤周作とか。その時は服部達《はっとりたつ》を中心にしていたと思いますが。

埴谷　「メタフィジック批評」と言いましたかね。

吉本　そういうグループが「現代評論」では一緒だったんですが、分かれていたわけです。それでこんどは武井がだだをこね出したんですよ。そこが花田清輝のわからんところだけれども、村松剛みたいなのも一緒にしようじゃないかってなってたらしいんです。ところが武井がそこでだだをこねて、村松剛が入るんなら、やめようじゃないかって、「現代批評」の同人がいるところで彼はごねたわけですよ。もともと入る入らないはお前が持ってきたんだから、「記録芸術」なんておれはもともと好きじゃないんだから、そこで何かしたいっていうんならいい、知識人の統一戦線とか、花田は考えていたかも知れないけれど、そういうことならそれでいい。しかし、もともと「記録芸術」なんて、文学論的にはどうってことないと思ってるんだから、お前が発会式の席上でだだをこねるなら、お前に賛成してみんな会場を出ちゃおうじゃないか。初めからそう決めてたわけですよ。それで、席上に行きましたら、それは埴谷さんもご承知のとおりで、いろんな論議が出たんですね。それで武井は、自分の考えどおりに、村松剛みたいなのが参加するなら参加できないって主張したわけなんです。村松剛はそのときなかなか立派な態度で、なぜ自分が除外されるのかわからないって、なかなか立派な主張をしていました。それで収拾がつかなくなったときに、これはぼくの記憶に間違いがあるかどうかわからないんですけど、これは埴谷さんと似ているところがありまして、これを円満に収拾するにはどうすればよいか。

埴谷 円満とは似てますな。それはよかった（笑）。

吉本 これを円満に収拾するには、もう一度参加の招請をし直せばいいんだ。それで村松剛を招請しないようにすれば、円満に解決できるって、ぼくは席上で考えたわけです。それで、もう一度招請し直せばいいって主張したと記憶しています。そうしたら武井が、そんなことしたってムダなんだって、席上で叱咤したと思います。そういうんならっていうんで、武井が退場したときに、武井に従ってみんな出てきちゃったんです。だから、もともとあの会場を出てきたことの張本人は武井なんですね。お前の言うとおりにしたっていう感じでいました。ところが、そこが花田清輝っていう人のわかんないところなんですけれども、要するに、ぼくの感じでは、その席上で招請し直せばいいじゃないかというぼくの主張を花田清輝がひっくり返したとぼくは記憶してるんです。いまさらそういうことはできないっていうふうにひっくり返して、それが大勢を制した。そこで「現代批評」の同人は、それじゃあっていうんで退場してきちゃったんですね。ところが、その直後に花田清輝が「文学」に吉本のいうことはどういう理由によるものだか、見当がつかんていうふうに、文章を発表してるわけです。それは彼の著作集の中にも入ってると思いますが、それを見てびっくりして、こいつはぼくが退場を教唆した張本人であると考えたんじゃないかなと思ったわけです。こんなばかなことはないっていう感じ方がありまして、それまではニコニコですからね、あの人は。

もう一つは、この人は政治的な問題が出てきたときには、きのうまでニコニコしていても、こういうことができる人だなっていうふうに、ぼくには思えた。おれは張本人じゃない、素直に従って、むしろその場では折衷主義者で、その場面を救おうと思って発言していたわけですからね。武井が、そんなのダメだと言うし、花田も招請し直すなんてもってのほかだ、それはできないと主張してるわけだから、ぼくはうまく収拾しようとして発言したつもりなんです。だからこれはちょっと見当が違うんですね。

もう一つは、あるいはそんなことは十分承知の上でやってるのではないかっていうふうに理解されたことなんです。この人は、政治的な対立が出てきたときには、こういう不意打がいくらでもできる人だなっていうふうに感じたことですね。

それじゃ、おれはもうやろうじゃないか、本気になってやろうじゃないかって、そのときにぼくは思った。それで論争が始まったと思うんです。

もう一つの余波がありました。そうして「記録芸術の会」が発会されて、それはたしか勁草書房から「記録芸術」という雑誌を出したと思います。何号か出してるうちに、武井昭夫と大西巨人がそこの座談か執筆かに参加しているわけです。大西は先輩筋みたいな感じだったので別格でしたけれども、武井に対して、「現代批評」の同人がみんなでつるし上げたわけです。お前は「記録芸術の会」を脱退しようと言った張本人じゃないか、だからおれ達はお前にまかせて行を共にして脱退してきた、それなのにお前は自分だけがのこのこ「記録芸術の会」の機関誌に書いている、これは何だってみんなでつるし上げたわけです。もう厳しくつるし上げたわけです。背信行為もはなはだしい。とうとう武井はヒステリーを起こしまして、そんならおれを除名すればいいじゃないかって言うんですね。しかし「現代批評」は別に綱領規約があるわけでもないし、除名もへちまもないだろう、これは信義の問題だ、お前はこういうことは舞台裏だからいいと思っているかもしれないけれど、お前のやり口をみてると、何年も一緒にやって、お前の共産党内部における立場を有利にするかもしれないようにしてきた「現代批評」の同人を、お前が一人で裏切ってるんで、これは信義の問題だ。こんなばかなことが通用していいと思うか。それで決定的にやったわけです。それで、この人達は政治至上主義者だ、人としてはつき合えないよってい うのがぼくの感じ方です。これは徹底的にやっていい。これは徹底的にやってしまえとぼくは居直ったわけです。だから徹底的にやってしまったわけです。

埴谷　徹底的にやりましたねえ(笑)。

吉本　妥協の余地はない。徹底的にやれ。ぼくらはそんなばかじゃないですからね、資料を持ってくれれば、あの人が戦争中に何をしていたか、どんなもの書いていたか、全部集められるわけです。だから絶対負けるはずがないと思ってるわけです。だからやろうじゃないか、もちろん「東方会」においてどうだったか、どんなことを書いたか、そんなの持ってこなくたって済んだっていうところで終ってしまったわけですけどね。

それはもちろん復讐されました。六〇年安保闘争のところで復讐されましたけれども、ぼくのほうではもうそういうことはどうでもいい、この人と再び妥協して何かやるということはあり得ないだろうと思ってきたわけです。おそらくぼくがそこで徹底的に居直ったときに、あの人は相当衝撃を受けたように思います。

埴谷 そうでしょうね(笑)。ほかから見ても花田君は衝撃を受けていた。

吉本 だけど、ぼくのほうの用意はもっとしてあったんです。あの人が「東方会」でどうだったか、何を書いていたか、ちゃんと資料的に集められますし、分析もできますしね。それは絶対負ける筈がない。逆にこの人は、自分の戦争中の挙動を分析しつつ、戦後への経路を明らかにしていった場合には、これは立派なもんだろうなと思っていましたけれども、そうはいかないで、斜視的にしか出てこない。これじゃお話にならないよっていうのがぼくの感じ方です。

それから、ぼくのほうも、六〇年が終った以降に、ぼくが同伴者とされていた組織は壊滅して、いまの革マルにみんな行っちゃってるわけです。いまは中核のほうに大部分がいると思いますが。なんにもないところで、ぼくの印象では、全党派から一斉攻撃を受けたような感じがしているわけです。よしっていうことで防戦する。そこでぼくはだいぶ鍛えられましたし、わりに勉強もしましたから、大丈夫だっていいましょうか、花田さんという人のことはもう問題にならないよって思いました。だけれども、ぼくの考えでは、花田さんが六〇年以降に評論みたいのから、古典を素材にした評論的小説みたいなものを書きましたね。あれから以降の花田さんのほうが、前よりいいんじゃないか。アヴァン・ガルドと何とかを止揚して、社会主義リアリズムへとか、そういうばかなことを言ってるときよりも、こっちのほうがいいんじゃないかなという評価はありましたが、でも、あれはそんなにたいした作品であるわけがないというのが、ぼくがいつも思っていたことです。つまりあの程度のものはたいしたもんじゃないよ、月々の雑誌に書いて文壇時評みたいなものが取り上げれば、主だったものの一つであるかも知れないけれど、ご本人が思っているほどいいものじゃないよ。つまり、あれは古典をダシにして、現在の様々な政治的な風刺とかなんかを閉じ込めているということで、古典の読み方としてもダメだし、現在の状況を仮託する認識としてもそれほどじゃないし、そんなにたいしたもんじゃないんだよというのがぼくの評価です。でも、それ以前にヨタなことを言っていたことより、このほうがいいんだ、この人もずいぶんこのところで考えたなというのがぼくの感じ方なんです。だからぼくのほうが、かえってきっかけがわからないんです。なぜ花田清輝が攻撃をしかけてきたのかがわからない。まあ窮極的には、この人達は政治至上主義であって、人間なんていうのはどうでもいいっていうことだろうなっていうことですね。
それから、この人がコミュニズムと考えているものは、実はスターリニズムということにすぎないのではないかということが、相当はっきり、六〇年以後を契機にして、断定できるんじゃないか。それから、文学理論あるいは芸術理論として考えて、シュールリアリズムとアブストラクトみたいなものを止揚して、社会主義リアリズムという、とてつもないダメな考えだよっていうのが、はっきりこっちにわかってきていたということがあって、もうこれはいいのではないか。それ以後、あまり本質的な関心を持たなくなってしまったわけです。きっかけはそういうところで、ぼくのほうはわからない。なぜか知らないけれど、突如として攻撃をうけたという感じがしてるんですけどね。ぼくのほうでも、これは徹底的にやっちゃおう、妥協の余地なくやってしまおうということがありまして、やり始めてしまったわけですけどね。

埴谷　あなた達が退席した「記録芸術の会」というのは、東中野のモナミでやったんでしたね、たしか。

吉本　そうでした。

埴谷　佐々木君が出てくれというので、ぼくも偶然あのときだけ出たんですよ。それで何が何だかぜんぜんわからないんですね。そのうち論争になって、急に大半退場してしまった。ぼくは「記録芸術の会」に興味がないから、その後行かなかったけれど、ただあのときだけ偶然出ていてさっぱり意味がわからなかった。いまやっといろんなことがわかりましたけどね。そうすると、あなたは武井君と共著で、詩人の戦争責任を追及したあと、武井君と論争するようになったのは、その「記録芸術の会」のときから幾分きざしていたのですか。

吉本　もっと以前からそれは武井君にあったんじゃないでしょうか。ぼくの戦争責任の追及の仕方が、さっき秋山さんが言われた、徹底的に名簿をつくって、これは戦犯だっていった場合に、そんなこと言ったって戦犯じゃない、抵抗したっていうふうに言ってるやつの中でも、ちっとも抵抗してないよ、こんなものも書いてるよっていうのがぼくの言い方であって、武井君は、花田清輝と同じで、反共産党、反コミュニズム的なモチーフを嗅ぎ分けていたんじゃないでしょうか。ですから、『文学者の戦争責任』という共著のはしがきだか後記だか忘れましたけど、その中に非常に微妙なニュアンスで、武井君に違和があって、戦後責任ということを踏まえてない戦争責任の追及はよろしくないんじゃないかっていうことを、武井君はすでに書いていますね。ですから、ぼくのやり方にそれを見たっていうことじゃないでしょうか。戦後責任ということは、政治責任みたいなことになるんじゃないかなと思いますけどね。そういうことにこちらがあまり関知しないということは、武井君にもともと不満があったんじゃないでしょうか。それは当初からあって、それが累積していったということになると思います。ただ武井君にしてみれば、「現代批評」

の同人というものを控えているということで、政治的な意味合いでは協力的でしたから、あの人の都委員会における立場を有利にしたかもしれない点がありますね。それから武井君もそれを承知の上で利用したという面があると思います。つまりそういう役割はあったと思いますけれど、終始それは不満であった。ぼくの論調には不満であったということがあるのではないかというふうに思いますけどね。それが後に、武井君と、奥野さんとの論争が初めにあって、こちらも武井君とやる。そのもとをただせば、戦争責任の問題からあるといえばあるわけですね。

埴谷　ぼく達が遠くから見ていると、何となく吉本、武井というと二人三脚の感じでした。それがだんだん離れて、武井君は花田理論の信奉者で、花田側近第一号という感じになりましたね。

六〇年安保の頃

吉本　六〇年の事については、その以前の五〇何年かに、都委員会に属していた若手っていうものが、共産党内部で反乱を起こして、それが共産党を出てしまって、それが新左翼、共産主義者同盟というものになっていくわけですね。そのときに武井君は、そのボスでしたから、もう少し辛抱すれば何とかなるんだという意味で、とめ役だったろうなって思えるんです。だけれども、若手の連中は反乱を起こして出てしまって、共産主義者同盟を形成してしまって、六〇年安保闘争に突入していく。

そのときに、武井君に対して、その連中は叛《そむ》いたっていう感じがあるから、あまり接触ができないで、ぼくのところに出入りする。そういうことで、ぼくは全学連同伴者第二号っていう感じになっていく。武井君は、そのときは「現代批評」の同人会で、よせよせって言いましたけどね。よせよせっていうのは、あいつらはせっかち野郎で、いくら説得してもきかないんだ、勝手に出ちゃったからよせよせって止めてましたけどね。ぼくのほうは、いいだろうっていうことで、全学連同伴者第二号みたいな感じでした。

埴谷　第二号っていうと……。

吉本　清水幾太郎さんていう人が第一号らしいですよ。清水さんはまたわかりませんけどね。全学連は神様ですっていう感じで、あまり神様とは別に思っていないんですけど、一つのコミットだろうと思ってやったわけですけどね。そこらへんのところで、「現代批評」もあまり活発性がなくなってしまった。それで個々ばらばらに動揺し出したというような感じになったと思いますけどね。

埴谷　樺美智子《かんばみちこ》さんが亡くなった日ですが、あのとき、あなたは車に乗っていたんですか。あたりは真っ暗だったが、あなたはどうも高いところから話しているような感じでしたね。あのとき、ぼくと秋山清さんと二人であの国会内に入っていたんです。夕方、ぼくが首相官邸の角へ行ったら六月行動委員会の旗が立っており、松田政男君がいて、南通用門がこわれてみな中へ入りつつあるというので、ぼくと秋山さんの二人が入って行ったのです。すると、暫くしてあなたが話しはじめた。そのとき、ぼくと秋山さんは最前線まで行ったんです。それで、「ワッショ、ワッショ」と始まって、警官が警棒で殴りかかった瞬間を見ています。あのときの敗走の印象は極めて強いですね。

吉本　あのとき、埴谷さんも書いておられるけれども、詩人Yが何とか喋った。ぼくのほうは、あのとき六月行動委員会というのがあって、わりあい隊伍がちゃんとあって入ったわけです。そうしたら、共産主義者同盟の連中が、もちろん六月行動委員会の中にもいたわけですけど、呼びに来て、お前挨拶しろっていうわけです。おれは挨拶したら捕まるから、やめてくれって言ったんです。まあそう言わないでしろ。しようがないなと思いまして、そばに同じ隊列の中にぼくの義兄がいましたから、これをやればぼくは必ず捕まりますから、あとのことはよろしくお願いしますって、ちゃんと言いましてね（笑）。それで突然なんです、あれは。約束も何もない。隊列をちゃんと持って行ってたんですから。

埴谷　六月行動委員会の中から、あなただけ引き抜かれたの？

吉本　そうそう。間が持てないわけでしょう、それで言いに来たわけですよ、何とか挨拶してくれ。これはしようがないなっていうことで、やったら捕まるから頼みますよって言って、それで、やったんです。

埴谷　あのとき国会の窓から新聞記者がライトをつけていたけれども、だいたいが真っ暗なんですね。ものすごく印象的な晩でしたね。真っ暗な中でぼくと秋山さんは隣にいた若い女学生にこれからどういう騒動になるかわからず危険だから、あなたは外へ出ていなさいといって、その女学生を構内から出した。すると、真っ暗な中からいきなりあなたの声が聞こえ始めてね。まったく見えないけれど、どうも車の上に乗ってるっていう気がした。

吉本　そうなんです。車が入っていたんです、全学連の。それはけっしてあらかじめ約束があったわけでも何でもない、その場の情況判断ですね。

埴谷　あのときのことをぼくが書いたのはまだ安保闘争の余燼があった頃だったから、あなたはYで、秋山さんはA。本名を出したら何か迷惑がかかるといけないと思ってそうしたのでした。

吉本　だから表づらはすこぶる格好がよくていいわけなんですよ。ところが、ぼくは、こんなんでやったってダメだよっていつも思ってましたからね、あまり格好よくなくてね。引っぱり出すのはやめてくれよって言ったんですけど、どうしてもって言うんで、じゃあもうしようがない。それから少したったら押し合いへし合いが始まりましたですね。かろうじて門の外へ逃げていくという実状でした。それから少したって、隊伍を整えるみたいな格好になったんだけれども、それから突然の襲撃みたいで、それからは潰走。

それで、いまの革マル派っていうのが、なぜわたし達は嫌われるんですかねって言うんですよ。あの人達はうまいんですよ。つまり六〇年のときもちゃんと隊伍にいるんですが、あの人達は逃げて、一人も犠牲者を出してないんです。六〇年の安保闘争で、初めから終りまで一人も犠牲者を出していない。とにかく戦術が徹底してまして、犠牲者はブンドに引き受けさせろですから、だから一人もいないんです。いつの間にか逃げていなくなっちゃうんだから。それがあるからダメなんですよ、いまの内ゲバでも。いまの中核派っていうのは、もとブンドにいた人達が多いですから、そういうのが根底にあるから、大義名分はどうつけようと、感情的に許せないっていうのがあると思いますね。

埴谷　それで解決はなかなか困難なのですね。

吉本　革マルっていうのは、ある意味ではよくできてるっていうことになると思います。戦術がよくできてる。しかし悪い意味で言えば、共産党とやり方が同じじゃないかっていうことにもなります。むしろいまの中核の連中のほうが、目は詰まってないと思いますね。「やっちゃえ、やっちゃえ」っていう感じだと思います。革マルのほうが戦術はよく使っている、そういう経験があるわけですね。とにかく全共闘運動の中でも、革マルはそれほど犠牲者を出してないことが潜在的な反感というか、嫌われる原因になっているんですね。日本人というのは、戦術的にあまりそうされると、いやだなという心情がありますからね。しかしある意味じゃ、それだけしっかりした戦術を終始冷静にとり続けてきたというのは、ちょっと共産党に拮抗できるよっていうような意味にもなりますね。しっかりしてます。ほかの党派っていうのはわりあいそういう感じがなくて、ラフですね。いまの内ゲバがなかなか収まりがつかないというのは、感情的といいますか、そういう情緒反応が底でドロドロしていること、それは六〇年以降ずっとそうだというのがあると思いますね。根が生えていると思いますね。だからなかなかむずかしいと思います。しかしいまみたいなところに行く前に、できることがあったと思うんですけどね。そこのところで、戦術的に失敗したんだと思いますね。ですから、行くところまで行っちゃった。あとは下部からの突き上げっていいますか、うめき声、それが上部へ波及していくということがなければ止まらないいんじゃないかなっていう感じですね。

埴谷　ぼくが先ごろ書いたものも下部からのうめき声を求めて書いたのです。

吉本　そうですね。いまは、下部の活動家っていうのは、家族ぐるみ逃げてないとダメなんですね。両方ともそんなことばっかり発達しちゃって、公安以上に相手の生活行動を追跡するのが発達してまして、みんなわかってるわけですよ。だから、しょっちゅう居所をかえてね。家族ぐるみかえたり、子供と細君を実家に帰したり、両派ともそうやってるんですよ。そんなになっちゃってるから、上部への突き上げが、外部に漏れてこない、必ずある筈にもかかわらず、それがいまのところ密封されている。ほんとうはうめき声がある筈なんです。そういうのがなければ、なかなかここまで来たら止まらないのではないかなっていう感じはありますね。それは根深いもので、五〇何年に連中の大部分が共産党を割って出てきたときから、ずっと一貫してある。感情的な貯水池があって、そこでくすぶっているということが根底にあるように思いますけどね。

「情況への発言」をめぐって

埴谷　安保闘争以後、たしか『昼寝のすすめ』をあなたは書きましたね。そのときあなたはほうぼうからやられて、それをやり返しながらあなたは驚くほどよく勉強した。たしかにあの以後のあなたの勉強は驚くほど多方面になり、しかも深くなって、思想の次元も領域も拡げたと思いますね。ところで、そのやり返すっていうことですが、これはぼくのあなたに対するぼくなりの忠告で、あなたが聞くか聞かないかわからないけれど、あのときは、やり返すことが確かに必要でしたけど、いまの「試行」[註11]の「情況への発言」をみると、そのやり返しがまだ続いていますね。あの当時のやり返しは、ほんとうに意味があった、曲り角に差しかかっていたわけですから。しかし、いまの風化状況の中で、しかもそれほど重要でない問題を吉本隆明が本気でいちいちあれほどやり返す必要はないと思うんですが、どうでしょう。

吉本　それは大部分の人に、九割九分そういうふうに言われます。ほっときゃいいじゃないかって言われるんですけど、いま埴谷さんは風化状況って言われましたけど、かつてない風化状況。これは自分でも、一寸先もわからんよという感じがいつもつきまといます。この状況の中で、何か緊張っていうものを保持していく場合に、即自的な反応でもしなければ、持続がむつかしいところがあると思います。ぼくは少しも本気で書いてないです。

埴谷　そうですか（笑）。

吉本　でも、即自的な反応っていいますか、反発でも何でもいい。これはそのときどきやってなければ、一寸先はわからないよっていうことがぼく自身にあるんです。そのことは、内ゲバやってる人達にも、これはみすみす無効であるっていうことは知ってるんだけれども、そうでもしないとちょっと持たないよっていう状況っていうのは、ぼくはあるような気がするんです。風化状況を持てないよっていうのが、極端な形であるように思うんです。それで、ほんとうに風化状況に対して、どうしたって保ち得るのは構造改革論しかないのであって、これはたしかに有効である。しかしこの有効さは、自分自身が風化するということを犠牲にして、ある限度で有効であるということ以外に言いようがない。こんなもの認めるぐらいなら、何もしないほうがいいんだ、何もしないことが革命的である、即自的な反発でも何でもいいから、何かをしてるということが風化の防止である。それ以外に防止のしようがないんじゃないか。そういう状況認識みたいなものがあるわけなんです。こんなものは、一度だってぼくは本気になって反駁したり、本気になって書いたりしたことはないです。パッパやってる。しかしこれも、たとえば五年なら五年やっているのを見てごらんなさい、そうしたらわたしの反発の仕方っていうのは、きちんと水路になってるよってぼくには思えますけどね。

埴谷　そこがぼくとちょっと違いましてね。「試行」に「心的現象論」が載っていますね。この風化状況のなかでは、そういう仕事こそぼくに緊張をもたらすものなんですよ。あなたは五年間見ていればいいっていうけど、ぼくから見ると、「情況への発言」は相手にしなくてもいいようなものも相手にしているというふうに思えるんですよ。

秋山　いや、ぼくなんかは面白いんですね、逆に。

埴谷　面白いですか。君には助け船を出してもらおうと思ったけど、駄目かね（笑）。

秋山　パンフレット的な攻撃のスタイルっていうものがあって、それを生かした文章っていうのは、ぼくは日本には少ないと思うんですね。ですから、吉本さんの「情況への発言」を読むと、ああ、こういうところに……。

埴谷　あなたが面白いというのもわかってる。ぼくも必ずあそこから読むんですから。しかしその面白さの意味が違うんですよ（笑）。

秋山　人の名前なんか出てくると、小さいような気もするけれども、あのパンフレット的な文体がないと、触れていけない、日常生活、現実生活上の細部の問題っていうのがあると思うんですね。それが槍で突っつくようにできる文体とか論理とか、生きた動き、それがあるからぼくはたいへん面白いと思ってるんですけどね。

埴谷　ぼくも或る生活感は感じますよ。でも、その生活の実体がだんだん小さくなっていくという感じがするんです。簡単に言えば、相手にしないでいい相手を相手にしていると思えますね。

秋山　ですがね、ああいう文章を見たほうがわかることがあるんですね。他の文章だとわからないことがあるんですね。なぜかといいますと、また小学生みたいな言い方ですけれど、六〇年の安保の頃のことが問題になったようですが、ぼくは会社が国会議事堂のそばでしたから、ちょうどそのとき毎日いて、毎日同じ仕事をしていたんですね。それはぼくだけじゃなくて、会社の人間はみんなそうでした。そうすると、ぼくの記憶の中では、安保っていうのは、この毎日の流れの中では、非常に小さいんですね。別に何事もなかった。そういうとき、あれが大きな問題であってという文章からは、そこにかかわった人が、自分の精神にかけてかかわるものとして、安保の中に何を見て、いったいどう考えていたのかっていうのは、きわめて率直な話では、ぼくはよくわからない。つまり日本の国の政治の状況の中で曲り角だ、そこまではわかるんですね。しかしかかわった人が、いったい現に何をして、どう生きようと思ったのか。

埴谷　いやいや、安保にかかわった人があなたの目の前にいるんじゃないの。「情況への発言」がそれで問題になってるんだけれど、あなたは政治から離れすぎてますよ。

秋山　離れすぎてますかね。でもはっきりした話、ぼくはあそこに非常に近い会社でしたから、六月十五日かなんかも、いま国立劇場が建ってるところのすぐ前の屋上から見ていましたよ。

埴谷　『昼寝のすすめ』は安保にかかわった最大の発言ですよ。あれを見てくれなきゃ駄目です。

秋山　吉本さんから、どっかへ逃げたっていう話は聞きましたけどね（笑）。

吉本　それでね、そのとき『昼寝のすすめ』っていうのがあるでしょう。それでもって救われた部分ていうのはあるんですよ。

埴谷　そうでしょうね。

吉本　つまりそのときに、共産主義者同盟の幹部連中は、いまの革マルに全部入ってしまったんですよ。そうすると、下部の学生組織の人達は、どうしていいかわからない。されぱといって、心情上も感情上も、ああいうところに入ってはいけない。なぜならば、自分らが泥まみれ、血まみれでやったのに、あいつらは一人だに犠牲を出さない。そうすると絶対あんなところに入っては行けない。だから入り込んでいった幹部が、お前らも一緒にこいと言っても入らなかった部分というのはあるんですよ。それらの部分にとっては、わりに救済だった。その人達の部分で、ついに政治的にはどうしたかっていうと、谷川雁に政治的支柱を求めた部分があるんですよ。谷川君はつまってしまった。もうどうしようもない。それでやってる部分はいまでもあるんです。それでぼくはいまでも、その連中が、いま幹部になってますけど、吉本さん、集会で喋ってくれっていうと、行くわけです。ぼくはシンパとかなんとかということじゃなくて、その連中は行き場がない。専門的に職場、学問に突っ込んで行ってしまった人もいますけどね。それからどこにも行かないよっていう形で、政治運動をやってきてる人もいるんです。そういう人から頼まれると、ぼくはいまでも行って喋りますけどね。そんなら昼寝したほうがいいよっていう発言は、わりあい救いになってるんです。それは、革マルの連中も、中核に行った連中にも気にくわなかったわけですよ。野郎、けしからん野郎だっていうことになるわけです。しかし逆に言えば、お前達のほうがけしからん、とにかく下のほうを置きっ放しにして、自分達はどっかに行っちゃったんですから、こんなばかなことはない。同伴者や下部大衆を置き去りにして行っちゃったんですから。だからその人達にとっては、もう昼寝でもしていたほうがいいよって言ったことは、ある意味で救いだったというふうに思いますけどね。そういう意味合いでは、そういう発言は有効性があった。ぼくはそう思ってますけどね。

埴谷　あの発言は逆に革命的だとぼくは思ってます。

吉本　怒ってましたよね。黒田寛一なんか。

埴谷　そういう点、ぼくは「情況への発言」にまだこだわりますけどね。あれは、吉本日録風な、こういう事があったとか、こういう話をしたというような、ほっとするような部面も反駁のあいだに入れて書いたらどうでしょう。

秋山　それはそうですね。

埴谷　つまり状況は表へ出る状況もあるけれども、私的な関係でしか見られない裏の状況もあるというふうになれば、ぼくの感じもいくぶん違うと思いますね。そういうふうに拡大してください。

吉本　ぼくはね、自分で、否定的に言えば解体していないところがあるんです。それで肯定的に言えば突っ張ってるところがあるんです。だから裏の部分をあまり出していないっていうことになってるわけです。ゆったりしてないわけです。だけど、何で即自的に反発するかっていうと、反発する理由があるんですね。

たとえば太田竜なら太田竜ですね。アイヌの何とか、くだらんことを言って、昔はよかったんですけど、くだらんことを言い出した。その下でやったやつが、頭がおかしくなって人のところにくるわけですよ。こっちが世話をする。何でくるんだって言うんだけれども、とにかく人のところにくるでしょう。それをこっちは病院までちゃんと世話する。そうすると、何とばからしいんだろうと思うわけですよ。あいつはいい気になって勝手なことをアジって、どっかで逃げまわっているより入っていたほうが、どうせたいしたことをしてないんだから、楽ですからね、メシは食わしてくれるし。あいつは自分で出頭したりしていい気持になってるけど、下のほうでやったやつは気違いになってるわけですよ。その人は、植字工みたいなことをして、住み込みの三畳の部屋で頑張ってやってた。しかしいまは追及が急でしょう。ですから絨緞爆撃と同じで、シラミつぶしにやられる。苦しくてしようがないわけです。だから気違いになるのも当然だと思うんですよ。それで頭がおかしくなれば、太田竜のところに行ってどうかしてくれって言えばいいのに、こっちのところにくる。こんなばかなことはないよっていう、現実の事情みたいなものがあるでしょう、裏のほうに。「ちきしょう」って思うわけですよ。

埴谷 それはよくわかる（笑）。しかし、その話こそ面白いじゃないですか。そういうことも書いてくださいよ（笑）。

吉本 そういうことはたくさんあるんですよ。面白くないと思ってて、何だ、これはと思いながら。だけども頭がおかしい人をまさか批判してもしようがない。そういうことはいうまでもありますからね。アジテーターのほうじゃみんないい気持になって、勝手なことを言ってるんですけどね。「野郎！」っていう感じですね。

埴谷 そういう裏話もいまぼくがちょっとほっとする部面ですね。秋山君がいまのままで面白いというのも至当だけれど（笑）、ぼくはだんだん生活が小さくなっているという感じで読んでるわけです。もう少し拡げてほしいと思いますね。

吉本 やっぱり生活が小さくなっていると思います。あらゆる政治組織が、構造改革論、それから共産党みたいな議会主義的な政党に転換していくという、それ以外にとっても、あらゆる政治的な組織というのは、状況の風化に耐えるっていうか、そういう形で危機に瀕していると思います。その危機の瀕し方っていうのは、自分の場合には、家の問題の中に典型的に出てくると思います。それもある意味じゃ状況的だなって思います。その小さくなってるっていうことも引き受けなくちゃならないっていう感じはしますけどね。またある意味では、小さな中で大きなことを、頭の観念の中で繰り返し予行練習してみたり、こわしてみたり、否定してみたりするわけですけどね。だからぼくにとっては、即自的な反射ですから、その場限りの解放感ですけどね。こういうことでもしてなきゃ間が持てないよ、そういう意味はあるんですけどね。

埴谷　わかります。あなたのいう意味も、あなたの考え方も、すべてわかるけれども、ぼくはぼくなりにこういう考えを持っているということをお伝えしておきます。

秋山　やっぱり吉本さんの「情況への発言」ていうのは、大きな歯車が背後ではまわっていて、文章のほうでは、だんだん生活が小さくなると見えないこともないですけれども、背後に大きな歯車さえまわっていればいいと思いますね。

埴谷　大きな歯車はちゃんとまわっています。『心的現象論』が完成したことがそうですね。そこで、吉本君は本来の仕事はちゃんとやってるから、ああいうことをやってもいいという言い方はあるでしょうけど、ああいうことをやらなければ、大きな歯車をもっとまわせるという言い方もあるわけですよ（笑）。

秋山　もう一つ言いますけれども、生活が小さくなってくると言われたときの、その「小さな」っていう言葉を使いながら、現在のこの現実のいろんな問題を論ずるものっていうのは、意外に少ないんですよ。奇妙な話ですけどね。埴谷さんの『死霊』という小説の中で、二十何年前に書かれて、現在の世界に適合するというのは、埴谷さんには不本意かもしれませんけど、首猛夫の言葉っていうのがいちいち当てはまっている。感受性のあり方、ものの考え方、これが面白いところだと思うんですけどね。現代の世相に一挙に繫がっているところもありますね。意外に小さな問題のところで、ある大きな歯車がまわっている。それはリンチとか内ゲバとかいう問題もそうだと思うんですけどね。

吉本　たしかにそうですよね。『悪霊』と同じで、『死霊』っていうのは、現在の状況を予言しているところがあるように思いますね。当初からそうだと思いましたが、切実に予言しているところがあるように思いますね。

埴谷　『死霊』は、別の機会に吉本さんにお話ししたように、意識と、革命と、宇宙という三つの部屋があり、革命が真ん中にあるのですから。何か扱えばひょっとすると予言性といったものが出てくるかもしれません。しかし、『死霊』のほかに『闇のなかの黒い馬』といった作品をぼくは書いていて、これは現実性とか、現実の生活感覚から切り離されたところで書いている作品ですね。いま予言性と『死霊』が結びつけられましたが、そういう生活感覚のあまりない『闇のなかの黒い馬』などを見た場合、どういうふうに思われますか。

『闇のなかの黒い馬』のこと

秋山　それは読者として、読者のタイプっていうのがあると思うんです。ぼくのような人間は、あの小説でいいわけなんですね。あそこに言われている言葉、それから考えられていること、そのようなことを自分一人だけでも考えていくということがあるわけです。

もう一つ、ぼくのような人間に面白いのは、いまの現実に生じているいろんなことを眺めていると、政治でもなく、革命でもなく、もっと社会上に成立しているある考え方とか、感受性のあり方ですね。そこに届いているようなものが、あの『死霊』の首猛夫の言葉の中にあって、これは現代社会の中のある一つを摑んでいる人の言葉だというように見えるんですね。埴谷さんには不本意かもしれませんけれども、最近数年の中で、われわれがふつうに日常生きている人間としては、非常に奇怪に見える連合赤軍とか、リンチ事件とか、内ゲバとかに類するもの、そういうものを眺めたときに結びつくような言葉があるような気がするんです。別にいま起こっている事件が、埴谷さんが考えていたような文学と双生児とか、息子達というんじゃないんですけれども、かなりこれは小説の言葉でたどれるところがあるように思うんですね。

ぼくは、軽薄なことを言いますけれども、必ずしもぼく自身じゃないですが、ぼくの世代のあたりのことを、漠然と共通性において考えると、人間の重さっていうものですかね、命が尊いということ。それに対する関心が、少し埴谷さんとは違うかもしれないですね。だから殺人とか、ある目的のためには人を殺してもいいんだということに対しては、ちょっと論理じゃないんですね。最初の感受性の問題として、もう少し簡単に走りやすいというのもたしかにあるような気がしますね。自分で反省してもあるような気がしますね。ということは、われわれは攻撃的な人間じゃないですから、受け身になったときに、感性として持っているわけですね。ああ殺されてもしようがないとか、政治というのはこれこれの組織のものだから、あそこからはみ出したり、ばっさりやられちゃってもしようがないだろう、だからかかわりたくないよというのがあるみたいですね。だからこんどは、ぼくとは別のタイプがいて、もう少し外向的で、攻撃的な性質を持っていたら、必ずや少しは現在の光景みたいなものを演出するだろうということを、ぼくはちょっと思うんですね。

小説中の人間であるとはいいながらも、首猛夫の言葉のまわりにそういう感受性、考え方、ニュアンスがあるような気がしますね。

埴谷　もちろん『死霊』は、ぼく自身の一生の課題ですけれど、そこから少し離れたところにはみだして余ったものをいわば余技として『闇のなかの黒い馬』の十四、五枚の中でぼくは書いています。

先程、吉本君に「情況への発言」を書かなければ、本来の仕事ももっと余計にできるなどと忠告めかしていった手前、ぼく自身も『闇のなかの黒い馬』など書かずに、『死霊』に専心すればいいのですけれど、とても吉本君ほど進まず、忸怩《じくじ》たらざるを得ないですね。

吉本　『闇のなかの黒い馬』は、秋山さんなんかも資質的にすっといくでしょう。ぼくはそれほどでもないけれど、理解することができる範囲内に入っているわけです。ぼくは、あまり本が溜ると売りとばすほうなんですけど、島尾さんや埴谷さんの小説というのは、売りとばさないで、ちゃんと棚に入れてあります、そういう評価ですね（笑）。

それで、もう一つお聞きしたいのは、『死霊』っていうのは、いま五章で、六章、七章っていうことの構成は具体的にありますか。

埴谷　筋だけは最後まで詳しくできてるんです。しかし、筋はできていますけど、三輪家の四人兄弟がそれぞれ自己の内面を告白する思想的な内容がぼくにとってとても難しくて、その思想的課題を考えているだけでさっぱり進まない。これまでの思想史で言われていることより半歩でも一歩でも踏みだした新しい言葉を提出しなければその場面を書く意味はないなどと、尤もらしい考え方をしているので、自分でもまどろっこしいほど進まない。これでは確かに森川達也君のいうように完成せずに死んでしまってもしようがないという気もしてるんですよ（笑）。

吉本　だけど埴谷さん、それこそつまらない「内ゲバ提言」などやめましょう。そいつはやめにして、吉祥寺からどっか伊豆半島かどっかへ居を移して、『死霊』を完成されたほうが、どれほど意義があるかわからないということになるんじゃないですか。

埴谷　そう思いますね、いや、反対の言葉もありません（笑）。吉本君に説教しようと思ったら、はね返ってきちゃった（笑）。

秋山　埴谷さんの『不合理ゆえに吾信ず』をみると、吉本さんが言われたと思うけど、二つのアフォリズムの形があって、一つはある精神なり考えで現実を切ったときにできるアフォリズムですね。もう一つは謎の形で、新しいものを探すっていうようなふうに言葉が置かれているときのアフォリズムで、それは小説も同じで、『死霊』の首猛夫が、現実を切ったときに出る言葉だし、『闇のなかの黒い馬』のほうは、新しいものを探すという謎の形になったほうの小説ですね。だから、いつもこの二つの運動が、ドラマの形で、拮抗する形であるから、『夢魔の世界』を書かれる一方、やっぱり内ゲバのほうについても、発言されるのもしようがないように思うんですけどね（笑）。

埴谷　内ゲバ提言のことは、まあ、『死霊』のちょっとした延長です。政治的効果などありませんね。まあ「人を殺すな」ということについて思想的意味がちょっとあるかなといったものですね。

吉本　だけど埴谷さん、ぼくは自分の年齢の実感で、まだわかんないところがありますけどね。たいてい「野郎うまく生きてたやつだな」という「うまく」という意味合いは、功利的っていう意味じゃないですけど、たとえば谷崎潤一郎でもそうだし、志賀直哉でもそうですけど、ある年齢以降うまく居所っていうものを移しちゃっていますね。移しちゃって、それに見合う仕事をしたかどうかっていうのは、ぼくは何とも言えませんけど、しかし彼らの創作意欲が、具体的な意味ではなくなっちゃっても、なおこの人は創造しているよっていうふうに思わせて終始したっていうやつは、やっぱり埴谷さんみたいな年齢になったら、パッとどっかへ移っています。

埴谷　伊豆ですか（笑）。

吉本　伊豆にこだわらないですけれども（笑）。それで人々の世界とつかず離れずの位置をうまくとっているように思うんですね。これは、ぼくの実感ではありませんが、ただ、そう眺めて思うだけですけどね、うまくそこを処理しているような感じがぼくはしますけどね。

埴谷　ぼくはたしかにあまり浮き世につき合いすぎていますね。ほんとに無駄な労力をとられていると思いますし、まあ、伊豆のことは考えておきましょう（笑）。

吉本　四人の兄弟はよくわかりましたが、あの『死霊』の中に〈ねんね〉とか〈神様〉とかいう魅力的な女性が出てきますが、あの女性を一番先に構想されたときは、どういうイメージだったのか。また最後にはどうなるのでしょうか。

秋山　しあわせにはなりそうもないな（笑）。

埴谷　〈神様〉は非常に象徴的な存在ですね。たとえば次の六章は川と橋と太陽の明るい章ですが、黒川建吉がねんねと神様に会い、神様だけをボートに乗せてゆくと、橋の上から首猛夫の顔が河面に映って、彼も乗せてゆく。彼等はダイナマイトが隠してある橋のそばの地下工場へ近づいてゆくと、津田康造の活動にかきたてられて、津田夫人も津田安寿《やす》子《こ》もその附近に思いがけずやってくることになり、一緒にボートに乗ることになる。そして、ボートの中で席を交換しようと入れちがったときに、ボートがひっくり返るのですね。津田夫人はちょっとしか泳げないのに肩の上に神様を一所懸命に支えて、それで自分だけ沈んでしまう。そうすると一緒に沈みかけた神様を黒川建吉が受けとって、神様のリレーをやるわけですね。というふうに、神様は最後まで象徴的です。他方〈ねんね〉は確かにしあわせになりませんね。首猛夫が思想を除いたらぼくとまったく同じ一人狼がいるということを一章で述べてますが、その男が首猛夫の隠れた協力者なんです。自動車のクラクソンを鳴らして、首猛夫を三輪家から運びだし、矢場徹吾を病院から盗みだす手助けをしたり、地下工場のダイナマイトをほかへ移す手助けをするのはその暴力団から独立している一人狼の仕事ですが、その男が結局ねんねを犯すことになります。絶えずねんねについていて保護してる筒袖の拳坊がすぐそばにいるにもかかわらず、ちょっとのすきに、隣の部屋で犯されてしまう。筒袖の拳坊も悲劇的な人物ですね。ねんねが犯されるとき、隣の部屋にいながら保護しきれないわけですからね。

それで最後の場面は、その拳坊が同じ仲間の一人狼をやっと刺すのと、マンホールのなかで三輪与志が津田安寿子に釈迦と大雄の話をするのと、まったく同じ日なんですね。三輪与志は、大雄の教え通り、生と存在の秘密を明かしたとたんに息を止めなければならない。そして、恋人の内面を最後に悟る津田安寿子も同じように、三輪与志が息を止めると自分も止める。つまり一緒に心中してしまうわけですね。この五日目にその二人を発見するのが津田夫人ですけれど、まあ、ややうまく書ければ、津田康造と津田夫人のそれこそ青年達の懐疑と否定の坩堝《るつぼ》を通り越えてでてきた最後のしめくくり的な風格をもった会話で終りになる筈です。

とうてい最後までできそうもないのに、こういう先の筋だけ話すと、本多秋五君にまたほんとうにおこられるでしょうね。

――「海」昭和五〇年（一九七五年）一一月号

文学と政治——政治は死滅するか

埴谷雄高
秋山駿

秋山　このあいだ「海」で、吉本隆明さんとお話をうかがい、もっとお聞きしたいこともいろいろあったわけですけれど、それをあそこのところで一つ切って、木に竹を継いだように、ある部分だけをここでやるというのも、なかなかやりにくいと思ったのです。ですから本当は、ここで埴谷さんと対談するのは、できないというか、駄目だろうと思っていたわけです。

むろん、一つは『死霊』という作品、その中の世界について、ある純粋に文学の話、それはできると思います。

埴谷さんが「文藝」で、吉本さんと随分はなされていたと思ったから、あそこではしなかったし、あるいは、お聞きしなかったことがある。ただし、その部分というのはいろいろ現在の文学の状態とか、それから、それに対しての埴谷さんを含む第一次戦後派の文学の運命といったことで、その話が一つあると思ったのです。それからもう一つは、やはり文学をちょっと離れて、世の中の考察というか、世間の話があると思ったんです。で、実はそういう世間の話ならここでもできると思ったんです。なるべく政治的な話題へというのがこの雑誌の希望らしいから。

けれどもしかし、この間あたりうかがっていると、埴谷さんは現在非常に微妙な場所にいらっしゃるような気がする。だから内ゲバや企業爆破を含む社会の出来事のそっちにふれることができないという気がします。なかなか、だからいまのこの瞬間ここで話をうまく展開するのは骨じゃないか、そう思ったわけです。

埴谷　いや、この「情況」でやれるようにならないんじゃないかという危惧は、あたりませんね。「海」とか「文藝」は文芸雑誌で「情況」は文芸雑誌でなく、いわゆる政治をあつかうリトル・マガジンですからね。ところで、このリトル・マガジンというのは、或る意味では、ざっくばらんな、幾分逸脱したことも言いやすい場所ですね。ですから、却って、魂の告白といった素直な話もここでできるんじゃないですか。

秋山　たしかに、それはそうです。

埴谷　あなたが突っこんで僕と話をするにはこの雑誌の方がいいでしょう。

秋山　いいわけなんですが、この雑誌は、僕の話の方はどうでもいいらしい。僕はこのあいだ、埴谷さんにお聞きしてこなかった話があって、それが埴谷さんの文学と政治の方との結びつきです。それはあまりお聞きしてこなかった。ですから、それを本当はやりたいと思ったわけです。

しかし、政治の方となると、僕はまったく無知だし、埴谷さんも現在は喋るのにどうなのか。埴谷さんがもう少しあとであの「内ゲバへの提言」をなさっていてくれれば、それが良かったわけだけれど、今のこの現在じゃ埴谷さんは具合が悪いでしょう。

埴谷　いや、具合悪い事はありませんよ。どういうことでも、人生に具合悪いことなど一つもないのですね。

秋山　まあ、それはそうですけれど。

埴谷　僕はないないづくしということを言ってます。文学をやる以上、自分の思ったことを書く以外にないわけですね。これは見方によっては、思ったことを書く以上、あとはすべてがしかたがないということですね。これは見方によっては、逆にすべてが具合悪いことばかりといってもいいんですが、僕は敢えてそれを具合悪いというふうには思わない。というのは、つまり、考え考えて書くことだけが自己目的で、そのあとは、発表できなくても仕方がない。そして、発表できて酷評されても仕方がない。また、誉められても仕方がない。あるいは黙殺されても仕方がない、というふうに、どんなことが起こっても、仕方がないのですね。

今はジャーナリズムの世界が支配的ですけれど、できるだけ書きたいことだけ書いてきたのが、第一次戦後派の大部分ですね。そういう考え方でいる以上、どんなふうにやっつけられようと、黙殺されようと、誉められようと、これはしょうがありませんね。

ドストエフスキーの場合をみても、ドストエフスキーが生存していた同時代の批評を見れば実に勝手な批評をされていますね。それがドストエフスキーが死んでから三〇年ぐらいたつと、ようやくドストエフスキー観というものが批評家の間に少しずつ定着してきて、現在にまでいたっているのですね。生きている間は、生身のドストエフスキーを知っているものだから、批評家もついその生身のドストエフスキーを頭に浮かべて論評するわけですね。そして、ついそのどこかが歪むわけです。ところが、死んでしまえばもちろん作品だけを論ずることになります。

現在の批評家で、生身の人間はどうでも良くて作品だけが問題だと言っているひともいますけれど、それでもその作者が生きているときは、その作者の生き方とか、顔付とか、ことばつきがどうしても浮かぶらしく、あそこは気に入るけれど、ここが気に入らないといった、好悪の感情で、作品を判断するふうですね。ですから、ものを書く以上、どういうふうに言われてもしょうがないというのが、作者の立場だと僕は思っている。今、あなたは「提言」があって困ったと言われたけれど、しかし、どんなことがあろうと、あなたは自身が感じたことをずばずば言えば、それでいいのですよ。

政治というものの魅力

秋山　僕は、埴谷さんに聞いているうちに一つわかりたかったのは、政治の魅力ということです。僕は政治オンチなんですよ、本当に。政治というものは、僕は実際も知らなければ、またこの政治という単語を並べて見ても不感無覚のところがあります。まあ、政治をめぐって言われたエッセイを読んでも魅力を感じたことがないんですよ。そういうとき、だからといってやはり、僕とは違った精神の人が、政治というものにふれて、それに僕が文学に対すると同じ魅力を感じている人達がいるというのは否定できないわけですよ。埴谷さんは文学の前に政治にふれられたわけですね。

埴谷　そういうわけです。

秋山　つまり、政治というものに何の魅力があるのか、ということです。それとも、人のさまざまの生の形の中の政治という形、これは一体どういうものかということですね。
それで何か、埴谷さんは少年の場所で、政治の尖端にふれられたのですね。

埴谷　いや、もちろん政治は青年の場所でふれられるわけですよ。少年の場でふれるのは、一種、漠とした憧憬ですね。こういう憧憬は僕達すべてが少年から出発する以上、人間すべてが持っているものですね。これは僕達の理想の原型になっている。
なんといっても、少年の時代は純粋です。ところが、政治が僕達をとらえるのは、いろんな夾雑物がはいってくる青年期なんですね。
少年時代の憧憬や純粋な理想を、さて具体的な形として、現代のなかにみると、その理想の形が、あまりに生かされてなさすぎるというふうに見て、そして、青年はだんだん政治へ深入りしてくる。

僕は今、下半身にコミュニズム半分、上半身にアナーキズム半分がつまっているなどといっていますが、これは青年時の思想が半分、少年時の憧憬が半分、僕のなかにのこっているということですね。

ところで、先程、僕は、青年期にいろんな夾雑物がはいってくるといいましたが、この夾雑物の根本的なかたちを極めて大ざっぱにいえば、権力というものですね。

現実の政治の世界へ入ってゆくと、権力奪取の一点の目標が目に見えてくる。そしてまた、権力の要求する秩序のなかへ組みこまれることになると、目標としての権力は遠く目に見えるのに、自分が置かれている秩序のなかの権力の本質的なかたちは、却って目に見えない。大ざっぱに言えば、そこにある権力のかたちは、上、と、下、なんです。指導と被指導、支配と被支配がそこにある。

つまり、政治の世界へはいっていって数人集まると、必ずそこに上部と下部ができてしまう。その秩序の裏に権力がある。少年時代の、何人集まっても、そこに上下関係などない無垢な平等性、自由性はそこにないのですね。

そして、現実の政治の中における力関係を考えあわせて、どれとどれを同盟軍とし、どれを敵と見なすかというふうなことばかり、そこでは積みあげることになる。そして、政治の日常はその目先の権力操作の作業ばかりに没頭することになる。権力否定を窮極目標にもっているものも、その目先の権力操作の作業のなかで、本来の目標をまるごと失ってしまう。革命を称するものが非革命的になる場所ですね。

僕は刑務所の灰色の壁に向かって考えたんですけれど、そういう権力の矛盾の構造を洞察していなければ、永遠の権力の罠から脱却できないと思った。そして、その罠からの脱出は夾雑物に充ちみちた政治そのものだけの洞察からでは不可能で、やはり生と存在の全体からとりかこんでゆかなければ、僕が理想とする政治が政治でなくなるという権力の克服はできない、というふうに僕は大きな意味での反政治的立場になってしまった。

僕の政治論は極めて単純で、また、極めて理想主義的で、実際言えば、すぐに実現できないものなのですよ。

秋山　あるいは原形的な場面であるわけですよね。

埴谷　そうですね。少年時代の純粋な理想に近いものですね。

秋山　一人の青年が、政治というものにかかわっていくとき、これは、文学の場面もおなじだろうと思うのですけれど、やはり一人の自分、それがいかに生きるべきかという問題があるわけですね。もう一つには、この場面は文学もそうだろうと思うんですけれど、自分がそこに見出す魅力というようなもの、これは何か別のことばで言えるんだろうと思うのです。それはやっぱり政治の、その場合だといわゆる国家・社会の何か中枢になるもの、現実に成立していくさまざまの組織の中枢に手をふれる、そういう、ふれてるという魅力なんですか。それで、自分がそれを改変することができるという……。

埴谷　それは結果であって、はじめの衝動はそういうものではないんですね。はじめの衝動はなんと言っても、この社会の不公平が少年の純粋性を保持している時代の青年の魂をうつということですね。そして、政治の世界へ入ってゆくとたちまち、不公正の是正のためにはまず権力を握らなくてはならないという構造のなかへ踏みこむのです。その政治構造のなかで、さて動きはじめると、その運動の過程において自分の理想としたかたちと逆のかたちをもって権力を奪取、保持しようとする事態が起こってくる。つまり、圧服と死がそこでの方法になってしまいがちなのです。そして、いわば永遠の支配層をより強固につくりだしてしまう。権力の階層制や上と下の官僚主義が固定化してしまう。

ところでこういうふうな権力の構造に気がつくということは、その構造のなかで自分が動いているときはほとんどない。ただ何かの拍子でふと立ちどまったときに、自分がその固定化に加担していることにちらと気づくのです。ほんとうになかなか気づきませんね。それどころか、自分がその構造の中で動いている時は、逆にいいことをしていると思うわけです。

僕達はスターリン的粛清などといいますけれども、スターリンというのは一つの象徴であって、実際をいえば、無数のスターリンがそこにいるのです。スターリンは単なる一つの象徴、符号にすぎないのであって、よくみれば、あらゆる国にはそれらがいて、敵と称して、自分の反対派を抹殺している。これは粛清と称して殺す場合も、何年かの刑を科す場合も、除名する場合もあるけれど、つねに同じパターンで極端な罵倒語を使ってあれは人間でないという風なことを言う。

最近でもっともわかりやすい例は林彪《りんぴょう》で、林彪ははじめ、毛沢東の唯一の後継者で無二の戦友と呼ばれる。それが叛逆者とされたとたんに、最大のペテン師で、党内に忍びこんだ資本主義の手先と罵られるが、誰も林彪がどういうものであったかは知らない。ただ同じ人間がそういう風に、ある時は最大限にほめられ、あるときにはまったく逆に罵倒されるということは、指導部がそう言ったからその通りに評価が変わったということなんですね。つまり最高部がこうだと言えば、その下部は全部それと同じように合唱しなければならないという構造になっているのです。これは、象徴的な一例ですけれど、そうしたことはどこの国にも小さい形でしじゅうあるのです。

文学の価値判断の場合は、ドストエフスキーなりゲーテなりを考えても明らかですが、指導部の一声でまったく逆さまにひっくり返るということなどあり得ませんね。長い時間、つまり、無数のひとびとの魂の重なりあいがほんとうの判定者で、ああいったりこういったりしながら、その評価のかたちは時とともにより深まってゆく。ですから政治と文学というものは、そういう点で決定的に違うわけなんです。

秋山　人間の不公平が許せないということから、政治の方に道を選んでやっている途中で、もしかすると自分はもう一つ形の変わった不公平に加勢しているのかもしれない、と反省させるのは、あるいは政治の論理ではなくて、文学かもしれませんね。

埴谷　あなたの言うとおりです。

秘密の生活と政治―文学

秋山　でも、もうひとつですね、埴谷さんを材料にして悪いんですけれど、政治とかかわる人間の形を確かめたいという意味があるもんですから、お聞きします。埴谷さんの場合、青年期で政治にふれられたときは、やはり日本の戦前の、よく第一次戦後派の人達が書くあの暗い時代ですね。そしてようするに政治、共産党的なものに手を触れるというのは、それが非合法で地下にもぐるわけですね。そうすると、そのときから自分の生存の形が、秘密の行動、秘密の生活の形態を持つというわけですね。そのとき、この秘密の生活の形態を持つということが、直接に政治とは関係なくても、もう一つなにか自分を秘密にすることの、それ自体の魅力みたいなものがあるのではないか、と思うのです。よくあるタイプの犯罪者の人は、そういう地下にもぐるようにして自分の場所を見出す、隠れて何かやるということが、それ自体で魅力になるということがあると思うんですが。

埴谷　それはたしかにあります、ありますけれど、政治の論理を文学が反省させるとあなたは先ほどいいことを言いましたけれど、政治も文学も分析していくと、ともにいま言った秘密の魅力というものを持っている。あえていえば、政治の持つ秘密の魅力は、人生の秘密の魅力の初歩的なものであって、文学のそれは、どうも最後的なものですね。政治へはいるはじめには、さっき僕が言った不公正に対するある昂ぶりがあるけれども、そこへはいってゆくと、秘密の中の一種の陶酔感も味わわれる場合がある。ことに非合法時代はそうですね。そして、そこには秘密な仲間というものがあるのです。さっき不公正が起動力だと言いましたけれど、不公正には虐げられたものと虐げるものがいる。ところが、秘密の結社の仲間というものは、仲間以外の人間に対してはすべて秘密なんですから、この秘密の領域の感じは、いささか無理に拡げていえば、自分達は虐げられる者でも虐げる者でもない、それらをともにアウフヘーベンする何かもう一つ別のものだという感じになるのですね。これは自分だけを革命家だときめこむ僭越な考え方ですが、秘密結社というのは、これは本当に不思議なものですね。秘密というだけで、すべてに別な光をあててみるので、自分がその結社の一員になっただけで世界を支えるほど自分の心が充実しているふうに思え、そしてまことに詰まらぬことでも別の意味をもって輝いて見える。

というのは、あなたが見るとばかげたことに見えるはずですが、秘密のはじまりはレポなんですよ。或るものと或るものが会って、連絡するだけなんです。ところで、そのとき携えているのは、貴重で特別な何かということにされている。

この古い時代のレポということをあなたに説明すると、二人の連絡者があるところから同時に歩きはじめるわけだ、僕がこちらのはじから歩きはじめて向こうのはじから誰かが同時に歩きはじめる。たとえば、僕の経験でいえば、浅草で夜の七時に連絡するということになると、向こうが雷門から出発する、そして僕の方は映画館のある田原町《たわらまち》のはじから歩き出す。そして、ちょうどまん中で二人は会うわけですね。夜の七時というとその頃はアセチレンガスをともした屋台が道の片側にずっと並んでたくさん出ていたが、その露店の前で〝やあ、久しぶりだな〟とか何とかまず言う。そして、お茶でも飲もうかと誘って、それは午前も午後も会っているような相手ですけれども、久しぶりに会ったような演技をして、どこかの喫茶店へ行く。それもだれも後へついてくるのがいないかを確かめてからなかへ入って持ってきた文書なら文書を手渡すわけです。

そういうことは自分達が考えているより小さなことだけれど、日常やらぬことをやっていて、しかもその日常性を少しずつ覆えすことに役立っていると思うので、日常性から遥かにでていると思いこむ。当時の共産党は今と違って大衆党ではないから、すぐ入党できるものではなくて、レーニンが専制国家における党員について言ったように厳格な選定をするということになっている。

当時は、警官が捕まえた奴をなぐるなんてなんとも思わない時代ですから、捕まったら必ずテロられて、なぐられるわけです。そのときなぐられても音をあげずに、秘密をばらさないと思われるものが選ばれるわけで、彼は光栄だと思って共産党へ入ってゆく。共産党へ入っただけで一つの栄光を浴びたような感じになるんです。これは不思議な感じですが、これは今も非合法性のあるところならどこの世界にもまだあると思いますよ。つまり太宰治じゃないけれど、ヴェルレエヌのいう選ばれしものの恍惚と不安、吾にあり、という感じですね。

秋山　ですが、日本の文学だけにかぎりますけど、そうすると何と言うんですか、人が日常生活とは別に、そのもう一層奥の裏側のほうで秘密の生活を営んで、そして、その秘密の生活の中で何かが成就すれば、日常生活がくつがえる、そういうような秘密の生活を持ち、そして奇妙に生きるというような感覚は、文学の中にほとんど表われたことがないですね。ただ埴谷さんの世代の人達だけがそういうニュアンスを持っていて、というか埴谷さんの文学がそれを一番表わしているわけですね。

『死霊』の登場人物というのが、皆どこか秘密をもつというか秘密の生活をしている人ですね。だから残念ながら秘密の生活をするということが、我々の文学の中には日常の普通の場面から表われてこなかった。これは貴重な文学的主題で、犯罪者を描けばそれがあったはずなのに。ですからわれわれの文学の場合、秘密の生活をする、地下室の生ということはやはり、これは残念なことに政治の領域のほうの人がそれを最初に実行してそっちの方が根になって文学に流れ込んでいるんではないかと思うのです。

ペンの燃えつきる境まで書かねば

埴谷　あなたの指摘はあたっていると思いますね。政治の秘密の陶酔感は初歩的なもので、文学のあつかう秘密は最後的なものだと先程僕はいいましたが、人間こそ窮極的な秘密の存在だと思いますね。ですから、僕の人物は全部、自分にも自分の本当の考えを言うのを恥ずかしがっている人物ばかりです。従って自分にも自分の考えを秘密にしておく。そして或る秘密を明かすのは、その秘密を明かしていい状況の時だけです。そういう状況がこなければ自分にも永遠に言わないでいる人物が僕の『死霊』のなかの人物なんです。あなたの言う政治の一つの形が、埴谷の文学にも一つの形を与えたというのもあたっていると思いますけれど、しかし、文学の本質とはそういうものだというような気が僕はするんです。日本文学では、私について事実あったことをあらいざらい書いて、裸の自分を現わせば、すぐれた文学になり得るはずだという前提の下に私小説ができていますね。ですけれど、そのときできた優れた私小説をみると、そこでは社会の習慣になっている或る感情の幅を破った場合が大半なのですね。そこには内面の考えの深い秘密の幅がない。僕は政治に入る時も一種の哲学青年で、いまもまだそうですけれど、人間の考えというものは、非常に複雑なもので、自分の考えを否定する無数の自分がいて、立派なことも、くだらぬことも、また、怖ろしいことも考えているのであって、それはとうていすぐにはあらいざらい書けるようなものではないという考え方があるのです。それをあらいざらい書いていると思うのは浅薄な考えしかもたなかったり、それとも、単純な考えしかもたなかったことを自分で知らずに書いている場合で、人間は深く考えれば自分の心を全部書けるわけはないという考えが僕にあるわけです。

ボードレールが赤裸の心ということを言ってますが、これはポーから来てますね。ポーは傑作とは自分の思ったことをそのまま書くことだが、しかし書こうと思ったってそれだけは書けるわけがない、もし書こうとしたら、ペンが赤熱して燃えてしまうといったことを述べていますね。このペンが燃えつきる境近くのところまで、僕達は書かねばなりませんね。それはポーに教わったことです。

そして、本当に書かなくてはならないのは思想なんですね。戦争とか殺人とか公害とか表面はいってますけれど、人類は、人類を実は破滅させたいのかも知れないんですね。家庭内でいい父であったり、あるいは、悪い息子がだんだん良くなったり、ということばかりではなく、人間は実にいろいろなことを考えていて、あいつは死んでしまえといったひそかな考えからはじまって、この地球をまずぶちこわしてしまえというぐらいの心の奥の秘密があるのでしょう。その心の奥の深い秘密をこそペンの燃えつきる境までは書かねばならない。女房と亭主の通じあわぬ心の秘密なんてのは、まずはしのはしの上っつらにしかすぎない、という考え方が僕にあるんです。

ですから、考えれば、文学というものは、僕達の生活にとって慰めでもあると同時に本当に恐ろしい容器であって、実に広い幅をもってますね。ここでこの僕が考えただけでそうなんだから、もしそこに一〇〇万人いて、その「赤裸の心」の秘密をぶちまければ、もっともっと広大な、無辺なものになりますね。僕は考えに考え、考えた末のぎりぎりの考えを書かなければペンの燃える境に近づけないと思ってますが、そのぎりぎりの考えというのは秘密の暗い奥から、やっとそのはじの細い糸をひきだせるものなのですね。

存在への反逆としての文学

秋山　僕なんかが思うには、第一次戦後派のなかから、ある一つの特徴として埴谷さんの文学をとり上げると、やっぱりこの世代から日本文学の一つの新しい波がはじまったわけですね。それは人の心には秘密がある、秘密の生存の方法と思想と舞台があるということです。たとえば、正宗白鳥に一つの自分でも言えない秘密があるという話がありますけれど、それは、まあ自然な秘密であって、ところが埴谷さんの世代の人の所から、秘密が単に自然な心の秘密だけというんではなくて、秘密の思想の設計があるとか、自分だけで、ある秘密の思想をつくっていく、それによって自分の生き方を考えていく、生を改変していく。そういう場面が始まっているように思うんです。それがまったく、それ以前の日本の文学には、見られなかったことだというのがある。

するとそれではなぜ、埴谷さんの所でそういう曲り角というか、新しいバネが出てきたのかというのがあり、この点が単に文学の流れだけでは、ほんとうは良くわからない。それで、その引き金があるいは、政治の秘密の生活なのかなと思うんです。


埴谷　いやいや、それは政治の秘密の生活からではないんです。政治は、やはり秘密の世界で生々しい要素をもっていますけれども、存在と意識の神秘に較べれば、まことに小さな秘密の世界にすぎないんです。僕はその小さな秘密も覗いてみるけれども、僕が懸命に覗きこんでいるのは存在のなかに投げこまれた僕達の秘密なんです。

ところで、正宗白鳥がひとつの秘密を墓まで持って行くと言ったのは、個人の秘密なんですね。その個人の秘密というのは、だいたい家庭の秘密で、親子、兄弟、夫婦、恋人に関係する秘密なんです。明治維新後、資本主義社会へはいって、個人の確立という過程にはいったとき、自己確立しようとする個人がもっとも強く他の個人とぶつかった場所が家庭なのですね。そして、吉本隆明君のいう対幻想は大きな場所になった。

ところが、僕の場合は、そうした場所など、ほとんど問題にならない。個人の確立などではなく、意識の成立が最大問題なのですね。ギリシャの人々が考えた真・善・美、その逆の偽・悪・醜は、いまにいたるまで僕達の考え方の規範になっていますが、こういう考え方が僕達の規範になる過程には、単細胞が発生してから現在までの二〇億年とか三〇億年にわたる長い、長い存在による意識の馴致《じゅんち》化があって、僕達はその怖ろしい罠のなかに無自覚にはいりこんでしまったという感じがどうしても僕からぬけきれないのです。僕達をいやおうなく馴致化する存在の秘密、そしてなんらの疑いもなく馴致化される意識の秘密――僕はその双方の秘密を覗いて、その存在の馴致化の巧妙苛酷ぶりに反逆したいのですね。階級社会からの解放より、この存在からの解放を、より大きく僕が問題にしているのは、小説という二〇億年も、三〇億年もの過程をも越えられる架空の法廷を僕がもっているからですね。僕の文学論は「記録」の文学の上に立っていないのです。存在への反逆のための一手段なのですね。そして、僕達が生物として自然淘汰されてきて、鳥や動物殺しの巨魁になりながら自分勝手な真・善・美をとなえている意識の罠へも反逆する一手段なのですね。そういう僕にとって、宇宙論から自意識にいたるまでが、罠に充ちみちた秘密の対象ですね。

僕達が宗教や哲学からの課題もひきついだ二〇世紀の文学をもった以上、存在の偉大な弾劾《だんがい》までが、そこで活用されねばならない。従って、僕が言う秘密なるものは、白鳥の言う秘密とはたいへん違っていて、人間どうしのあいだにある秘密ではない。僕にとっては僕達の感覚や意識がすでに怖ろしい秘密なのですね。それらは自明のこととして僕達に受け入れられ、自分は自分だということに疑いをもたないでいますけれど、僕はギリシャ以来数千年にわたってヨーロッパで疑われずに真・善・美の体系の基礎になった自同律に敢えて手套《しゅとう》を投げてみようと思うんです。

そして、僕はそういう秘密の探索や自明の存在への反逆を妄想実験と言っているのでして、それは社会革命の秘密や正宗白鳥の秘密のかたちとも違っているわけです。

秋山　でも埴谷さん、それは別のことばで言えば、ものの考え方、知性・思想に対する根底的にアナーキーな場所ですね。

埴谷　そうも言えますけれど、より根底的ともいえますね。あなたは、ヘラクレイトスが好きで、僕も非常に好きですが、あのヘラクレイトスの火ですね。それを他のものは水と言ったり、また、空気や土や原子といったりしましたが、このような根源論は存在の秘密を探る姿勢の始まりですね。

ただ僕の秘密の探り方はそういうまっとうなやり方でなく、お前が数十億年かかって馴致化したものによってお前に叛逆するぞ、お前はお前の奴隷として意識をお前の思い通りに仕立て上げ、その奴隷こそお前に叛逆するのだぞというわけです。ギリシャはその点確かに偉いですね。人類の理想があそこで全部出されていますね。

秋山　反抗する者も、全てをですね。

埴谷　ええ、反抗する者もね。ギリシャがかかげたものを僕達は二〇世紀以上かかってひとつひとつ解決してきたけれど、まだ解決していないのは存在に馴致化された人間の意識ですね。アミーバはアミーバ式に馴致化され、人間は人間式に馴致化されているけれど、これはどこかで叛逆されなければならない。そして、その叛逆する場所は一冊の本だ、と僕はいうのです。白紙こそその場所だと、僕は主張するのですよ。神が宇宙をつくるのと同じ状態で僕達が置かれる場所が白紙で、その白紙が僕達に与えられた以上、僕達の或る叛逆が新しい存在のかたちをそこに示すことになる。

秋山　そうなんですね。ですから百分の一か千分の一の力で白紙の上に光あれよではなくて、秘密あれよとか、そういうことですね。

本来の姿としての二重生活

秋山　埴谷さんにちょっと秘密のことで聞きたいんですが、僕は政治の場面はきらいなんですが、犯罪の場面ですね。というか社会の日常を破って人をびっくりさせてくれた人間の生の形というか、それがいつも面白い。するとあの企業爆破の青年達ですが、あんがい僕は秘密の生活ということが魅力があって、どうもそこから出てきた行為ではないか、と思うわけなんです。それであの行為は爆破の対象が大きな会社であり、武器が爆弾であり、政治結社的な通告文ありと、そこで秘密に生きる犯罪的な心とは決定的に違うものがあるかということなんですけれど、どうでしょうか。僕は、現在のこの社会の中では、どんな普通の人も、何か秘密の心を抱かなければ、生きているのが骨であるような気がします。

そして、そこから、自分というものを、この社会に対峙する一個の秘密の存在と化して、秘密の部屋を形成し、秘密の行為を企図するという場面へは、ほんの一歩の距離です。

この生の形態を、僕は犯罪的なものというんですが、現実的には新聞記事の中のささやかな犯行者も、秘密に生きるということの中で、もっとみみっちい形ですけれど、この爆破の青年達と同じようなことをやっているような気がするんです。埴谷さんはあの問題を少し、政治の方面とつなげられたようですけれど。

埴谷　ええ、政治の方へつなげましたけど、あなたのいう秘密の方へもつなげられますね。自分の家の畳を上げ、地下を掘り、一種の穴ぐらをつくって、そこで銃の実験をしているということは、本当に秘密ですね。これは、そこにのめりこんだらもはや出てこれない程、深い陶酔というか、人間性の或る根源を示している。僕達は社会生活のなかへ踏みこむと、その社会生活というものがいかに欺瞞に満ちているかということに、ある時代に気づきますね。すると欺瞞に満ちていない社会がどこかにあるはずだというふうに彼らは自分の世界へ入っていくわけで、そこで彼らはだんだん秘密になってゆき、自分の床下につくった穴ぐらに入ってゆく。そこに入っているときが一番自分が本来の自分に帰った時間なんですね。

秋山　そういう気がしますね。確かに本当の自分に帰ったという気がしますね。

埴谷　それは僕が白紙の原稿用紙に向かっていると同じ時間なんですよ。

秋山　同質的なんですね。

埴谷　ええ、そういう点で、彼らに共感しますね。僕の場合も思想的な時限爆弾といったふうですが、あのひと達が秘密の密室のなかでつくったのも、秩序へ対する爆弾で、本来は殺人のためではないのですね。たまたま三菱重工業の場合は昼間だったので多くのひとびとの死ということになったけれど、その結果をみて、あっ、しまったなと思ったんでしょう。あとの爆破は時間を違えて夜とか、ひとが集まらない時間にしていますね。その爆弾をつくる過程、その秘密の作業、爆発による秩序の破壊、それらは新しい自分の世界、自分の秘密の中へ入ってゆくということですね。

秋山　それはそうなんでしょうね。昼間の日常生活のおおいなる象徴というか、社会の城というか、現実自体と同じくゆるがないように見える会社みたいなものに、自分をぶつけてみるという……。

埴谷　ええ、僕も似てますね。彼らが穴ぐらに入って爆弾をこしらえているのと同質ですが、また彼等が会社に出て普通の会話をしているときと、僕がひとに会って普通の会話をしているときも同じですね。つまり、僕も彼らも二重生活を送っているわけですね。そして僕は原稿用紙に向かってるときの方が本来の自分ですね。僕はそうした共感について喋ったら方々からやられました。爆弾犯人に共感したりしてけしからんとね。

秋山　ですが二重生活を営むということは、本当には人が現実的に実際に生きる姿で、本当はあるべき姿かも知れませんね。

埴谷　芸術家は全部二重生活です。

秋山　そうですね。秘密を抱いて生きる。

埴谷　しかし、よく考えれば、芸術家や哲学者ばかりでなく、考えるものの暗い頭蓋の奥と表とを見てみればすべて二重生活ですね。僕は存在と意識と言ったり、また、一般的には個人と社会と言ったりしますけれど、同じように頭のなかだけ眺めこんでもそこに矛盾も断絶もあるのですから、僕達が白紙に向かって書いたり、あるいは魂のなかに自分の秘密の世界を創ったりしている、そういう分裂や二重性がなければ、ものごとを深く考えたり、また、こんなに努力したりもしませんね。

秋山　そうですね。たとえ頭脳の悪夢の設計であっても、やっぱり秘密の穴ぐらを持ったり、それから爆弾を作ると言うようなことで、日常のこの社会の秩序を恐怖させるということがなければ、生きるということにあまり魅力がないですから。

ともかくこういう問題を考える時に、我々の社会、日本では、いわゆる社会の秩序と言いますか、普通のサラリーマンの生活みたいなもの、いわば社会の城の中に安住している人の考えが、あまりにも優位におかれすぎていますね。僕は日常生活を否定する事とは反対だけれども、本来は日常とはもっと恐ろしいものです。

考えるということ

埴谷 秘密を持つことは生活に対する叛逆ですね。ところが、日本も中国も、本来生活優位の国ですから、存在に対する叛逆などこれまでなかなか考えない。ことに日本は追いつけ追い越せの時代にすべてを輸入して、考えも向こうの考えの十をいきなり輸入して、一から九まで自分で考えることをやめてしまった。それで、考えることのつらさとか考えることのむずかしさは本当はわからず、従って、生活への叛逆の秘密といったものは最近ぽつぽつでてきたところですね。

秋山 そうですね。考えるということは疲れるし苦労なことですから、時には自分が混乱して不愉快な気分もするし。

埴谷 自分で考えることをやめて、考えることまで輸入してしまうというのもめずらしいことですね。そこで一から九までよく見えているものは生活の事実ですから、文学の世界でも親子、兄弟、夫婦、恋人のあいだの葛藤ばかりが扱われる。存在の三つの秘密なんてことをそこで言い出しても、これはうまく考えたのか、ひどく苦労したのかといった判定などつかないのですね。そういう部面は全部輸入ですから手許に輸入品がないと、論ずることもまるでできないのですね。

秋山　まあ、われわれの間では、本を読むことが、そのまま考えることだということになってしまっているから。せっかく或る思考の問題が提出されても、われわれは短絡して考えて、それはギリシャのソフィストが言った考えとよく似ているし、そうだとなれば、再びそれはソクラテスに否定されているものであるから、すでにそこで解決されているので、故にこの考えは間違ったものであろう、とか、本を一冊ずつ並べるようなもので、つまり本当には現実の最初の問題は考えてくれないわけです。確かに原形的な考え方を命をかけて考えるということは、ちょっとなかったですね。

埴谷　僕はすべて自分だけで、考えようと思っていますけれど、どうもうまくゆきませんね。ソクラテスやヘラクレイトスの時代を思いやってみると、トーガみたいな一枚の布だけを裸の上に着て、それでも自然や宇宙や人間について考えていたのだから、もっと元気をださねばと、鼓舞はされますけれど、考えることほど進まぬものはありませんね。堂々めぐりしながら、何時もぼんやりしている。

秋山　たしかにそれはそうですけど、でも、なんと言いますか、考えるということは、生活する、社会の中で生活するということに対しては、一つの反対です。やはり生活の流れを断絶することによって否定するわけですから。窮極の問いがあって、限りなくなにかそういうことを考えるということは、現実性の中ではかたわものだと、どうしても言われてくるのだろうと思うんです。

埴谷　それはしょうがありませんね。すべてが自分自身の問題ですから。そして考えはじめれば、堂々めぐりばかりつづいても、もう考えをやめることなどできっこないですね。

秋山　でも、そういう考えかたの場所での批判というものも、ないですね。文学の場合も、今の現在のわれわれの場所では。それは、日本的な小説としては良くできているかできていないとか、そういう判断になってしまって、考え方に、それぞれの人があるかけがえのないものをかけて闘う、そういう場合は、ちょっとないですね。あるいは、こんどむしろ逆のことを言えば、埴谷さんを挑発したら悪いですけど政治の方が非常に、ある考え方にかけて、やり合っている場面があるような気がします。

埴谷　いや、政治のなかでは、考えというより、声が大きいのですよ。考えは高い声などないものです。

秋山　でも考えるということはつらい行為で、考えていると自分がこわれそうになる時もあるであろうし……。

埴谷　へたな考え休むに似たりという言葉があって、ぼんやりしてるときもあり、また、心臓を破る場合もあるでしょうね。

秋山　政治の場面は、いろいろ考えてもよく、それよりは行動が大切だと言いますから、考えるということは政治の場面では、行動とは思われないわけですね。

埴谷　いや、考えないことはないのですけれども、政治の行動の一番端的な場所は相手を殺してしまうことだから、そこで行きどまりになって、深く広く考えつづけることができないんです。それで毎日の現象を追うことだけで手いっぱいになって、その行動も条件反射的な行動ばかりになりがちですね。

革命とはどういうものか

秋山　最近の話にうつすと、『幻視のなかの政治』[註12]で書いているように、やつは敵だから殺せというのは、あれもなにか政治の原則のようですね。

埴谷　これまでの古い政治の原則ですね。それをアウフヘーベンするのが革命の任務ですけれど、革命の側までその古い政治の原理にひきずられて、自己の担うべき革命を泥沼のなかにひきいれている。僕は敵は制度、味方はすべての人間、味方のなかの味方は認識力、という言葉を掲げて、「やつは敵だ。敵を殺せ」という掛け声に歯止めをかけようとしてるのですけど、これは僕だけの理想の旗印になってしまうでしょう。

秋山　それは埴谷さんむずかしいことを言ったわけですけれど、こんどの「夢魔の世界」

で三輪高志という人が革命のことを言うではないですか、自分ひとりだけでなしとげられる革命というような意味の言葉を、それとの関係でむずかしい話になっていますね。

埴谷　あれは理想の理想、窮極の存在の革命の話ですけれど、今考えなおさなくてはならないのは革命で、革命とはどういうものであるかという暗示があそこにありますね。つまり、革命そのものが革命家につきつけられているのだというふうにも書いてあります。

秋山　あるいは、そういう視点をもつということは、さっき言われた、全ての人間は味方で制度は敵だと言う為には必要で、これは二重生活的な視点がいりますね。

埴谷　二重生活的な視点は自分がスターリンではないかと思うために必要なんです。しばしば自分は無自覚的にスターリンになっているのですね。そして、社会における二重生活的な視点というのは実は文学なのですね。すべての革命党と革命の内実は文学の言葉には負かされますよ。徹底的に分解されてしまいますね。お前は自分をスターリン主義者でないと思っている無自覚なスターリン主義者だとね。

秋山　すると文学も力があるわけです。その点において。

埴谷　いやいや、外面の世界を支配する力でなく、内面の世界をあきらかにする力ですけれどもね。

――「情況」昭和五〇年（一九七五年）一〇月号

註記

註1　『死霊』の五章「夢魔の世界」（九頁）

埴谷雄高は文芸誌「群像」一九七五年七月号（発売は六月）に「夢魔の世界――『死霊』五章」を一挙掲載で発表する。『死霊』四章の連載は「近代文学」一九四九年一一月号での掲載以降中断していた。

じつに二六年ぶりの発表であり、文学的事件として話題を呼んだ。掲載誌は即日完売、異例の増刷がなされた。

埴谷は同じ号に「『死霊』の掲載について」と題するエッセイも寄稿。「思想というよりひたすら妄想に支えられている類の作品」「まったく架空の《妄想実験》」と自らの作品『死霊』を評した。また、その後も『死霊』を章ごとに「群像」に発表する旨を記している。

本書所収の対話三篇は『死霊』五章発表の翌月、ある種の熱気に包まれたなかで集中的に行われたものである。

なお、同年一〇月八日に吉本隆明と秋山駿が対談「批評・言葉・世界」（「群像」一二月号掲載）を行い、『死霊』五章についても語っている。

長篇『死霊』は九章まで発表されたが、一九九七年の埴谷雄高の死により、ついに未完に終わった。

註2　アマルガメイト（一四頁）

英語の動詞 amalgamate のこと。ここでは「融合する」の意であろう。

註3　『不合理ゆえに吾信ず』（二九頁）

埴谷雄高が同人誌「構想」創刊号（一九三九年一〇月）から終刊七号（一九四一年一二月）まで「Credo, quia absurdum.」と題して数篇ずつ連載したアフォリズム（警句）集にして「詩と論理の婚姻」を図った埴谷雄高最初の著作である。

一九五〇年一月に単行本として月曜書房から刊行された。

註4　提言（四一頁）

新左翼過激派の中核派と革マル派が互いに相手を敵と見做して起きた、内ゲバ殺人事件頻発という当時の状況に対し、一九七五年六月二七日付で一二人の文化人が発起人となって発表された「革共同両派への提言」を指す。埴谷雄高は発起人に名を連ねていた。

註5　八代目（八九頁）

歌舞伎役者の八代目市川団蔵。一八八二（明治一五）年～一九六六（昭和四一）年。一九六六年に引退し四国巡礼の旅に出ていたが、小豆島から乗った大阪行の船上で消息を絶った。海上に身を投げたと推測される。遺書こそないがそれめいた手紙を妻に宛てて送っていた。

註6　構造改革派（九一頁）

一九五〇年代半ば、イタリア共産党書記長のトリアッティが唱えた、資本主義が高度に発達した国において大衆運動と議会制主義によって独占資本の経済構造を部分的・段階的に変革しながら社会主義の実現を目指そうとする構造改革論が日本に紹介され、共産党や社会党という左派政党内での議論を呼んだ。

構造改革論は社会党においては一九六〇年に一旦は運動方針として採択されたものの、四年後には退けられてしまう。「構造改革派」は最終的には党の主導権を握ることができなかった。

その後七〇年代、八〇年代、九〇年代と時代の変遷とともに共産党も社会党も党勢が縮小していくこととなる。

註7 『影絵の世界』（九七頁）

埴谷雄高による自伝的エッセイ。少年期や戦前の左翼体験、また左翼活動により検挙された後の獄中体験など、敗戦までの回想を綴った。一九六六年一二月に平凡社から刊行された。

註8 山窩（一〇六頁）

かつて日本に存在したとされる、定住せず山間を漂泊し竹細工・狩猟等を生業とした人々の呼称。

註9 『闇のなかの黒い馬』（一二六頁）

一九七〇年、第六回谷崎潤一郎賞を受賞（吉行淳之介『暗室』と同時受賞）した短篇連作。駒井哲郎の挿絵入りで一九七〇年六月に河出書房新社から刊行された。

註10 『ダニューブ』『偉大なる憤怒の書』『フランドル画家論抄』（一七七頁）

この三冊は戦中のもの。『ダニューブ』（原著者はエミール・レンギル）は抄訳で一九四二年五月に地平社より、『偉大なる憤怒の書』（原著者は書影ではウォリンスキイ）は一九四三年六月に興風館より、『フランドル画家論抄』は一九四四年五月に洸林堂書房より、それぞれ刊行された。

埴谷が戦時下において特高警察や憲兵の監視を受けながらも、粘り強く出版に関わっていたことを示している。

註11 「試行」（二五一頁）

一九六一年九月に谷川雁、村上一郎、吉本隆明を同人として創刊された雑誌。その後吉本による単独編集となった。九七年一二月、七四号で終刊。

『言語にとって美とはなにか』や『心的現象論』といった吉本の主要な理論的著作の連載を掲載するほか、「情況への発言」という時評欄も連載され、数多くの論争の舞台ともなった。

註12　『幻視のなかの政治』（二九七頁）

埴谷雄高が一九五八〜五九年に雑誌や新聞、講座に発表した政治的エッセイを収録した評論集。政治というものが必然的に持つ暴力性を鋭く指摘しつつ、未来の政治のあり方を問う。

一九六〇年一月に中央公論社から刊行され、六〇年代の「政治の季節」に大きな影響を与えた。

（編集部編）

秘められた自負

吉本隆明

埴谷雄高とインタヴューする機会をもって、いくつか新しい理解の角度がつかめたようにおもった。ひとつは、長篇『死霊』をささえている一種のほんもの性（本格性といってもよい）が、秘められた自負にささえられていることがわかったことだ。世界文学のレースにたった十メートルでもいい参加したいのだ、というようなけんそんした言葉で語られているが、ほんとうは世界に伍して劣っていないという自負を語っていると感じた。そうでなくては、ひとは何十年も、ひとつの作品に固執しうるはずがないし、『死霊』をつらぬくメタフィジックが、一種の宗教的ともいうべき確信度をもちうるはずがない。これは、わたしには新しい発見であった。文学者はたれでも自負を奥そこに秘しているだろうが、埴谷雄高の自負は、わが国の文学者には稀な、古典的なオーソドックスな情熱にささえられていることが、よくわかった。かねがね、そういうものがなかったら『死霊』のような作品が、かけるはずがないとおもっていたので、これがうまく探知できたのは嬉しかった。

もうひとつは、埴谷雄高が、わが国の近代文学の作品のうち、みるべきものはよくみているのだということが、意外なほどよく知れたことである。夏目漱石、太宰治などが抱いていた〈魔〉の質について、埴谷雄高のまともな感想をききえたのは、わたしにとってよいことであった。

たぶん、埴谷雄高は、じぶんの閲歴について、また、じぶんの秘かにいだいている自負について、もうふたたび、まともに公言する機会はあるまいとおもって、このインタヴューにのぞんだにちがいない。二時間おきくらいに心臓の薬をのみながら、根気よく語る姿を眼の前にして、こうまでしてインタヴューにのぞまなくても、という思いと、文学者とはかくのごときことに耐えなければならないか、という思いとが、こもごもやってきて、どうにも辛い気がした。この思いは、わたしの発言に素直にあらわれず、一種の苛立ちとしてあらわれたが、致し方のないことである。すでに、小田切秀雄から、わたしの発言の部分に抗議の声があがっているのを知った。小川徹も、一種の揺り戻しを試みている。わたしは小川徹にも戦術的な能力があることを知って、この人を見直した。文句のある奴、事実に反するとおもう連中は、どしどし訂正したり反撥したりしたらいいとおもう。わたしは、このインタヴューでの発言を、それによって改訂するつもりはない。その場の即興的な応答以外に意味がつけられるほど、わたしは用心深い態度でのぞんだわけではなかったし、なによりも埴谷雄高の発言にこそ本来の意味が与えられるべき性質のものだからだ。

なおつけくわえることがあるとすれば、埴谷雄高の長寿を祈りたいという思いに尽きる。

気迫におどろいた話

秋山　駿

薬箱を開くと、何かの錠剤を数粒口へ放り込み、こんどは栄養剤のアンプルをポンと割って一本飲み、今日は元気をつけなければ、と言ってもう一本飲み——その準備動作を終って、さあ、とばかりに埴谷雄高氏が語り始めて四時間。いや、その記憶の非凡なこと、事理共に明晰なこと、その気迫の素晴らしさに、私はただもう眼を見張るばかりであった。

実は、インタヴュアーとしてはもっと質問しなければならぬのだが、この話の自然な緊密な流れの形を損じたくはない、という思いの方が強く、私は容易に口を挿し挟めなかった。だから、失格者である。とにかく、彼の話の奔流の前に、呆然と佇んでいたと言っていい。そして、私は密かにほとんどこう考えたくらいである——この気迫の底にあるものは何だろうか。彼は、自分について語っているのだろうか。いや、そうではない、個人などが問題ではない。彼はいまや自分という手近な材料を通して戦後派の一つの碑を建てようとしているのだ、と。これが第一日目の印象である。（もっとも、後で彼はその記録を半分に削ってしまった。もったいないことをした、といまでも思っている。）

事前にちょっと吉本隆明氏に会ったとき、吉本さんの「自分が政治の方を聴くから、あなたは女の方を」というほんの冗談めいた一言で、役割定まったようなもので私は安心していたが、どうして、容易に軽率な女の話なぞ、口を入れられるものではない。結局、お姉さんのことやマダムのことなど、吉本さんが口火を切ってくれ、そちらの方もおまかせすることにしてしまった。

もっとも、このインタヴューの進行中、私は二つの屈託を抱えていた。

一つは、これとほとんど同時に並行して、もう一つの埴谷・吉本対談（「文藝」）が行なわれたことである。何が話されたか分らぬままに、内容がダブってもいけないと思い、私は口籠ることがあった。発表されたばかりの「夢魔の世界」についての言及がないのは、そのためであって、これはダブろうとも、やはり聴くべきであった。

もう一つは、このインタヴューの直前に、埴谷さんが、いわゆる内ゲバ中止の知識人の宣言をおこなったことで、これは時機としては、私にはいささか当惑すべきことであった。セクトからの電話攻撃が激しくて——（事実、途中の第二日目から眼帯をつけたり、お酒が飲めなくなるほどに、疲労したらしい）というような話を聞いているうちに、私はごく自然に、内ゲバによる死とか、連合赤軍の行為とか、近くは企業爆破の青年の行為について、話題を向けるのが辛く感ぜられるようになってきて、結局引っ込めてしまった。これは残念なことだった。

私は、埴谷さんが、この宣言をめぐる問題については、あまり公開の席で議論する積りはないのだ、と一人決めに想像していたが、それも私の間違いだったらしい。彼は、この十一月三日、早稲田大学へ単身出掛けて行って、たぶんセクトの学生数百人を相手に、この宣言をめぐってのシンポジウムをおこなった。――ああ、彼は一人で責任を取ろうとしているのだな、と私は思い、ギックリ腰で身体が不自由だったので、途中からちょっと聴きに行った。四時間の討論を終えた彼の後ろ姿には、孤軍奮闘の残影があった。このインタヴューの側面を照らす後日の記録として、付記しておく。

後記

埴谷雄高

この『思索的渇望の世界』の鼎談をおこなう前に、吉本隆明君と私はいわばこの鼎談と対《つい》になるような『意識　革命　宇宙』という対談をすでにおこなっている。何故それらの二つが一種の対《つい》になったかといえば、先の『意識　革命　宇宙』の対談は『死霊』の五章、「夢魔の世界」が発表された直後おこなわれたもので、『死霊』の四章から話がはじまり、五章の全体にわたって私達の話題は殆んど終始しているのである。いわば作品論に殆んど終始したその対談が先におこなわれたので、あとでおこなわれたこの『思索的渇望の世界』では、作品について論ずるより、私個人のいわば伝記的側面について話しあうことが、私達全体の自然な姿勢になったのであった。そこで、一方は作品論、他方は伝記的話題といったふうにわけられるところの一種の対《つい》的座談になったのである。

　この鼎談は、真夏の暑い時期の短期間、三回にわたっておこなわれたが、その一回目も二回目も私の伝記的側面について応答するといった具合で進行した。けれども、ただ単にそうした質問と応答だけで終始してしまっては、独自の思想者たる吉本隆明君や秋山駿君の二人をわざわざわずらわすことはないのである。殊にこのインタヴューに吉本隆明君が加わったことは、いってみれば、私に対する破格な好意の現われであって、その吉本隆明君に単なる質問者として出席してもらっただけでは私の気持はすまず、第三回目は、今日は貴方達が話して下さいと申し出たのであった。そして、この第三回目は読者の見られるごとく、単なる私の伝記的側面など切りすてられ、やっと吉本隆明君の出席に価する生彩ある談話が生れることになった。『意識　革命　宇宙』でもすでに示されているごとく、ここでもまた、吉本隆明君と私の考え方が幾つかの点で対立していることが明らかになっているが、しかし、読者がこれまた恐らく感ぜられるように、それらの対立が一種かなりうまく嚙みあった論議として進行していることは吉本隆明君に感謝しなければならない。

秋山駿君もまた思いやり深い共働者として私達の対立点に軽妙な味をつけてくれたのであった。

この鼎談の進行係である「海」の安原顕君も秋山駿君も、私が喋ったかなりの部分をあとで削ったことを惜しむ言葉を私に交互に告げた。けれども、反省してみると、私はどうやら調子にのりすぎるお喋りで、まことに無駄なことを多く話しているのであって、かなりな部分を削ったことはこの鼎談を冗慢さから救ってくれていると私自身は思っている。対談や鼎談は、その基本の性質上、或る一点に立ちどまって書かれたもののもつ堅実な深さを本来持ちあわせていないけれども、事物から事物へ走る滑らかさの特質をもっている筈であるから、冗慢さを取り除いたことは前記の両君に許してもらえることと思う。

こうした大きな企画を進行させた「海」の近藤信行、安原顕の両君、そこに出席して、私自身まったく思いがけぬさまざまな種類の回想と啓発を数多くもたらしてくれた吉本隆明、秋山駿の両君、及びこの本の出版に力をつくした出版部の笠松巌君に深い感謝の意を表したい。

〔単行本『思索的渇望の世界』(一九七六年一月、中央公論社刊)より〕

戦後文学の転換点で

解説　井口時男

鶴見俊輔が「『死霊』再読」（『埴谷雄高』）で、『死霊』の言語の基調は「旧制高校生の言語」だ、と述べていてとても興味深かった。「旧制高校生の言語」とは、日露戦争後から大正時代を通じて昭和初期にまで及ぶドイツ観念論の影響下にあった思索言語で、生の意味を観念的に性急に突きつめたあげく「自殺を視野におく哲学言語」である。それは「大正時代の中学生だった埴谷雄高の思索の背景となるものであり、いわば彼の母語である。」

鶴見はその代表例として、一九〇三年（明治三十六年）、華厳の滝に投身自殺した十八歳（年齢は数え年、以下同じ）の一高生・藤村操の有名な遺書「巌頭の感」を引いている。

「悠々たる哉《かな》天壌《てんじょう》、遼々《りょうりょう》たる哉《かな》古今、五尺の小軀《しょうく》を以て此大《このだい》をはからむとす。……万有の真相は唯一言にして悉《つく》す曰《いわ》く「不可解」。我《われ》この恨《うらみ》を懐《いだい》て煩悶《はんもん》終《つい》に死を決するに至る。……」

無限の空間、永遠の時間の前に立ち尽くした藤村の思惟は、簡潔ながら、突きつめた宇宙論と存在論を含んでいる。宇宙論と存在論は『死霊』の「形而上学」の主要な駆動力にほかならない。

共産党員だった埴谷雄高は一九三二年（昭和七年、埴谷二十四歳）に逮捕され、獄中でカントの『純粋理性批判』を読み、カントが理性の限界として引き返した地点でさらに一歩を進めるべく「妄想実験《ヴァーン・エキスペリメント》」（『死霊』自序）を重ねて『死霊』の着想を得たのだという。カント哲学はドイツ観念論哲学の中心だった。鶴見の見解を敷衍すれば、獄中でカントを読む以前にカント的な思弁性は埴谷の教養の中に浸透していたことになる。

そこで私は、藤村操の遺書からさらにさかのぼって、一見埴谷雄高とはまるで無縁に思われる先人の文章を引いてみる。一八九〇年（明治二十三年）八月に正岡子規が夏目漱石に宛てた手紙の一節だ（正岡子規『筆まかせ』）。鶴見が「旧制高校生の言語」の起点とする日露戦争より十四年も前なのだが、子規も漱石も二十四歳、七月に一高を卒業したばかりだった（九月には二人とも帝大に入学する）。

「而して有にもあらず無にもあらぬ渾沌たる海鼠《なまこ》の如き者が如来なり　我なり　是《ここ》において如来と我と隔つる所なきなり　さてこの如来といふ怪物は実体にあらずして虚体なり」

私はこの「虚体」という二文字に驚いたのだった。もちろん、私にとって「虚体」とは、『死霊』で「存在の革命」のヴィジョンを凝縮した究極の一単語——「この宇宙の一切がそれ以上にもそれ以下にも拡がり得ぬ一つの言葉に結晶」した「マラルメ的」な「単音」(『死霊』自序)——にほかならなかったからである。つまり、この二文字のオリジナリティは埴谷雄高に帰属するのにちがいない、と思っていたのである。ところが、その神秘的な二文字が、『死霊』着想の四十年以上も前の若い友人同士の書簡の中に、なんとも無造作に記されていたのだ。

子規のこの手紙は、厭世の苦悩を吐露した漱石書簡への返信である。子規の主意は、己一個の苦悩に跼蹐するな、世界と我との真相を悟って苦悩を超越せよ、というにある。この時の両者の応酬には興味深い点が多々あるのだが、そこには深入りしない。ただ、この子規の発言を鶴見俊輔の見解と結んでみるとき、「虚体」という二文字もまた、旧制高校生的語彙の中にあったことが見えてくる、という点だけに留意したい(ちなみに、この往復書簡の十三年後の一九〇三年、漱石は一高講師として英語を教えていたが、自殺した藤村操は漱石の教え子だった)。

実際、「実」の反対は「虚」、ならば「実体」の反対概念は「虚体」——というのは、漢語の造語機能に少しでも通じていれば誰にもうかぶ発想だろう。そして、生々流転する仮象としての万物の背後にあって存在の真理(真の実在)を認識する「如来」というものが、それ自体永劫不変の存在(真の実在)であることを思えば、ここにも宇宙論と存在論は含まれているのである。ただ、子規はそれをすでに自家薬籠中のものにした仏教哲学や

埴谷雄高（1975年５月）

老荘思想の語彙と論理を操って口早に語っているのだ。目的は漱石を励ますことだから、いささか軽佻、時にユーモアさえ含む。だから、これが「虚体」という日本語の初出かどうか知らないが、たとえ前例がなかったとしても、そもそもオリジナリティを主張する気など子規にはなかったろう。

仏教的思惟の典型は、埴谷の本名「般若豊」にちなんで「般若心経」から引けば「色即是空、空即是色」(つまりは有即無、無即有)の「即」である。相反するものが一致するというこの融通無碍な「即」の論理には、近代論理学の自同律も矛盾律も排中律も機能しない。ただ総合的かつ直観的な全体認識のみがあって論理的分析を受け付けないのである。

しかし、ドイツ観念論を教養の礎石とした埴谷にとっては、この万能で変幻自在な「即」こそ許容できないものだった。相反するもの一切が無差別に溶融してしまう「即」の世界には、他者への異和と否定によって屹立する単独の自己(他ならぬこの私)というものが存在できないからである。それが融即的な伝統哲学になじんだ明治人・子規と分析的で論理的な近代哲学を踏まえる昭和の埴谷雄高を根本的に隔てている。

たとえば、子規は「虚体」(如来即我)というもののつかみどころのない様相を「海鼠」にたとえていた。仏教者・武田泰淳なら喜びそうな比喩である。現に泰淳は『異形の者』で、極楽を「ブワブワした軟体動物」に譬え、闇の中の金色の仏像(阿弥陀如来)を

吉本隆明（1975年10月）

「気味のわるいその物」（傍点原文）と呼ぶのだ。

　だが、これは『死霊』の三輪与志が決して容認できない比喩である。与志は中学生のとき軟体動物たる蛸を嚙んで以来、その感触を嫌悪してしばらく食事をとらなくなったというし、いまでも「肉体に触れる感触が嫌いであった」（二章）と記される青年なのだ。「如来＝虚体」が「海鼠の如き者」だという子規の比喩は、人間存在が肉体にして精神という相反する二者の融即的結合だという事実性を踏まえている。一方、潔癖症的な肉体嫌悪者たる与志の「虚体」は、突きつめれば、純粋に精神、あるいは、純粋に意識であるだろう。「私は私である」という自同律の定式が不快なのは、「私」というものを対象化するとき、対象化する主体たる「私＝意識」はすでに客体化された「私」を超出しているからである。それは意識というものの自動的な自己超出機能にほかならない。

　たとえば埴谷より七歳年長の小林秀雄がドストエフスキーを論じつつ、「人間は先づ何を措いても精神的な存在であり、精神は先づ何を置いても、現に在るものを受け納れまいとする或る邪悪な傾向性だ」（「『悪霊』について」）と書くのは一九三七年（昭和十二年）のことだった（ただし、小林はこの認識を持ちこたえられなかった）。「自同律の不快」とは、この「邪悪な傾向性」すなわち否定性が自己自身に向けられた事態のことにほかならない。意識（精神）は、自己自身に対してすら不断に否定を突き付けるのである。しかも与志は、意識なき物体、すなわち固定的な自同律に甘んじているはずの宇宙の全物質すら

秋山駿（1975年12月）

が、現にある自己の存在様態を超え出ようとして自己自身への異和にざわめいている、というのである。

この性急な極端化も含めて、いかにも「旧制高校生的」な思弁である。「未熟」である。だが、「成熟」というものがいずれ生の限界とのなしくずしの妥協にすぎない以上、「未熟」とは「純粋」の異名である。このとき、妥協を拒む青年は存在の意味を問う「絶対糾問者」、あるいはこの誤謬に満ちた宇宙を糾弾しつづける「絶対糾弾者」として立つだろう。末尾に餓死教団という異名をとった耆那《ジャイナ》教の始祖・大雄と釈迦との対話を用意していると「自序」で予告された『死霊』の思弁が仏教と交差するのは必然だが、『死霊』が目指すのは「悟り」という回答ではない。ただ永遠の不充足、永劫の「不快」を発条として、問い続けることだけである。しかも、小説として、論理の及ばぬ語り得ぬものの領域において、具象化不可能な思弁に（時に悪夢のごとき、時に滑稽にして荒唐無稽な）形象を与えて、まさしく手を替え品を替え、問い続けなければならないのだ。

『死霊』はいわば小説の不可能性を内蔵したような小説なのだ。敗戦翌年、雑誌「近代文学」の創刊号（四六年一月号）から連載され、いったん三章までが単行本化（真善美社）されたのち、四章の連載が開始されたものの、四九年十一月号――まだ占領下日本だ――を以て中断した。単行本に付された「自序」で、全体が五日間の叙述になることなどの構想が明かされていたが、第三章はまだ第一日目の夕方、四章は第一日目の夜だった。続篇は熱く待望されていたが、しかし、たいていの読者があきらめかけていたのである。ところが、突然、第五章「夢魔の世界」が「群像」七五年七月号に発表された。戦後文学の伝説的孤峰が二十六年の時を隔てて「復活」したのだ。それは時ならぬ「事件」だった。掲載した「群像」七月号は即日完売したという。

続いて、埴谷へのインタビューや対談や座談会や雑誌の特集号などが相次いだ。吉本隆明と秋山駿が聞き役をつとめる本書所収の対談や鼎談も、そうした中からセレクトされたものである。

良き聞き手、あるいは良き対論者を得て、埴谷はここで、自身の生い立ちや思考の軌跡、革命党員としての活動、『死霊』の着想や構想などを存分に語っているので、私は最後に、本書および『死霊』五章を囲む外部的事実の概略を書いておこうと思う。

『死霊』が中断していた二十六年間に、占領軍統治は終わって日本は「独立」し、海を隔てた大陸には共産主義中国が誕生し、半島では朝鮮戦争があり、ソ連ではスターリン批判が解禁され、国内では経済復興が始まり、六〇年安保闘争があり、高度経済成長があり、学園紛争があった。政治（革命）運動はといえば、既成政党を否定して六〇年代に登場した新左翼セクトは大衆的基盤を失ったまま過激化し、七二年には連合赤軍のあさま山荘銃撃戦がテレビ中継されて世間の耳目を集め、しかも彼らの逮捕後には十二人にもおよぶ凄惨なリンチ殺人が暴露され、それでも内ゲバや爆弾闘争が続き、といった状態だった。

一方文学はといえば、実は一九七〇年前後、戦後文学の重要作家たちによる大作が相次いで完成していた。たとえば、七〇年には野間宏の『青年の環』全五巻が二十三年の歳月をかけて完成し、七一年には大岡昇平の『レイテ戦記』が刊行された。さらに、七〇年には三島由紀夫『豊饒の海』四部作が完成していたし、武田泰淳は七一年に『富士』、七二年に『快楽《けらく》』と、相次いで長篇小説を発表した。どれもそれぞれの作家の集大成であり、代表作である。

しかし、七〇年の三島由紀夫は『豊饒の海』完結と引き換えにセンセーショナルな割腹自殺を遂げたのだし、翌七一年には戦後文学の継承者にして全共闘運動の精神的支柱とも目されていた高橋和巳が早世し、七三年には敗戦後の焼け跡で最初に実存の呻きを文学化した椎名麟三も亡くなった。七六年には武田泰淳も没する。

つまり、七〇年前後の戦後文学の「復活」は、同時に、戦後文学の「総決算」という意味では「終焉」の始まりでもあったらしいことが、次第に見えてきたのである。この時期、戦後の文学は大きな区切り目、大きな転換点に差し掛かっていたのだ。それは、戦後文学を駆動してきた「政治（革命）と文学」というモチーフが終わりつつあったことを意味する。その危機意識は、本書の吉本隆明の発言および埴谷の応答に色濃くにじんでいるだろう（五章を載せた「群像」は翌七六年六月号に村上龍「限りなく透明に近いブルー」を載せることになる）。

五章が描くのは一日目の深夜。場所は与志の兄・三輪高志が病臥している部屋。登場人物は、高志と弟の与志と首猛夫の三人。大まかに三つのエピソードが語られる。まず、首猛夫が「死者の電話箱」という装置について語る。生と死の境界、意識と物質の秘密に迫るために疑似科学的に案出された奇想である。首が去って兄弟二人になったあと、高志が秘密結社的党派内で生じたスパイの査問と殺人の始終を語り、さらに、死者たちの幽霊にまじって出現するのだという夢魔との対話内容――「存在の革命」が成就したと夢魔の主張する宇宙の様相――を語る。

だが、五章の同時代的「事件」性は、存在論や宇宙論より、むしろ、スパイ査問殺人という具体の事件の方にあった。それは直接には戦前の革命党派内でのスパイ査問事件を踏まえたものだが、当時大学生だった私のような読者には、つい三年前の連合赤軍の「総括」という名のリンチ殺人事件を思い出させたからである。孤独で静謐な神秘的形而上小説のように見えていた『死霊』が、このとき不意に、七〇年代前半の現実と深く交差したのだった。

ところで、本書でもっぱら政治的話題を担当する吉本隆明の、特に新左翼の現状に関する発言に、私はひどく投げやりな、ほとんど絶望とすれすれにさえ思えるシニシズムと苛立ちのニュアンスを感じる。六〇年安保後の吉本政治思想の根幹だったはずの「大衆の原像」論など忘れたかのごとくだ。その吉本が資本主義の現状を肯定して「わが「転向」」

を発表するのは本書の対談から二十年近く後の「文藝春秋」九四年四月号だが、そこで吉本が「転向」の重要な理由として挙げるのは、七二年に第三次産業従事者が働く人の過半数を占め、国民総生産も第三次産業が第二次産業を遥かに凌駕した、という事実なのだ。ならば、吉本は同時代の現実としてその事態をうすうす感受しながらも政治思想の中に明確に組み込めずにいた、それがこのシニカルな苛立ちとして現れている、ということかもしれない。

一方、文学を担当する秋山駿は、秘密結社的な革命党員と犯罪者の、共に「秘密」を抱いたまま群衆にまぎれて生きる生の様相の類似性を指摘する。いかにも秋山らしい指摘だが、たしかに、この時代、革命運動と犯罪は鋭く交差していたのだった。たとえば「連続射殺魔」永山則夫が獄中でマルクスを読んで「革命家」を名乗るのもこの頃のことだった(『無知の涙』七一年刊)。さらに私は思い出す。当時何ものかへのあてどない憎悪だけを糧にかろうじて身を支えていた私は、住込みの新聞販売所で翌日の朝刊のためのチラシ折りこみ作業をしながら、あさま山荘からのテレビ中継をちらちらと見ていたのだった。そして、その数年後(いま調べたら『死霊』五章発表直前だった)連続爆破テロ組織のメンバーが逮捕されたとき、その一人が潜伏していたのは、数年前に私が新聞配達していた地域のアパートだった。周囲に疑われないよう彼らが堅実な勤め人らしい身なりやふるまいを特に心掛けていたことも知った。ああ、文学も孤独な「二十五時間目」(吉本隆明)の仕事だが、爆弾製造も「二十五時間目」の仕事だったのだな、と思ったのだった。

年譜

埴谷雄高

一九一〇年（明治四三年）

戸籍上は、一月一日生まれとなっているが、実際は前年一二月一九日、父般若三郎、母アサの長男として父の勤務先台湾新竹に生まれる。本名般若豊。姉初代。本籍・福島県相馬郡小高町岡田字山田三一五番地。父は当時税務官吏、のち台湾製糖入社、台湾の各地・台南、橋仔頭、高雄、三崁店などを転任。幼年時代を屛東で送る。植民地台湾に育ったため、いわゆる日本人的感性や習慣が育まれず、支配者特有の悪に敏感になる。各地を転々としたため、非定着的思考が植えつけられる。父方の家系は相馬・中村藩士、母方の家系は島津・薩摩藩士伊東氏。

一九一六年（大正五年）　六歳

橋仔頭尋常小学校入学。前年に内地を見物。一年生の時から成績優秀。

一九一八年（大正七年）　八歳

腺病質で早熟。二年生頃、橋から飛び降りて骨折したことが自己の内面を見る目を育む。台湾特有の台風への恐怖感や不安の念、高学年になり盗みをはたらいた級友を追跡した徒労感などが感性を鋭敏にする。

一九一九年（大正八年）　九歳

三崁店尋常小学校へ転校、工場の子弟を入れる分校。読書に興味を抱き、立川文庫、黒岩涙香等大人向きの書物も読み始める。
一九二一年（大正一〇年）一一歳
三月、東京見物に来て重い肺炎にかかり、北里研究所に数ヵ月入院。
一九二二年（大正一一年）一二歳
三崁店尋常小学校卒業。台南第一中学校入学、寄宿舎に入り、軍隊式教育を受ける。父が台湾製糖を退職して一人で東京に移転。
一九二三年（大正一二年）一三歳
三月、東京板橋に移転、初めて雪を見る。四月、目白中学校二年編入学。九月、関東大震災、この前後に独立した家屋に住み、日本、西欧の文学乱読と映画の時代に入る。その過程で、文学の本質の一端を直覚。〈蠟燭の時期〉。角力部に所属。翌二四年元服式。
一九二五年（大正一四年）一五歳
夏休みに、友人と富士山麓巡りのキャンプ旅行。この年結核に感染し、翌年北里研究所に通院。待合室でさまざまな小説に遭遇。結核罹病が一生の転機となりニヒリズムとアナキズムが生じる。
一九二七年（昭和二年）一七歳
三月、目白中学校卒業、旧制浦和高校受験に失敗。七月、北海道清水に転地療養。『オネーギン』を読み、また芥川龍之介の自殺に衝撃をうけ、ニヒリズムに一転機。
一九二八年（昭和三年）一八歳
日本大学予科二年編入学。左翼の読書会を組織する一方で演劇活動に従事。女優の伊藤とし（通称・敏子、芸名・毛利利枝）を知り、のち三六年結婚届提出。
一九二九年（昭和四年）一九歳
この頃、スティルネル風なアナキズムからマルクス主義に転移。「ソヴェト＝《イクオール》コンミュン」を起稿、文献を借りに石川三四郎を訪問。レーニンの『国家と革命』転倒を目指して「革命と国家」を構想するも未完。
一九三〇年（昭和五年）二〇歳

一月、予科三年で出席不良のため退学。プロレタリア科学研究所主催『資本論』講習会に、のち同農業問題研究会をへて、夏、農民闘争社へ入り、「農民闘争」発行に従事。伊東三郎、渋谷定輔、宮内勇などを知る。初夏、父死去。

一九三一年（昭和六年）二二歳

春、日本共産党入党、地下生活。六月、中尾敏筆名で「農民委員会の組織について」（「農民闘争」五・六月合併号）。八月、全農全国会議の左派組織強化のため京都へ。

一九三二年（昭和七年）二三歳

三月、伊達信宅で逮捕、富坂署に留置。五月、不敬罪および治安維持法違犯によって起訴され、豊多摩刑務所に送監。独房で日本、西欧の文学、哲学、思想書を読破。特にカントの『純粋理性批判』の「先験的弁証論」に震撼され、スティルネルとカントが合着し、自我・宇宙論・最高存在の領域を啓示される。終生の文学的・思想的追究課題・《自同律の不快》が方向づけられる。

一九三三年（昭和八年）二四歳

結核で前年から数回病監に移される。一一月、上申書を提出し、懲役二年執行猶予四年の判決を受け出所。高円寺に住む。

一九三四年（昭和九年）二五歳

吉祥寺に移転、九七年死去の時まで同所。爾後無職時代母、姉、妻の援助と家賃で生活。この期間に独房における多角的読書の系統づけとドイツ語、ギリシア語、ラテン語等の語学と悪魔学に耽溺。戦時中に結核三度目の発病が徴兵を阻む。

一九三九年（昭和一四年）三〇歳

一〇月、同人雑誌「構想」創刊。平野謙、荒正人、佐々木基一、久保田正文、山室静、栗林種一、長谷川鉱平等を知る。創刊号と翌年一月号に習作「洞窟」を発表。終巻七号（四一年一二月）まで、七回「Credo, quia absurdum.」（「不合理ゆえに吾信ず」）連載。詩と論理の婚姻をはかる。冬から翌年にかけて数ヵ月間、家族で姉のいる台湾に旅行。

一九四〇年（昭和一五年）三〇歳
三月、経済情報社に入社したが、冬退社。八月、「台湾遊記―草山」（「南画鑑賞」）。

一九四一年（昭和一六年）三一歳
五月、宮内勇らと「新経済」創刊、長く編集長を務める。太平洋戦争開戦により、一二月九日暁方、予防拘禁法で拘引。

一九四二年（昭和一七年）三二歳
五月、エミール・レンギル『ダニューブ』を伊藤敏夫筆名で地平社より翻訳出版。敗戦まで短波で外国情報を収集。

一九四三年（昭和一八年）三三歳
六月、A・L・ウオリンスキイ『偉大なる憤怒の書―ドストイェフスキイ「悪靈」研究―』を興風館から翻訳出版。

一九四四年（昭和一九年）三四歳
五月、『フランドル畫家論抄』を宇田川嘉彦筆名で洸林堂書房から刊行。同月末、本多秋五と初めて会う。

一九四五年（昭和二〇年）三五歳
八月一五日、敗戦の日に新経済社を辞め文学専念を家族に宣言。「近代文学」創刊準備。

一九四六年（昭和二一年）三六歳
一月、「近代文学」創刊、『死靈』を連載し始める。廃墟からの出発。九月、「ラムボオ素描」（「コスモス」）。「批評」と「近代文学」の同人会開催。

一九四七年（昭和二二年）三七歳
五月、真善美社より「近代文学」座談会・「文学と現実」「文学者の責務」等を編集した『世代の告白　轉形期の文学を語る』刊行。「近代文学」第一次同人拡大で野間宏等加入。竹内好、武田泰淳など「中国文学」同人と交際。戦後文学隆盛、戦後文学者らとの交流盛ん。花田清輝らと「夜の会」結成。

一九四八年（昭和二三年）　三八歳
三月、「即席演説」（「綜合文化」）。「近代文学」第二次同人拡大、「近代文学」の野球チーム結成。島尾敏雄等加入、椎名麟三、島尾敏雄等。一〇月、真善美社より『死靈』第一巻刊行、「意識」（「文藝」）。一二月、「序曲」で三島由紀夫らとの座談会「小説の表現について」に出席するとともに、詩「寂寥」発表。
一九四九年（昭和二四年）　三九歳
三月、「何故書くか」（「群像」）。この頃クリスマス・パーティとして自宅で舞踏会を開催、「近代文学」同人らが参集。
一九五〇年（昭和二五年）　四〇歳
一月、『不合理ゆえに吾信ず』月曜書房より刊行、母アサ死去。この頃より体調悪いが、腸結核と判明したのは二年後の三月。二月、「あらゆる発想は明晰であるということについて」（「群像」）。五月、「虚空」（「群像」）。八月、「煙草のこと」（「近代文学」）。
一九五一年（昭和二六年）　四一歳
一月、「心臓病について」（「近代文学」）。二、三月、「政治をめぐる断想」（「近代文学」）。四月、「ニヒリズムとデカダンス」（筑摩書房『文学講座』第五巻）。六月、「平和投票」（「群像」）。七月、「あまりに近代文学的な」（「文學界」）。
一九五二年（昭和二七年）　四二歳
三月に腸結核と判明し、爾後四年間自宅ベッドで療養生活、症状重く死を覚悟。一〇月、口述筆記で「観念の自己増殖—十九世紀的方法」（「文學界」）。
一九五五年（昭和三〇年）　四五歳
体調が徐々に恢復。五月、「還元的リアリズム」（「近代文学」）。九月、「批評基準の退化」（「群像」）。一二月に「近代文学」一〇〇号記念の会を〈観水〉で開催。
一九五六年（昭和三一年）　四六歳
五月、モラリスト論争が花田清輝との間で始まり、「永久革命者の悲哀」（「群像」）、八月、「闇のなかの自己革命」（「群像」）等発表。九月、「ドストイェフスキイの位置」（「文学」）。一〇月、自宅で「近代文学」編集同人が全快祝いの会食。一一月、「ドストエフスキイに於ける生の意味」（宝文館『現代ヒューマニズム講座』第四巻）。

一九五七年（昭和三二年）　四七歳

一月、「透視の文学」（「文藝」）。三月、未来社から評論集刊行開始、『濠渠と風車』、六月、『鞭と獨樂』、本シリーズの評論集は二一巻、対話集は一二巻、計三三巻（以下六一年六月刊行『墓銘と影繪』から九六年六月刊行『瞬發と残響』まで書名と発行年月を割愛）になる。八月、「標的者」（「総合」）。一〇月、「深淵」（「群像」）。

一九五八年（昭和三三年）　四八歳

一月、本多秋五らと東海村原子力発電所見学。七月、「存在と非在とのっぺらぼう」（「思想」）、「指導者の死滅」（「中央公論」）。一一月、「政治のなかの死」（「中央公論」）。一二月、「権力について」（「実存主義」）、熱海で「近代文学」忘年会。

一九五九年（昭和三四年）　四九歳

二月、「敵と味方」（「中央公論」）。八月、「夢について―或いは、可能性の作家」（「文學界」）。

一九六〇年（昭和三五年）　五〇歳

一月、「可能性の作家―続・夢について」（「文學界」）、『幻視のなかの政治』を中央公論社より刊行。六月、日米安保条約改定阻止のデモ隊とともに国会構内に。「近代文学」賞設定。八月、「六月の《革命なき革命》」（「群像」）。一〇月、「不可能性の作家―夢と想像力」（「文學界」）。一一月、短篇小説集『虚空』現代思潮社刊。

一九六一年（昭和三六年）　五一歳

二月、「文学者の性理解」（「群像」）。五月、

「闇のなかの思想—形而上学的映画論」を「世界」に翌年一〇月まで連載（六二年一月休載）。

一九六二年（昭和三七年）　五二歳

この前後数年間、武田泰淳、竹内好両夫妻と、別に他の文学者達とも新年宴会を催す。五月頃、吉本隆明と選挙に関する小論争。一一月、三一書房より『闇のなかの思想—形而上学的映画論』刊行。一二月、「革命的志向なき革命的人間について—《歪みの力学》と《弾力学》」（「群像」）。

一九六三年（昭和三八年）　五三歳

五月から翌年三月にかけて「文学」にドストエフスキイ論を七回連載、岩波新書の為の論考だが未完結。八月、「『散華』と《収容所の哲学》—高橋和巳への手紙」（「東京新聞」）。一二月、「闇のなかの黒い馬」（「文藝」）、夢による存在探求の発端。

一九六四年（昭和三九年）　五四歳

三月、佐々木基一らと城ヶ島へ。四月、「近代文学」終刊の記者会見、八月、通巻一八五号で終刊。一二月、「戦争と革命の変質の時代」（「世界」）。

一九六五年（昭和四〇年）　五五歳

二月、「革命の変質」（「展望」）。七月、梅崎春生死去により追悼文。一一月、日本放送出版協会より『ドストエフスキイ—その生涯と作品』（ＮＨＫブックス三一）を刊行。

一九六六年（昭和四一年）　五六歳

三月、「暗黒の夢」（「文芸」）。七月、これ以降恒例になった「近代文学」旧同人による浜名湖宿泊旅行に。故郷福島県の相馬野馬追い見物。一一月、竹内好と新碁会（一日会）をつくる。一二月、『影絵の世界』を平凡社より刊行。

一九六七年（昭和四二年）　五七歳

五月、「神の白い顔」（「文芸」）。九月、「追跡の魔」（「文芸」）。一一月、学藝書林『全集・

現代文学の発見・第七巻　存在の探求上　梶井基次郎　埴谷雄高　武田泰淳他』刊行。
一九六八年（昭和四三年）　五八歳
一月、「宇宙の鏡」（「文芸」）。豊島書房より荒正人、竹内好らとの共著『近代文学の軌跡　戦後文学の批判と確認』刊行。六月に続刊『近代文学の軌跡』を刊行。七月、中近東、ソ連、東・西・北欧等を辻邦生と約三ヵ月旅行。一一月、集英社『日本文学全集八四巻埴谷雄高・堀田善衛集』刊行。〈富久佳〉で「近代文学」旧同人の忘年会、以後毎年の恒例に。
一九六九年（昭和四四年）　五九歳
三月、「象徴のなかの時計台」（「群像」）。六月、富士霊園に梅崎春生墓参の後、武田泰淳の富士山荘に。一二月、「暴力考」（「群像」）。
一九七〇年（昭和四五年）　六〇歳
六月、河出書房新社より『闇のなかの黒い馬』を刊行、本書で谷崎賞受賞。九月、河出書房新社から『姿なき司祭―ソ聯・東欧紀行』刊行。心臓病治療のため武蔵境の日赤武蔵野病院に。
一九七一年（昭和四六年）　六一歳
一月、「思索的想像力について」（「文芸」）、一月から翌年四月まで「展望」座談会「わが文学、わが昭和史」に六回出席。三月、『埴谷雄高作品集』全一五巻、別巻一を河出書房新社より刊行開始。五月高橋和巳死去、葬儀委員長をつとめ追悼文を諸誌に発表。
一九七二年（昭和四七年）　六二歳
二月、豊島書房より「近代文学」同人編集の『政治と文学「近代文学」の軌跡』刊行。六月、筑摩書房より『現代日本文學大系七九巻本多秋五　平野謙　荒正人　埴谷雄高　小田切秀雄集』刊行。一〇月から白内障手術のため慶応病院に入院。一二月、この年より数年間竹内好、武田泰淳両夫妻と忘年会、中央公論社より『欧州紀行』刊行。
一九七三年（昭和四八年）　六三歳

三月、椎名麟三死去、葬儀委員長をつとめ追悼文を諸誌に発表、講談社より『現代の文学第三巻　埴谷雄高　椎名麟三』刊行。四〜六月、講談社より『埴谷雄高評論選書全三巻』刊行。八月、筑摩書房より武田泰淳、中村真一郎らとの座談会『わが文学、わが昭和史』刊行。

一九七四年（昭和四九年）　六四歳

二、三月、「戦後文学の党派性―戦後派の一員として」「同、補足」（「群像」）。一一月、三一書房より高橋和巳、鶴見俊輔、久野収との共著『内ゲバの論理　テロリズムとは何か』刊行。一二月、「花田清輝との同時代性」（「文藝」）。

一九七五年（昭和五〇年）　六五歳

六月に恒例の浜松旅行の際浜松美術館のガラス戸に頭をぶつける。七月、二六年ぶりに『死靈』の続編「夢魔の世界―『死霊』五章」（「群像」）を発表し話題を呼ぶ。九月、河出書房新社より『意識　革命　宇宙』刊行。一二月、「表現者とは何か」（岩波書店『岩波講座・文学一巻』）。

一九七六年（昭和五一年）　六六歳

一月、中央公論社より『思索的渇望の世界』刊行。四月、講談社より『死霊―全五章』を刊行し、本書で新潮日本文学大賞受賞。一〇月、最も敬愛しあった武田泰淳死去、追悼文を諸誌に発表。一一月、構想社より『戦後の文学者たち』刊行。一二月、島尾敏雄、秋山駿らとの共著『精神のリレー』を河出書房新社より刊行。この頃から翌年にかけて体調すぐれず。

一九七七年（昭和五二年）　六七歳

三月、竹内好死去、葬儀委員長をつとめ追悼文を諸誌に発表。四月、「江藤淳のこと」（「文藝」）。八月、深夜叢書社より本多秋五らとの共著『「近代文学」創刊のころ』刊行。九月、河出書房新社より『影絵の時代』刊行。一二月、平野謙の快気祝に。
一九七八年（昭和五三年）六八歳
二月、筑摩書房より『筑摩現代文学大系七四　埴谷雄高　藤枝静男集』刊行。三月、潮出版社より『闇のなかの思想』刊行。四月、平野謙死去、諸誌に追悼文発表。五月、筑摩書房より『薄明のなかの思想―宇宙論的人間論』刊行。
一九七九年（昭和五四年）六九歳
六月、荒正人死去、諸誌に追悼文を発表。七月、講談社より『埴谷雄高ドストエフスキイ全論集』刊行。九月、作品社より『光速者―宇宙・人間・想像力』刊行。一〇月、藤枝静男の購入した絵を見に浜松へ。一一月、水兵社より『埴谷雄高準詩集』刊行。
一九八〇年（昭和五五年）七〇歳
一月、大岡昇平宅の新年会に。八月、作品社より『内界の青い花　病と死にまつわるエッセイ』刊行。
一九八一年（昭和五六年）七一歳
一月、「記憶と『ボケ』」（「海」）、記憶違いと「ボケ」についてしばしば言及し始める。四月、「《愁いの王》―『死霊』六章」（「群像」）。平野謙をめぐる研究会に出席。五月、敏子夫人死去。九月、講談社より『死霊六章』『死霊Ⅰ』『死霊Ⅱ』刊行。一二月、大江健三郎らとの共著『現代のドストエフスキー』を新潮社より刊行。
一九八二年（昭和五七年）七二歳
一月、「世界」で大岡昇平との長期対談「二つの同時代史」開始。五月、〈車屋〉本店で敏子夫人の一周忌。六月、「『野火』と『武蔵野夫人』」（岩波書店『大岡昇平集3』解説）。九月、角川書店より『鑑賞日本現代文学30　埴谷雄高・吉本隆明』刊行。一〇月、中央公論社より北杜夫との対談集『さびしい文学者の時代』刊行。一二月、朝日出版社より『闇のなかの夢想〔映画学講義〕』刊行。

一九八三年（昭和五八年）　七三歳
一月、「喋りづめの一年」（「文藝」）。五月、「小林秀雄と私達」（「海燕」）。
一九八四年（昭和五九年）　七四歳
一月、「お喋りの終焉」（「文藝」）で今後対談、座談等行わない旨宣言。二月、「ふたりの宇宙馬鹿」（三一書房『荒正人著作集第四巻』解説）。四月、影書房より『戦後の先行者たち』刊行。七月、岩波書店より『二つの同時代史』刊行。一〇月、「《最後の審判》—『死霊』七章」（「群像」）。一一月、講談社より『死霊七章』刊行。
一九八五年（昭和六〇年）　七五歳
一月、体調不良のため恒例の新年会を今後中止。「やけの『いたずら』—《最後の審判》の一内密」（「海燕」）。二、四月、「政治と文学と—吉本隆明への手紙」「同補足—吉本隆明への最後の手紙」（「海燕」）で吉本隆明と第二次政治と文学論争。
一九八六年（昭和六一年）　七六歳
二月、福武書店より『ラインの白い霧とアクロポリスの円柱』刊行。三月、「批評の惨酷性と真実性」（「文學界」）。九月、「月光のなかで—『死霊』八章」（「群像」）。一一月、島尾敏雄死去により追悼文、講談社より『死霊八章』刊行。
一九八七年（昭和六二年）　七七歳
三月、「沈着者・小田切秀雄」（「日本文學誌要」）。日赤武蔵野病院で白内障の手術。五月から翌年四月まで、断続的に八回小川国夫との往復書簡「隠された無限」（「世界」）連載。
一〇月、「明晰者・澁澤龍彥」（「文學界」）。
一九八八年（昭和六三年）　七八歳
四月、「石川淳の全的読者」（「すばる」四月臨時増刊号）。一〇月、岩波書店より『隠された無限—往復書簡〈終末〉の彼方に』刊行。一二月、大岡昇平死去により、翌年三月諸誌に追悼対談等発表。

一九八九年（昭和六四年・平成元年）　七九歳
一月、「謎とき『大審問官』―続続・思い違い」（「海燕」）。六月、「中野重治との同時代性―『敗戦前日記』を読む」（「中央公論文芸特集」夏季号）。

一九九〇年（平成二年）　八〇歳
前年一二月戸籍上の誕生日に来客多く体調を崩し、二月から四月にかけ日赤武蔵野病院で胃のポリープ摘出手術。二月、井上光晴との対談「現実と想像力」（「文藝」春季号）。四月、福武書店より『謎とき「大審問官」』刊行、中央公論社より北杜夫との対談集『難解人間vs躁鬱人間』刊行。一一月、全業績により藤村歴程賞受賞。一二月、心臓病で日赤武蔵野病院入院。

一九九一年（平成三年）　八一歳
一月、野間宏死去により、三月諸誌に追悼文発表。「心臓の電気ショック療法」（「中央公論文芸特集」春季号）。

一九九二年（平成四年）　八二歳
一月、佐々木基一らとの座談会「戦後から未来へ―文学と時代」（「群像」）。三月、「変革の時代に」（「東京新聞」四回連載）。五月、井上光晴死去により、八月諸誌に追悼文、座談発表。この頃から『死霊』以外一〇枚以上の原稿は書かない、それ以上長いものは喋る方針にする。

一九九三年（平成五年）　八三歳
二月、「突出したアヴァンギャルド作家―追悼　安部公房」（「週刊読書人」）。四月、藤枝静男、佐々木基一死去により、七月、本多秋五らと追悼座談会「藤枝静男と佐々木基一」（「群像」）。五月、武田百合子死去により弔辞、九月、「武田百合子さんのこと」（「中央公論文芸特集」秋季号）。

一九九四年（平成六年）　八四歳
一月、「時は武蔵野の上をも」（「現代思想」）。三月、三一書房より丸山眞男との対談『幻視者宣言』刊行。七月、「映画・全身小説家井上光晴」(「群像」)。九月、河合文化教育研究所より栗原幸夫との対談『埴谷雄高　語る』刊行。

一九九五年(平成七年)　八五歳

一月、九日より一三日までＮＨＫ教育テレビ・ＥＴＶ特集「埴谷雄高独白・『死霊』の世界」。二月、日赤武蔵野病院で前立腺を手術。四月から、「二人の未完作家」(河出書房新社刊『停れる時の合間に』序文)、「追悼　谷川雁」(「すばる」)。一一月、「《虚体》論―大宇宙の夢―『死霊』九章」(「群像」)。一二月、散髪中に意識不明、講談社より『死霊九章』刊行。

一九九六年(平成八年)　八六歳

七月、講談社より『死霊Ⅲ』刊行。八、九、一一、一二月、「『死霊』断章」(一)～(四)まで「群像」に発表。

一九九七年(平成九年)　八七歳

二月一九日、脳梗塞のため自宅で死去。同月二四日、新宿区太宗寺で「お別れ会」。墓所は東京都青山霊園。

四月、「『死霊』断章(五)」(「群像」、遺稿・「『死霊』断章」は『埴谷雄高全集』第一一巻に収録)を発表(本号は埴谷雄高追悼文を含む)。一二月、平凡社より立花隆との対談『無限の相のもとに』刊行。

一九九八年二月から二〇〇一年五月まで、『埴谷雄高全集』全一九巻、別巻一、講談社より刊行。

(『埴谷雄高全集　別巻　資料集』の白川正芳編年譜を参照した。)

(立石伯編)

著書目録

埴谷雄高

【単行本】

ダニューブ※　昭17・5　地平社
偉大なる憤怒の書　ドストイエフスキイ「悪靈」研究※　昭18・6　興風館
フランドル畫家論抄　昭19・5　洸林堂書房
死靈　第一巻　昭23・10　真善美社
不合理ゆえに吾信ず　Credo, quia absurdum.　昭25・1　月曜書房
濠渠《ほりわり》と風車《ふうしゃ》　昭32・3　未来社
鞭《むち》と獨樂《こま》　昭32・6　未来社
幻視のなかの政治　昭35・1　中央公論社
虚空　昭35・11　現代思潮社
墓銘《ぼめい》と影繪《かげえ》　昭36・6　未来社
罠《わな》と拍車《はくしゃ》　昭37・1　未来社
垂鉛《おもり》と彈機《ばね》　昭37・4　未来社
闇のなかの思想　形而上学的映画論　昭37・11　三一書房
甕《かめ》と蜉蝣《かげろう》　昭39・7　未来社
振子《ふりこ》と坩堝《るつぼ》　昭39・8　未来社
ドストエフスキイ　その生涯と作品　昭40・11　日本放送出版協会
彌撒《みさ》と鷹《たか》　昭41・11　未来社
影絵の世界　昭41・12　平凡社
架空と現実＊　昭43・7　南北社
渦動と天秤　昭43・12　未来社

凝視と密着＊　昭44・6　未来社
闇のなかの黒い馬　昭45・6　河出書房新社
兜《かぶと》と冥府《めいふ》　昭45・6　未来社
姿なき司祭　昭45・9　河出書房新社
ソ聯・東欧紀行
橄欖《かんらん》と塋窟《カタコム》　昭47・6　未来社
欧州紀行　昭47・12　中央公論社
埴谷雄高評論選書1　昭48・4　講談社
埴谷雄高政治論集
埴谷雄高評論選書2　昭48・5　講談社
埴谷雄高思想論集
埴谷雄高評論選書3　昭48・6　講談社
埴谷雄高文学論集
默示と発端＊　昭49・4　未来社
鐘と遊星　昭50・9　未来社
死霊　全五章　昭51・4　講談社
石棺と年輪　昭51・6　未来社
影絵の世界
戦後の文学者たち　昭51・11　構想社
天啓と窮極＊　昭51・12　未来社

影絵の時代　昭52・9　河出書房新社
蓮と海嘯　昭52・11　未来社
薄明のなかの思想　昭53・5　筑摩書房
宇宙論的人間論
埴谷雄高ドストエフ　昭54・7　講談社
スキイ全論集
光速者　昭54・9　作品社
宇宙・人間・想像力
埴谷雄高準詩集　昭54・11　水兵社
内界の青い花　昭55・8　作品社
病と死にまつわるエ
ッセイ
天頂と潮汐　昭55・12　未来社
死霊　I　昭56・9　講談社
死霊　II　昭56・9　講談社
死霊　六章　昭56・9　講談社
微塵と出現＊　昭57・11　未来社
單獨と永劫＊　昭58・3　未来社
戦後の先行者たち　昭59・4　影書房
同時代追悼文集

暈と極冠　昭59・5　未来社
死霊　七章　昭59・11　講談社
ラインの白い霧とアクロポリスの円柱　昭61・2　福武書店
覺醒と寂滅＊　昭61・4　未来社
死霊　八章　昭61・11　講談社
謎とき『大審問官』　平2・4　福武書店
雁と胡椒　平2・7　未来社
無限と中軸＊　平2・11　未来社
滑車と風洞　平3・2　未来社
重力と眞空＊　平3・8　未来社
幻視者宣言　映画・音楽・文学　平6・3　三一書房
虹《にじ》と睡蓮《すいれん》　平7・5　未来社
螺旋《らせん》と蒼穹《あおぞら》　平7・9　未来社
死霊　九章　平7・12　講談社
超時と没我＊　平8・4　未来社
跳躍と浸潤＊　平8・5　未来社
瞬發と残響＊　平8・6　未来社
死霊　Ⅲ　平8・7　講談社

【単行本共著】

民主主義の神話　安保闘争の思想的総括　昭35・10　現代思潮社
戦後派作家は語る＊　昭46・1　筑摩書房
わが文学、わが昭和史＊　昭48・8　筑摩書房
意識　革命　宇宙＊　昭50・9　河出書房新社
現代文学のフロンティア　昭50・12　出帆社
思索的渇望の世界＊　昭51・1　中央公論社
精神のリレー　講演集　昭51・12　河出書房新社
「近代文学」創刊のころ　昭52・8　深夜叢書社
吉本隆明を〈読む〉　昭55・11　現代企画室
現代のドストエフスキー　昭56・12　新潮社
さびしい文学者の時代＊　昭57・10　中央公論社

闇のなかの夢想〔映画学講義〕＊　昭57・12　朝日出版社
七人の作家たち＊　昭58・9　土曜美術社
大岡昇平・埴谷雄高　二つの同時代史＊　昭59・7　岩波書店
ドストエフスキイ　偉大なる憤怒の書／美の悲劇／カラマーゾフの王国※　昭62・4　みすず書房
隠された無限　昭63・10　岩波書店
難解人間vs躁鬱人間＊　平2・4　中央公論社
老年発見　平5・4　NTT出版
埴谷雄高　語る＊　平6・9　河合文化教育研究所
生老病死＊　平6・12　三輪書店
生命・宇宙・人類＊　平8・4　角川春樹事務所

【全集】

埴谷雄高作品集　全15巻　別巻1　昭46・3〜62・2　河出書房新社
埴谷雄高全集　全19巻　別巻1　平10・2〜13・5　講談社
日本文学全集84　昭43　集英社
日本現代文学全集106　昭44　講談社
カラー版日本文学全集48　昭46　河出書房新社
現代日本文學大系79　昭47　筑摩書房
現代の文学3　昭48　講談社
日本教養全集5　昭49　角川書店
筑摩現代文学大系74　昭53　筑摩書房
鑑賞日本現代文学30　昭57　角川書店
昭和文学全集　第16巻　昭62　小学館

「著書目録」は編集部で作成した。／原則として再刊本・没後の編著等は入れなかった。／※は翻訳、＊は対談を示す。

吉本隆明（よしもと・たかあき）一九二四〜二〇一二
詩人、批評家。東京生まれ。東京工業大学卒業。一九五〇年代、私家版の詩集『固有時との対話』『転位のための十篇』で詩人として出発するかたわら、戦争体験の意味を自らに問い詰め文学者の戦争責任論・転向論を世に問う。六〇年安保闘争を経て六一年、雑誌「試行」を創刊。詩作、政治論、文芸評論、独自の表現論等、精力的に執筆活動を展開し「戦後思想界の巨人」と呼ばれる。八〇年代からは消費社会・高度資本主義の分析を手がけた。
主な著書に『言語にとって美とはなにか』『共同幻想論』『心的現象論序説』『最後の親鸞』『マス・イメージ論』『ハイ・イメージ論』『アフリカ的段階について』『夏目漱石を読む』（小林秀雄賞）『吉本隆明全詩集』（藤村記念歴程賞）などがある。